淘寶黃金手

卷二 天坑探秘

羅曉 著

目錄

淘寶
黃金手

第二十一章
黑色家族

「我的姓叫Black，意思是黑色的，
我們家族就被人叫做『黑色家族』!」
世界上還有黑色的姓麼？真是奇怪的姓，要在國內，
「黑色家族」這樣的稱呼，只怕早給打到姥姥家去了，
可不像國外這些地方能那麼囂張。

李俊傑又打了一通電話，然後笑笑說：「我把表妹也叫過來，大家一齊樂樂！」

啤酒是無限暢飲，倒酒的女服務生倒不是全是華人女孩子，比如給周宣他們這一桌倒酒的女孩就是個白人女孩，超迷你短裙下還隱隱可見到一絲黑色的底褲蕾絲，胸口開得無比的低，彎腰倒酒時，兩個白球露了大半在外頭。

當然，不論是沃夫兄弟還是愛琳娜和小野百合子，或者一臉扮酷的伊藤近二，所有人對這種場景都已經習以爲常。周宣忍不住斜睨了一眼，不看也是白不看，反正也不用掏錢。

酒吧中間有個圓形的吧檯，有樂隊，也有歌手唱歌，剛剛上臺的是個女歌手，燈光忽明忽暗的，也瞧不清她的臉長得什麼樣，但歌唱得還不錯，不過唱的是英文歌，周宣也聽不懂。

大約過了二十來分鐘，傅盈就到了，跟她一起來的，還有一個身材很高的白人男子，至少有一米八五以上，看樣子大概有三十歲吧，周宣對老外的年紀一直摸不透，因爲從外表上看都差不多。

李俊傑怔了一下，隨即向周宣介紹道：「小周，這是我表哥Johnny。中文譯音就叫喬尼！」

那個高大的白人男子向周宣伸手道：「你好，周先生！」

他的中文說得讓周宣也是汗顏！好像這些外國人個個都比他的普通話更標準。

「你好，喬尼先生！」周宣跟他握了握手，第一面的感覺，這個喬尼很有禮貌，跟李俊傑的直爽性格又有不同。

傅盈微笑著對周宣說：「他是我大表哥，是大姑姑的兒子，俊傑是我二姑媽的兒子，我大表哥可是從哈佛商學院出來的，目前在我們傅家的投資基金公司擔任副總裁，今天難得有空，正在家裏跟爺爺談完事，我便拉了他一起來玩玩。」

喬尼真的很高，坐著都比周宣高了半個頭。喬尼又道：

「我的姓叫Black，意思是黑色的，呵呵，所以我們家族就被人叫做『黑色家族』！」

世界上還有黑色的姓麼?這可真是奇怪的姓，要在國內，「黑色家族」這樣的稱呼，只怕早給打到姥姥家去了，黑社會在國內是很低調的，可不像國外這些地方能那麼囂張。

不過這個喬尼給周宣的感覺很親切，人十分隨和，跟他這個普通人都能聊上幾句，也不像李俊傑那種大咧咧的性格。

周宣自然是不知道，王玨早給傅盈偷偷打了電話，說了周宣今天的情況，傅盈當然很高興，對大表哥喬尼也說了周宣的事，喬尼便興沖沖地說也要過來玩玩，順便認識一下這個高手。

周宣由衷地說道：「喬尼先生，你的中文說得真好，比我都好得多了！」

「呵呵，這個我就很自豪了！」喬尼笑呵呵地回答，「我兩歲的時候，我媽媽就教我學

中文了，在我表妹她們家啊，不會說中國話，怕是連門都進不了！」

周宣聽他說得有趣，也不禁微笑起來。

喬尼說著，拿了酒杯對周宣和李俊傑說：「周先生，俊傑，大家來乾一杯吧！」

傅盈勸道：「大表哥，你還要去公司吧，坐一會兒聊聊天就好，還是別喝酒了，滿身酒氣的到公司也不好！」

喬尼擺擺手，笑說：「有朋自遠方來，不亦樂乎，既然樂了，哪能不喝酒，來來，乾杯！」

周宣聽他嚷著喝酒，笑嘻嘻地端了啤酒跟他和李俊傑各自碰了一下，然後喝了一小口。

李俊傑卻是一乾二淨，杯子見底，再瞧瞧喬尼，一大杯啤酒唱了三分之一，三個人各不相同。

李俊傑皺著眉頭說：「這歌唱得軟綿綿的不帶勁，表哥，周先生，要不我們三個上去唱一曲？」

周宣趕緊搖手，道：「你們去吧，我可是五音不全，沒有音樂細胞，只聽不唱的。」

李俊傑嘀咕著：「這得來個啥節目提提神呢？」

傅盈哼了哼，說：「表哥，你別淨想著幹些無恥的壞事，你知道不知道楊璿那丫頭還惦記著你？這次我在國內……」

「好啦好啦，哪壺不開你提哪壺，我說……」李俊傑一下子打斷了傅盈的話題，「今天難得高興，不要提掃興的事好不好？要不，我知道里士滿那邊有一間地下賭場，去玩玩好不好？」

李俊傑這話一說，周宣倒是心裏一動，上次在海王星號上的那一幕出現在腦海裏，沒事去賭場也好過在這兒無聊喝酒，搞不好還能賺回上次被搶走的那些錢。

李俊傑又用英語問了問其他人，沃夫兄弟首先贊成，愛琳娜也不反對，李俊傑又瞧了瞧伊藤師兄妹，這兩人竟然都微微點頭，看來，賭博到哪兒都有人喜歡。

在美國，除了極少數幾個州允許有賭場外，很多州郡是不允許開賭場的，紐約也沒有公開的賭場。但地下賭場卻是不可遏制的，其中種類繁多，不僅有常規型的賭博，還有地下拳賽、籃球、足球賭局等，林林總總的很多，但最多人玩的還是常規玩法。

離紐約很近的太陽城就有賭場，離波士頓近的康乃狄格也有賭場，離洛杉磯近的則有拉斯維加斯。其實在美國有賭場的地方也不少，這些都是持有政府發的牌照的，是合法經營。

而紐約的地下賭場就純粹是黑社會開的斂財工具，賭場大大小小很多，但這些地方，通常來說，你只要不是出老千，或者就算是出老千，只要沒被抓到破綻，贏到錢，賭場也是會放你走的，黑社會也有黑社會的規矩，壞了規矩的話，那就是斷了財路。

里士滿是紐約的一個區，居住的人口主要是白人和黑人，外來者比較少，不像曼哈頓和

布魯克林區，混雜各色人種。

李俊傑帶他們來的這間賭場，從外表看來根本就不像賭場，在里士滿黑人區的一條街道中，一個不太寬大的鐵門，門口有一個高大的黑人，脖子上和裸露著的手臂上，全是看起來令人噁心的刺青。

這個黑人顯然是認識李俊傑的，對李俊傑很恭敬地點頭說了幾句什麼，這很難得，周宣知道，華人在美國人心目中的地位是不高的。

李俊傑的三個手下被留在車裏，那黑人打開鐵門，李俊傑衝著後面的人揮手叫道：「狗狗狗！」

走過一條長長的黑暗走廊，再進入一個超大的廳堂裏，可就熱鬧了，男的女的混雜，幾乎全是老外，最少的就是像周宣這樣黃皮膚的人。

沃夫兄弟、愛琳娜以及伊藤百合子師兄妹，都是得到預付的五十萬美金的，只有周宣沒拿，但到昆斯區的別墅後，傅盈給他留了一萬美金做日常生活開銷。

大廳起碼有三百平方以上，有四五十張檯子，有一道樓梯通往二樓，二樓上面似乎也是賭廳。

這些檯子上面，周宣一進來就注意到了，大多是在玩二十一點和輪盤、百家樂以及德州撲克，當然周宣對德州撲克玩法是不懂的，但在海王星上看到過。

輪盤也是先押注後轉動的，不是周宣可以玩的，百家樂是先押注，然後分派莊閒家的撲克，再比點數，這種玩法，周宣可以通過冰氣偷看到盒子裏撲克的底數，但分發出來是哪邊叫牌或者哪邊不叫，這就由不得他了，所以這種玩法也不確定。

最後周宣站在二十一點邊上看了半晌，這個也是先押注，然後荷官派牌，看派出來的牌面再決定要不要叫牌，如果知道盒子裏下一張牌會是什麼，那贏面就很大了，因爲同樣也能估計到莊家下一張牌是什麼，會不會爆點，如果雙方都會再叫牌的話，那是否估到底牌就尤其重要。

曾經有很多人下功夫鑽研二十一點這門技巧，也有很多人認爲這是一門高深數學題，通過計算和超強的記憶力能擁有更大的勝算。

二十一點又名「黑傑克」，二十一點中，以一張A和一張十比其他任何點數都要大，所以通常又把拿到二十一點的牌面叫做「黑傑克」，一七〇〇年左右，法國賭場就有這種廿一點的紙牌遊戲。

一九三一年，當美國內華達州宣布賭博爲合法活動時，第一次公開出現在內華達州的賭場俱樂部，十五年內，它取代擲骰子遊戲，一舉成爲賭場莊家參與最多的賭博遊戲。

二十一點在最開始的時候只允許六個人一局，後來賭場爲了防備高學歷的數學精英計算記牌，贏走他們的錢，就把二十一點使用的牌加多到八副牌，同時混和在一起，這樣的話，

就會增加記牌的難度。

周宣看了一會兒，雖然聽不懂荷官的術語，但發牌方法是一樣的，只不過這裏賭的是美金。

這賭台大約有五六個平方大，長約四米多，寬卻只有兩米多，周宣左手按在台邊，冰氣運到荷官身後的玻璃牌盒子裏面，腦子裏清楚見到了牌面的花色和點數。現在，只要他願意，他是可以看到任何一張牌的點數的。

周宣決定就玩這個，然後回身去準備換籌碼。轉身卻見到傅盈和王玨站在他身側，不禁怔道：「你們倆怎麼在這兒？沒跟你表哥他們去玩？」

傅盈搖搖頭道：「他們自個兒去賭了，猜想你也不會賭，所以就跟著你一塊兒了。」

周宣臉一紅，訕訕道：「事實上，我正準備去換籌碼玩幾把呢！」

「哦！」傅盈側頭瞧了瞧周宣，有些意外，然後又道：「那好，你玩吧，我隨便瞧瞧。」

周宣瞧了瞧四周，確實是，除了她們倆，其他人都散到四周玩局了，連愛琳娜和小野百合子都在賭台邊。

周宣摸出口袋裏的美金來，數了兩千，然後到櫃檯換了籌碼。雖然不會說英語，但走到櫃檯不用說話，人家就知道你幹什麼，把籌碼整整齊齊碼好遞給了周宣。

周宣依舊來到傅盈和王玨待的那張二十一點的檯子邊，占了一個位子，然後數了一百美金的籌碼放到面前。

這次不像在海王星號上面玩的骰子，那個是有百分之百把握的，而二十一點卻不一定，所以周宣不敢把籌碼一次全下下去。

這一局，包括莊家一共有七名玩家。莊家每人派了一張暗牌，然後又每人派了一張明牌，周宣的位置排第三位，這張翻過來的明牌是張九，而那張暗牌是一張方塊十，加起來就是十九點，這個點數不算小。

莊家的那張明牌是一張黑桃十，暗牌周宣也測到了，是一張紅桃Q，加起來就是二十點，比自己大一點。

玻璃盒子裏的牌，周宣測了上面幾張，第一張是方塊七，第二張是黑桃二，第三張黑桃J，第四張是紅心四，再下面他就沒看了，多了記不住，也沒用。

玩家不對賭，只與莊家賭，也就是說，莊家與他們六個閒家賭，按牌面點數說，有可能全贏，也可能全輸，也可能贏半輸半，但數贏的數字誰也不知道，因爲可以看牌面點數，覺得贏面大的話，還可以加注。

周宣考慮了一下，按莊家現在的點數，自己是輸了的，但如果要叫牌的話，第一張是個七，自己叫了就爆了，第二張是個二，自己叫了，就剛好二十一點贏莊家，若是後面幾張

牌，自己叫了都會爆，只能叫第二張牌，但自己前面還有兩個玩家，不知道他們會不會叫牌，如果叫的話，又只能允許有一個人叫，一個人不叫，那樣的話，自己才能得到那張黑桃二！

當然，人家叫不叫牌就由不得自己指揮了，只能看天意。

第一個位置的玩家是個中年白人，他的牌面，明牌是一張梅花五，暗牌是方塊老K，這個牌面的點數是十五點，牌面點數不算大，再看看莊家的牌面，明牌是一張黑桃十，莊家的贏面要比他的大。

如果莊家明牌再是一張花牌，那就是二十點，如果是五點以上的點數，那至少會與他持平，所以他要叫牌的話，那只能要A到六的點數，如果是七到K的點數，那就爆牌了。

那個白人下的注是五十美金，猶豫了一下，然後推了牌，說道：「I Surrender！」傅盈彎腰悄悄在周宣耳邊說：「他投降了！」

荷官收了那個白人一半的籌碼，然後又退回一半，按規定來說，如果手上只有兩張牌，在沒有叫牌的情況下，投降是可以退回一半籌碼的。剩下的第二個玩家依然是個中年白人，臉上毛茸茸的一片絡腮鬍。

他的明牌是一張梅花六，暗牌是一張紅心九，也是一個十五點，那個白人盯著自己的牌想了半晌，然後捏了捏拳頭，道：「hit！」

瞧他這樣子就是再要一張牌了，周宣心裏一陣興奮，就是要去掉這張方塊七，那個白人要了這張七就爆牌了，也沒辦法再叫牌，接著就輪到自己，當真是天助我也！

荷官從玻璃盒中切出那張牌來，翻開表面，果然是一張方塊七，那個白人「哦」的一聲，很懊悔。而第一個扔牌的那個白人卻是很高興的樣子，因爲他逃過了一劫，如果是他叫的話，一樣是爆牌了。

荷官收去了那白人面前的籌碼，然後向周宣攤了攤手，示意繼續。周宣把那張蓋著的暗牌方塊十揭開來，傅盈和王玨都興奮了一下，十九點，這點數已經算不小了。

王玨小聲在周宣耳邊說：「別叫牌了，十九點，莊家暗牌如果不是花牌或者A，我們至少就不會輸。」無形之中，王玨已經把周宣的牌面叫成「我們」一方了。

周宣心想，自己再叫了下面那張黑桃二，那自己就有二十一點，無論如何都不會輸，因爲莊家不是兩張牌的二十一點，就算他再叫牌也是二十一點，那也是平手，不會輸給他。

主意已定，周宣笑笑，然後又加了一百美金，示意荷官發牌。王玨「啊喲」一聲，暗暗嘀咕著，這樣還叫牌，爆了怎麼辦？

但莊家翻開那張牌後，大家都見到了，是張黑桃二，不禁都喝起彩來，這時候，只要莊家的底牌不是A，那麼莊家兩張牌就不是黑傑克的二十一點，那周宣就不會輸，贏面占了九成。

王玨和傅盈兩人都怔了怔，隨即笑了起來，王玨拍著胸口說：「還好還好，都說不要了，誰知道要了個二十一點！」

周宣後面的下家，兩張牌一共十四點，當然叫了一張牌，結果就是那張黑桃J，爆牌了，再後面一個玩家的牌面十五點，依然要了一張牌，翻開是紅心四，牌面立即變成了十九點，很大的點數了，那個玩家臉上一陣興奮，點數大而沒爆牌總是令人興奮的。

莊家把自己的暗牌翻了過來，是一張紅桃Q，加上明牌黑桃十，就是二十點，這樣的話，莊家的點數贏那個玩家，但輸周宣。

莊家搖搖頭，他不再要牌，又示意十九點的玩家還要不要牌？這個時候，那個玩家當然會叫了，賭零點一的機會也是賭，不賭也是輸，當即點頭要牌，結果翻出來一張紅心五，爆牌。莊家贏五輸一，只有周宣贏了兩百美金。

玩了這一局，周宣心裏有數了，知道底牌已經是有了九成的贏面，再加上一成的運氣就行。

第二局，周宣不再猶豫，把兩千二百美金全押到檯面上。這一下就有一點引人注目了，檯面上的玩家沒有下超過三四百美金的，當然是在這張檯面上，因爲大廳裏都是普通玩家，下注也是比較小的。

傅盈對金錢不敏感，周宣下兩千多美金也沒有太大意外，但王玨就有點緊張了，其實是給賭場裏的氣氛給影響的。

這一次周宣得到的兩張牌，明牌是黑桃八，暗牌是黑桃五，加起來十三點。在美國，十三這個數字被認爲是不吉祥的數字。王玨「啊喲」地喚了出聲，周宣也沒有太多的表情，乾脆把暗牌也翻開來。

莊家的牌面是方塊十，暗牌是張方塊五，點數是十五點。這一局很奇怪，周宣前面的兩個玩家都叫了牌，也都爆牌了。

輪到周宣，後面連續三張牌都是A，第四張是紅桃九，第五張方塊J。周宣說道：「我叫牌！」

荷官聽不懂中文，但明白這個意思，而王玨也用英語補了一句：「hit！」

荷官翻出來，是一張紅心A，周宣作了個繼續的手勢，後面仍然是張A，王玨瞧得又緊張又捏拳的，似乎賭的人是她而不是周宣。傅盈又好笑又好氣地推了她一下。

周宣仍然要牌，荷官再翻出來的還是一張A，這樣，周宣的點數就是十六點了，但依然不算是牌面大的。

周宣笑了笑，搖搖頭道：「不叫了！」

「才十六點就不叫了？」王玨忍不住問了一句，上一次讓他不叫的時候他偏叫，現在要叫牌的時候他卻又不叫了。

周宣笑笑說：「十六點也不錯，該贏的時候就會贏，不該贏的時候，拿二十點也會輸。」

後面的八張牌周宣都測過了，兩個七一個八，後面接著是五張花牌，第九張才是個二，如果周宣後面兩個玩家叫牌不會超過八張的話，那莊家只要一叫牌就會爆！

而剩下的兩個玩家要叫八張牌的可能性是沒有的，因爲一個是十九點，一個是二十點，多半不會再叫牌，如果叫，那也是一張就爆，這一局，周宣雖然只有十六點，但卻是贏定了莊家的十五點！

果然，周宣後面兩個玩家都不再叫牌，莊家把自己面前的暗牌翻過來，是一個方塊五，總點數就是十五點。

現在的局勢看來，莊家不得不賭一把，反正不叫牌是輸，叫了牌還有贏的可能性，從玻璃盒裏切出一張牌來，翻過來一看，是張紅心七。

莊家爆了。王玨和另外兩個玩家同時興奮地叫了一聲，傅盈雖然沒叫出聲，心裏卻是十分激動。難怪有很多賭徒在賭場中根本控制不了自己，像這樣的場景，如何能把持？好在周宣是唯一的明白人，如果不是有冰氣異能，這賭場，他壓根兒就不會來。

荷官是個二十來歲的金髮女郎，周宣第二局下注時就引起了她的注意，能把全部籌碼一次全押在一局上面，這種人她見得很多。一般來說，玩二十一點的數學記牌高手通常是不會這樣張揚的，他們會有一個三到六人的小團隊配合，而且很低調，即使贏錢，他們也會一點一點小贏，絕不會下大注，也不會把籌碼一次都押到一次賭局上，能贏錢而安全地拿出賭場，這才是他們的目標。

但周宣顯然不大可能是這種人，因爲這個人必須在洗牌前就在賭台邊，要看到洗牌才有可能記牌。周宣到這張賭台時，這八副牌的盒子已經開到一半，他壓根兒就沒見到洗牌，又如何能記牌？而且這幾個玩家都是熟客，不可能與他是同夥。周宣又是個生面孔。

荷官心裏這樣考慮著，下一注又照樣開始。

第二十二章

賭神駕臨

這種賭法要是輸了的話，那是連本錢都沒有了。
荷官也有些微微的汗意，在她的賭台上，
還沒有賭客玩家像周宣這樣的玩法，
不論贏多少，下一把都會全部押上去，
他是個有錢人還是個傻子？或者是個絕頂高手？

周宣沒有做過多考慮，因爲以後或者有可能這輩子都不會再來這個賭場，所以也沒必要留後路，把面前四千四百美金的籌碼又全部押到檯面。

這時候，其他賭客都有點注意起周宣這個奇怪的賭客來，在他們看來，這種賭法，要是輸了的話，那是連本錢都沒有了。

荷官也有些微微的汗意，在她這樣的普通賭台上，還沒有賭客玩家像周宣這樣的玩法，不論贏多少，下一把都會全部押上去，他是個有錢人還是個傻子？或者是個絕頂高手？

接下來兩局，周宣面前已經堆了一萬七千六百美金的籌碼，周宣依然將這些籌碼全推了出去。荷官手指都有些發顫了，抹了抹鼻尖的汗珠。

這時，其他的玩家都停止了下注，乾脆在旁邊看周宣跟荷官的賭局。

傅盈沒料到周宣竟然會有這麼好的賭技，看他鎮定的表情，絕不像是個初入賭場的菜鳥，這時倒是有些好奇起來，這個周宣到底有多少秘密是她不知道的？

王玨在一旁幫周宣叫陣，跟啦啦隊一樣，她覺得周宣贏錢是因爲運氣好，半點也沒想到別的。

此時，荷官基本上已排除了周宣作弊的可能，現在已經只剩下她跟周宣兩人仍在賭局中了，而且切牌的也是她自己，周宣連牌都沒碰一下。

發出的明牌擺在檯面上，周宣看那張暗牌的時候，直接用手翻了過來，四周無數雙眼睛都盯著他，換牌的可能性是一絲都沒有。

荷官已經沒有平時那種冷靜了，切牌的手是顫抖的。

就剩兩個人對賭，周宣心裏更是淡定無比，已經不必要再費神去想還要切去多少牌才是自己想要的，現在一切都很明確，底牌清楚，贏面已經有了九成，只剩下一成的運氣，看那荷官心先亂了，運氣恐怕會差些。

荷官發給周宣的明牌是黑桃十，暗牌竟然是一張黑桃Ａ，這是一手黑傑克，二十一點，如果荷官不給她自己發出一手兩張牌的黑傑克，那她就輸了，如果她能給自己發一手黑傑克，那也只能是個平手。

荷官顫著手發給自己的明牌是張紅心九，周宣一瞧便知道自己贏定了，拿了二到九的數字牌，她已經沒辦法拿到兩張牌的二十一點，因爲兩張牌的二十一點只能是花牌和Ａ。

她給自己發的暗牌是個黑桃Ｑ，周宣微微笑了笑，側頭對王玨說：

「王小姐，你幫我翻開底牌吧，有可能你手氣好，能翻條A出來呢！」

王玨臉脹得通紅，緊張地用手指尖觸著那張暗牌，將那牌抬了一點點起來，然後彎下腰低頭瞧進去，接著就在周宣意料之中大叫了一聲：

「Ａ……黑桃Ａ！」

那牌也被王玨弄翻開來，果然是個黑桃A！

金髮女荷官苦著臉給周宣賠付了一萬七千六百美金，然後抬頭擦了擦汗，望了一眼櫃檯處。

周宣的肩膀給人按了一下，回頭一看，卻見是沃夫、丹尼爾兄弟、愛琳娜和小野百合子也在側邊，另一側卻是李俊傑、喬尼和伊藤。

沃夫兄弟在大廳裏轉了幾圈，輸了差不多五萬美金，愛琳娜也輸了一萬美金，李俊傑輸得多一些，差不多十萬，他大表哥喬尼沒輸沒贏，基本持平，只有伊藤近二贏了兩萬美金，小野百合子贏了一千多。

見到周宣這檯子邊人群湧立，圍觀成群，大家都跑了過來，結果卻發現是周宣在跟荷官對賭。

沃夫兄弟向周宣伸了伸大拇指，叫了幾聲「good」，然後把手裏剩下約有四五千的籌碼放到周宣面前，說了幾句，周宣聽不懂，但明白這肯定是讓他一齊下注。周宣笑了笑，也沒拒絕，把籌碼全都推出去。

荷官臉色變了，這時，櫃檯邊走來一個身穿筆挺西服的棕髮男子，圍在邊上的賭客一見到，趕緊給他讓開了條口子。

這個男子一進來，便對周宣微笑著伸手說了幾句話，周宣聽不懂，傅盈幫他做了翻譯，輕輕說：「他說他是這兒的經理約翰，想跟你交個朋友，並請你到樓上的檯子安靜地玩局！」

傅盈和周宣對賭場的規矩都不懂，別的賭客玩家卻是明白，通常賭場經理請你到二樓，那麼最終只有兩個結果，一是你沒有任何作弊的行爲，在二樓的巨大壓力中把錢全部輸回去，第二就是被他們發現你是作弊的，那就是斷手斷腳後給抬出去扔在巷子中。

傅盈和周宣不知道，但李俊傑卻明白，他剛才在周宣背後站著看了幾局，雖然不知道周宣是如何這麼穩當地贏了錢，但肯定他沒有作弊。既然知道沒作弊，那就沒必要擔心給賭場抓到把柄，再說，周宣贏的這點錢，那還算不了錢。

李俊傑對約翰嘰嘰咕咕地說了幾句話，約翰仍然微笑著指指樓上。周宣自然明白，這些人不可能看得出他的底，又瞧瞧李俊傑，見他臉色平淡如常，想來也不會有什麼問題吧。

李俊傑淡淡道：「小周，也好，我們上去瞧瞧吧。」

周宣笑笑道：「李先生，贏的錢可以拿得走麼？」

李俊傑淡淡笑了笑，臉色卻有一絲傲然，道：

「既然敢開賭場嘛，那就預料得到有輸有贏吧，賭局中，輸贏都是正常的，我不也剛剛輸了近十萬嗎，只要你沒作弊，憑本事贏的錢，能贏多少就拿多少，在紐約這個地方，我們傅家可也不是任由人捏的軟柿子。」

周宣再瞧瞧傅盈，她臉上也沒有半分擔憂的神情，再想想那次她在沖口把方志成請來的那七八個男人打得落花流水的情景，心裏頓時笑了笑，莫非她們傅家也是混黑社會的？

所有賭場的二樓，毫無例外的都是為了豪客大玩家準備的，其設置和配件也都要比樓下要好得多。賭廳雖比樓下小得多，但廳裏邊有十多間小房間，廳中間有一張大圓檯子，廳邊上靠著牆邊一圈都是沙發。

約翰不認識李俊傑，但認識跟著一起上二樓來的喬尼，怔了一下，便問起周宣跟他有什麼關係。當然除了周宣一個人聽不懂外，其他人都明白。

喬尼淡淡道：「這位周先生是我表妹和表弟的朋友，介紹你認識一下吧，那位是我表弟李俊傑，表妹傅盈！」喬尼指著倆人對約翰說著。

約翰顯然吃了一驚，紐約唐人街傅氏家族可不是普通的家族，傅氏家族的產業涉及很廣，餐飲、服務業、電子科技、銀行、建築業等等都有跨足，生意遍及海內外多個國家，資產總和超過兩百億美金，在政商界都極有影響。傅家老一輩據說在唐人街可是教父級的人物，不論是黑白兩道，都不是他這樣的小角色可以企及的，別看他在里士滿這邊略有些名聲，但若是惹到了傅氏家族，人家伸一根手指就能把他給消滅了！

約翰也不是簡單的人物，腦子一轉，馬上就以另外一種心態來對待了，笑呵呵地揮手讓身邊幾個保鏢模樣的大塊頭出去，然後說道：

「喬尼先生，很高興認識您的表妹表弟，這樣吧，如果你們有興趣的話，也可以玩玩，我們開一台隨便玩玩吧，你們這位朋友運氣不錯，我想跟他切磋切磋！」

他這兒打手雖然多，但若是跟紐約唐人街的傅氏家族比，那顯然就是搞笑了。

喬尼淡淡道：「好啊，那大家就坐下來玩幾局吧！」

約翰很窩火，還得帶著笑臉相陪，根本就沒想到傅家人會到他這個小地方來玩，實在是揪心，還得陪著笑臉，不過他們既然是進賭場，自己就按規矩玩吧。

約翰吃虧就吃虧在不認識李俊傑，以前李俊傑曾經來過這賭場一次，是一個朋友帶他來的。當然，這個地方也不值得李俊傑怎麼玩盡興，只是在紐約沒有公開的大賭場，偶爾帶周宣他們來消遣一下還是不錯的，只是沒玩幾下就輸了十萬。輸這點小錢倒不是大事，但老是輸，哪怕是小錢也沒贏一手，心裏總是不那麼暢快。

約翰說歸說，但他把注意力還是放到了周宣身上。剛才從監視器裏他觀察得很仔細，他們這一群人，只有周宣和那個伊藤值得注意，不過伊藤是很有經驗，會控制心態，但絕不是賭技高手。

而那個周宣就不同了，從歷史上有記載和已經見識過的賭博技巧來說，他不屬於其中任何一種，專玩的二十一點也可以確認，絕不是靠記牌和團隊配合來作弊，最後跟荷官可以說是單對單了，牌是他們賭場的，用專門的玻璃盒裝著，切牌發牌的也是他們賭場的人，周宣也是中途才上場的，玻璃盒中的八副牌還沒有更換過，換言之，他是不可能記到牌的。

唯一說得過去的，就是周宣運氣特別好，但每把都這樣，不可能歸根於運氣好。約翰很清楚，他們賭場主要是通過監控設備防止有玩家出千，從機率上來講，賭博始終是玩家輸的，賭場賺的就是這個機率的錢，要說有絕對的把握，那除非是作弊，只有靠作弊才敢說百分百贏錢。

當然，那些高科技的賭具他們也有，不過很少用，只有在肯定沒人會察覺的情況下，他們才會用。

約翰首先請喬尼和李俊傑到圓檯邊坐下，眼睛卻是望了望周宣，李俊傑朝周宣招了招手，笑笑說：「來，坐下玩！」

約翰又問道：「請問喬尼先生，你跟你的夥伴要玩哪一種玩法？」

喬尼望了望李俊傑，李俊傑又側頭對周宣道：「小周，你喜歡玩什麼？」

周宣想了想道：「我會玩的很少，紙牌二十一點太麻煩，不如玩骰子吧，那個簡單，不用想太多，不費事！」

李俊傑點點頭，對周宣，他實在越來越覺得周宣像謎一樣，揭開一層又是一層，永遠都看不到最裏層！

「約翰經理，我的朋友說就玩骰子吧，不麻煩，簡單。」

約翰也點點頭，拍了拍手掌，又一個身材火辣的金髮女荷官走到他身邊，彎下腰來。

約翰道：「拿一副骰盅，另外多拿幾副骰子過來。」那荷官模樣的女子點點頭，轉身到廳裏的櫃檯裏拿了骰盅和骰子過來，放到圓檯上攤手示意了一下。

黑色的骰盅及底盤跟海王星號上見到的沒什麼區別，盤子裏有五副顏色不同的骰子，一共十五粒，有水晶的，有玻璃的，有雲母石的，有玉的，還有一副象牙的。

約翰示意李俊傑挑一副骰子出來。周宣雙手放在桌子邊，他左手的冰氣早就試探過了，那五副骰子除了那白色的象牙骰子是實心的外，其他四副骰子裏面都有金屬晶片，顯然是有機關遙控骰子。

當李俊傑一望他的時候，周宣便指著那副象牙骰子道：

「那副白色的象牙骰子！」

約翰聽不懂周宣的中國話，李俊傑翻譯了一下，約翰的臉色立即變得難看起來。他可是明白得很，通常遇到這種情況，他都事先有準備的，荷官會拿出幾個可遙控的和一個實在的器具來。

約翰不是驚訝周宣他們是不是審試後決定用哪副，而是周宣看都沒看，便一下挑出那副真的骰子來，這又讓約翰產生了兩個猜測，要不是周宣運氣真的很好，一下子就要了那副不能作弊的骰子，要不就是周宣絕對是個超級高手，不用碰就知道骰子的真假。

這種念頭在約翰腦子中一閃，但他顯然是相信周宣的運氣，因爲這只是五分之一的機會，也是有可能的，若說摸都沒摸、看也沒看一下就能知道真假，那他是不相信的，這世界上是沒有鬼神的。

約翰臉上仍是帶著微笑，縱然心裏有什麼念頭，臉上卻是不露出分毫，然後吩咐荷官把象牙骰子留下，其他骰子放回去。

等荷官又過來後，約翰又問道：「請問是要玩什麼玩法？」

別的細節玩法太多，沒必要糾纏在小玩法上面，周宣對李俊傑低聲道：「就賭大小點和豹子。」

骰子的玩法起源最早是羅馬和印度，現在世界上最有名氣的賭場則是拉斯維加斯和澳門，澳門甚至有後來居上的勢態，這當然都歸功於大陸十幾億人口的龐大客源。澳門的幾大賭場除了本土的，其他幾家都是拉斯維加斯的博彩巨頭，像約翰這種小賭場，基本上都是按那些大賭場的玩法引進的設備，所以李俊傑翻譯了周宣的話後，他便懂得是什麼意思。

「那好，就玩大小點和豹子這兩個吧，大小點是一賠一，豹子就一賠四十八！」

約翰向李俊傑說著，然後又示意荷官準備好搖骰盅。

對於玩骰子，周宣自然不用多想，只要對方沒有機關，沒有使用高科技的遙控骰子，那他就贏定了。

而約翰的想法是，骰子是他們自己的人搖，起碼就能控制對方有人作弊，既然都不可能作弊的話，那就是大家都在賭運氣，賭場賺的就是機率，他不害怕靠運氣賭博的玩家，因為玩家可以贏一時的錢，但只要他還會繼續賭下去，那最終的贏家只能是賭場。

約翰向那性感的金髮女荷官打了個響指，那荷官立即雙手端起骰盅，把象牙骰子放在盅裏，然後蓋上蓋子，在眾人的目光注視下，搖了三下，然後放到檯面上。

約翰笑了笑，道：「請各位下注。」周宣把自己三萬多的籌碼和沃夫兄弟交給他的幾千美金的籌碼一起推出去，押了小。

骰盅在荷官搖的時候，周宣就雙手伏在檯子上側耳假裝聽著，左手的冰氣已經運了出去，荷官把骰盅一放到檯面上，周宣的冰氣就測了個明白，骰子的點數是一三三，七點。

周宣微笑著望了望愛琳娜和李俊傑，眼神中有詢問他們要不要玩一玩的意思。

愛琳娜笑笑，她手頭還有一千塊錢的籌碼，周宣的眼神無疑是想她下注，反正就當是玩吧，再說剛剛見周宣的運氣超好，不妨就跟他試一試吧。

愛琳娜把籌碼扔到周宣的籌碼一起，李俊傑想也不想，便放了一萬美金一枚的大籌碼十個，落了十萬的注。

其他人暫時都沒落注，採圍觀態勢。

約翰微笑著道：「好，開盅！」

荷官把骰盅打開，報道：「一三三，七點小，閒家贏！」愛琳娜和沃夫兄弟頓時歡呼起來，沒想到周宣竟然運氣超強，到了二樓依然絲毫不衰。

李俊傑心裏樂了一下，這周宣倒是有趣，看來真是人不可貌相，若是真以爲是運氣的話，那他打死也不會信。

李俊傑從小在唐人街被外公傅玉海施以各種磨練，在這樣的環境中長大，爲人已屬極精，對賭博技巧也有很深的研究，一個人若是沒有作弊的話，僅憑運氣，那是絕無可能連贏這麼多局。所以對周宣的贏錢，李俊傑相信他是用了什麼手法，雖然還看不出來，但絕對不是運氣。

荷官賠付了籌碼，不算太多，加上了李俊傑的，一共才十四萬六千。荷官示意了一下，然後又合盅再搖骰。

上一把她沒有用手法，只是隨便搖了一下，但周宣下得很準，估計是聽力超強，這一次再搖，荷官雙手腕用了幾分力氣，骰盅裏只發出了一聲極微弱的響聲。

這一手，女荷官是練了很久的，能把三顆骰子挨到骰盅邊上，既改變了骰子的點數，卻又不發出響聲，這招很是厲害，專門用來對付聽力超強的骰盅高手。

當荷官神色平淡地把骰盅放到檯面上後，雙手攤開示意。

周宣瞄了瞄荷官，見她雖然裝得表情平淡，但眼中已經洩露了一絲微弱的得意，心道，要是換了別人，你就得意吧，但現在她面前的人周宣，她就只能自認倒楣了！

這荷官手法確實很厲害，是約翰手底下的臺柱，專門用來對付高手或者是富豪玩家的，剛剛用手法把骰子搖出了個三個三的豹子來！

周宣微微一笑，面前連本帶利一共有二十九萬二千美金的籌碼，也沒問李俊傑和沃夫兄弟以及愛琳娜是否願意，雙手一推，便作了主把籌碼推到檯子中間，說道：

「這一局全押三個三的豹子！」

除了李俊傑、喬尼、傅盈和王玨外，其他人都聽不懂周宣說什麼，而傅盈和王玨對骰盅也不感興趣，不知道玩法，是以也不感到驚奇。只有李俊傑和喬尼表兄弟兩人大吃一驚！

周宣敢這麼確定嗎？李俊傑眼睛盯著周宣，不知道是聽錯了還是他說錯了。

周宣對李俊傑笑笑說：「李先生，請翻譯，全押三個三的豹子！」

李俊傑這才確信周宣沒有糊塗，搖了搖頭，向約翰說道：「全押三個三的豹子！」

約翰倒是愣了一下，這個周宣確實有些大賭家才有的豪氣，賭豹子便跟賭牌拿同花順或者二十一點的黑傑克一樣，那是極難極難才會碰到的，如果僅憑運氣的話，那就是可遇而不

可求的事，你很想的時候，它不會想來，你想不到的時候，它反而來了。

在骰子規則中，搖出豹子的時候，如果玩家是下注其他類別的，那莊家就是通吃，但如果玩家下準了豹子的話，那莊家就得賠付高達數十倍的賠率。剛才約翰說了規則，豹子的賠率是四十八倍。

剛剛一把贏了還在高興的沃夫兄弟和愛琳娜，忽然聽到李俊傑說周宣全部下三個三的豹子，頓時一怔，有些想把籌碼拿回來，但都已經給周宣推出去了，賭場的規矩就是押了注是不能退回來的，心裏懊悔不已，想怎麼剛才不拿回來呢，周宣這般下法，只怕那運氣就要沒了！

李俊傑卻是聲色不露，在這個時候，他也只能選擇挺周宣，即使是輸，那也只當是剛才沒贏好了。

但當他把周宣的話翻譯過後，約翰的表情還好，那個性感女荷官卻是臉色大變，霎時間白得跟紙一般，手指也顫抖起來。

這一手豹子本想是將周宣的籌碼完全吃掉，卻沒想到他仍然準確得像是揭開骰盅親眼看到的一樣，不僅吃不掉對方，反而要賠付給周宣他們一千四百零一萬六千美金，這個責任和壓力，不是她能承擔的！而這骰子又不是遙控骰子，點數在眾目睽睽之下是沒有可能改變的。

約翰見荷官猶豫了半天也沒開盅，瞧了瞧她，女荷官正自失魂落魄發呆，哼了哼，便自己把骰盅打開了。

骰盅一揭開，檯邊的所有人都靜了下來，但是只靜了一下子，沃夫兄弟和愛琳娜便相互擁著狂歡起來。

骰盅裏，三粒骰子一般模樣兒的三點朝上，當真是三個三點的豹子！約翰終於明白荷官爲什麼呆著不開骰盅了！

事實上，約翰也不能使自己的心平靜下來，一千四百萬美金，這可是他們這間賭場整整半年才能贏得的利潤！

約翰幾乎想要拒付，賭場對普通玩家守規則，那是想繼續賺他們的錢，而且他們也不可能會贏到這麼大的數額，如果出現了紕漏，對於黑社會來說，他們有的是方法不支付，並且讓這玩家閉嘴。

但唐人街的傅氏家族可不是普通玩家那樣好對付，如果今天不支付這筆錢，也許明天自己這間賭場便會出現各種問題，要不就乾脆把這幾個人殺了，把屍體扔到大西洋算了。

但想歸想，事實卻是約翰不敢做任何動作。別說傅氏家族，便是這個喬尼，那也是約翰得罪不起的人物，喬尼一族雖然沒有傅家財雄勢大，但卻有不小的名頭，紐約「黑色家族」在數十個最具名頭的黑幫集團中，都是數一數二的。

約翰搖了搖頭，拿了支票簽了一張一千四百萬數字，然後遞給李俊傑，苦笑道：「李先生，喬尼先生，這賭局，我看是不能再繼續下去了吧，再玩的話，恐怕我們這賭場就得由你們傅氏家族來經營了！」

李俊傑接過支票，伸手指彈了彈，他倒不怕約翰開出的是空頭支票，此刻見約翰說得無奈又服軟，本來無冤無仇的，也沒必要趕盡殺絕，便笑了笑道：「OK！」

最高興的莫過於押寶在周宣身上的沃夫兄弟和愛琳娜，愛琳娜的一千美金兩次就變成了九萬六千美金，沃夫兄弟也有四十三萬二千。周宣自己也差不多有三百六十多萬，獲利最多的卻是李俊傑。

李俊傑本意是帶大家出來散散心，無意之中卻讓周宣幫他發了一筆財，笑呵呵地當即帶著眾人去大吃了一餐。

在酒席中，沃夫兄弟讓王玨做翻譯，問周宣賭技怎麼那麼厲害？周宣笑說自己練過耳力，聽骰子的話，有六七成的把握，今天是運氣好，他們自己的荷官搖了個豹子出來。

這理由倒是勉強能說得過去，沃夫一時興起，竟然到餐廳裏向服務員要了一個顧客玩酒的骰盅來，就在餐桌上搖了讓周宣來猜。

周宣也就像模像樣仔細用耳聽的樣子，十次猜準了七次，李俊傑、喬尼、伊藤的疑心就在歡鬧中消逝了去，看來周宣確實是練過，再加上運氣又特別好了些。

第二十三章
鯊口逃生

在丹尼爾頭頂潛水燈的照射下，
鯊魚長長的身軀完全的顯露出來，肚皮前半呈灰白色，
後半截呈白色，下顎半張的大嘴尤其可怕，
上下鋸齒般的牙齒似乎預示著可以撕碎任何咬在口中的獵物。

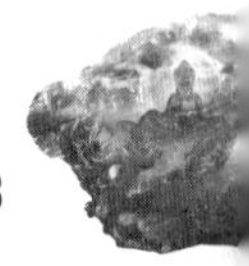

回到別墅後，伊藤師兄妹住在二樓靠裏的兩間房，傅盈和王玨以及她大表哥喬尼沒有跟去別墅，而是回了唐人街。

之後有七八天時間，周宣再也沒出去玩過，沃夫兄弟和愛琳娜對他很有好感，竟然也沒有外出，成天陪著周宣玩撲克，要不就是在游泳池裏潛潛水，日子也不沉悶。

周宣晚上就練習冰氣，睡前再看看古玩方面的書籍，充實一下知識。

只有伊藤師兄妹倆人每天早上出去，晚上回來，周宣也不跟他們說話，伊藤隨時都是一副冷冷的表情，彷彿別人欠了他幾百萬似的，只有小野百合子每次見到周宣都會彎腰，很禮貌地問好。

這種悠閒日子直到第八天才算終結了，因爲傅盈跟李俊傑訂購的高級潛水設備運回來了。算算時間，周宣來到美國已經差不多有半月時間了。

李俊傑一大早便來別墅通知了眾人，跟著傅盈也趕了過來，帶了新的潛水設備，乘遊艇依舊到上次的海域附近。

三個黑白老外把新的潛水服和氧氣瓶搬到遊艇邊，還拿了七八套水下強力弩槍。李俊傑表情有些嚴肅，道：

「這次請各位來，之前也跟各位說明了原因和情況，我跟表妹就是想在曾祖大壽之前把大曾祖的遺骸找回來，讓老人家安心，因爲有相當的危險，所以我們得一切都準備妥當，多一分準備也就多一分安全。這些潛水設備可不便宜，每套價值近十萬美金，可以在深水中減壓，並在高低溫下保持身體正常的溫度，能讓潛水員潛得更深，它的設計功能基本跟太空服有些類似，但只是類似，實際上是要差一些，畢竟我們去的地方不是外太空。」

潛水服一共有十套，周宣見愛琳娜、小野百合子和傅盈都各拿了一套到艇裏換去了，倒是沒想到傅盈今天也準備下水。

這潛水服跟普通的潛水服確實不一樣，分裏外兩層，上下從頭到腳是整套連在一起，把整個人都包裹在潛水服裏面，面部只有一個玻璃鏡罩露在外面，氧氣瓶與潛水服有個接口，插上接口就連在了一起。唯一的進口在胸前，裏外採兩層防水防滲拉鏈。

周宣換衣的時候，見李俊傑也換上了這個潛水服，原來他也要下水。

換上潛水服後，每個人又都戴了一支深水測試表，是上次用過的。遊艇上只留下王玨和三個黑白老外守船。

接下來，眾人都從遊艇邊上下了水，一到水中，周宣立即感覺到了這潛水服的好處，海水的溫度基本上對他沒感覺，往下潛了十多米後，體內依然如常。

周宣在四周瞄了瞄，見傅盈就在他左側，潛水的速度比他還要快。

對於傅盈的游泳技術，周宣早就知道她不一般，甚至可以說是很強，但潛水就不知道了，不過今天所有人都沒有徒手潛水，都穿了這新型的潛水服。

反正周宣不講速度，也就慢悠悠地往下潛，潛到一百五十多米的地方，周宣見身前幾個人都打開了頭頂的水下照明燈，這幾個人是沃夫兄弟和李俊傑。

上次沃夫兄弟只能潛到一百三十多米的深度，但今天穿了這潛水服，竟然輕鬆的就潛到了一百五十多米，而且還有餘力往下潛。

這潛水服果然不同尋常，周宣心想不知道自己用丹丸冰氣護身，又借助這潛水服的話，這次可以再潛多深？

正想著時，驀地裏見到丹尼爾身子一陣亂晃，不由得吃了一驚，以爲他受不了水壓出事了，趕緊往他那兒游，游的時候卻見到丹尼爾指著前方，眼罩裏的眼神滿是驚恐。

周宣一怔，順著他指的方向望過去，強力潛水燈的光束中，有四五條黑影急速往這方游過來，速度很快，最前面一條黑影在光束中已經能看清模樣。

半張的大嘴，白森森如鋸齒的牙齒，天啊，是鯊魚！

周宣幾乎是沒作任何思考，便雙手抱著丹尼爾往下猛扯，下潛的速度立即加快，那鯊魚的身軀從丹尼爾頭頂掠過。

周宣和丹尼爾在潛下去的同時都仰起頭來瞧著，在丹尼爾頭頂潛水燈的照射下，那鯊魚長長的身軀完全的顯露出來，跟著又是三條游過，肚皮前半呈灰白色，後半截呈白色，下顎半張的大嘴尤其可怕，上下鋸齒般的牙齒似乎便預示著可以撕碎任何咬在口中的獵物。

除了在電視上，周宣真正面對面直擊鯊魚，這還是第一次，心底裏就對這種海洋霸主產生了恐懼。

也不知是不是丹丸冰氣的作用，在這危急的時候，他潛水的速度增加了很多，但那四條鯊魚從頭頂掠過後，轉身壓低了姿勢，又朝他們衝了過來。

周宣對鯊魚種類不熟，但丹尼爾卻知道，這種鯊魚是大白鯊，全世界分佈的鯊魚種類約有三百八十多種，但攻擊人類的卻只有二十七種，大白鯊就是其中之一。

鯊魚，在古代叫作鮫、鮫鯊、沙魚，是海洋中的龐然大物，所以號稱「海中狼」。根據化石考察和科學家推算得知，鯊魚在地上生活了約一億八千年，牠早在三億多年前就已經存在，至今外形都沒有多大改變，說明牠的生存能力極強，人稱海洋「獵手」。

大白鯊是個擅長僞裝的掠食者，是鯊魚種族類的佼佼者，牠的上半身顏色很暗，下半身很明亮，牠們能借著這種保護色悄悄逼近獵物。當牠從下方來襲時，由於牠的顏色和深海接近，要等到牠發動攻擊時才會被發現。牠很少從上方攻擊，但牠從上方來襲時，白色的下側和海水反映出的明亮天色融爲一體。

大白鯊的上下顎並未和頭部緊密相連，這樣，牠可以將上顎向上和向前延伸吞下獵物，有時甚至能將獵物一口吞下。

周宣拖著丹尼爾拼命往下潛，大白鯊的第二輪襲擊又撲了空，再次迴旋兇狠的逼過來時，周宣發覺身邊已經接近了愛琳娜、傅盈、沃夫、小野百合子、李俊傑這幾個人，心裏更是有些慌亂，鯊魚的目標多了，那就更不容易擺脫。

這些大白鯊每條都有四五米長，如果咬住一個人，周宣相信絕對會被牠們給撕成碎片。

這時潛水的深度已經達到一百七十多米的深度，在平時，沃夫兄弟以及愛琳娜是達不到這個深度的。這時候，慌亂的不止周宣和丹尼爾，愛琳娜和傅盈、沃夫都有些慌亂，但在這樣的一個深度，眾人身形的靈活度已經大打折扣，活動很不自如。

首當鯊魚衝擊的第一個人，自然還是丹尼爾，丹尼爾在驚慌和水壓力中，已然無法作出更迅速的動作，只能被動的被周宣拖著腳往下沉。

丹尼爾幾乎可以看清楚鯊魚那白森森的牙齒和大嘴裏面那黑乎乎的岩洞一般的食道，這時已經無力想像如何逃命，只能順勢等待結果。

就在這時，丹尼爾和周宣都見到左邊和下側一上一下兩條白線急速穿過，在水中聽不到響聲，那白線卻是瞧得清楚，仿如電影中子彈穿梭時留下的痕跡一般。

那頭大白鯊身體一僵！兩支鐵箭一支從右眼射入，一支從嘴縫裏自下而上貫穿了腦部，大白鯊頓時鮮血迸出，在海水中瀰漫開來。

那大白鯊竟然被這兩箭一擊斃命！

周宣扭頭瞧了瞧左側和下方，左側這一箭是李俊傑射出的，下方那一箭是伊藤近二射出的，兩人手中都拿著水下強弩，瞧著後邊的另外三條大白鯊。

鯊魚是血腥動物，聞到血腥味時會更加瘋狂，鯊魚最敏銳的器官是嗅覺，牠們能聞出數里外的血液等極細微的物質，並追蹤來源，這近在咫尺的血源自不必說了。

後面三條鯊魚嗅到鮮血味道，沒有再衝擊丹尼爾和其他人，而是圍著那頭斃命的死鯊瘋狂撕咬，在利齒的撕扯下，死鯊的身體被扯得血肉橫飛。

本來在大西洋這個水域裏遇到鯊魚的可能性極微小，李俊傑來了無數次了，遇到鯊魚襲擊的事，這還是第一次。

因爲他們要去的地方水下有危險，所以這強弩也是必需品，所以就算現在的測試沒有危險，李俊傑依然帶了測試一下，沒想倒是派上了急用。而伊藤則是隨時都抱著緊繃的心態，也好在他們倆人都是經常鍛煉槍法弩弓的，弩弓的技術好，一點也不奇怪。

躲過大白鯊這一劫，眾人再往下潛了十多米，避開了剩下那三頭撕咬同伴的鯊魚，往海面上浮去。

最深處已達到接近兩百米，就算穿了這高科技的潛水服，像沃夫兄弟和愛琳娜，以及傅盈都覺得身體極爲不舒服，似乎胸腔便要爆炸開來一般，自然不敢再多作停留。

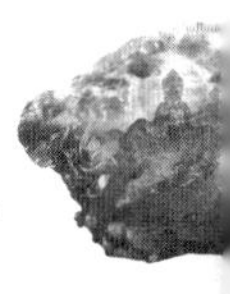

李俊傑游在最後面，點了人數後，打了個手勢，一齊往海面上撤退。

幾乎是用了近十分鐘才再游回海面，丹尼爾幾乎已經精疲力竭，遊艇上的三個老外趕緊把他們拉上遊艇。

還有餘力的只有周宣、伊藤和李俊傑三個人，再檢查了一遍測水錶，幾乎都在兩百米左右，多的如伊藤，在兩百零四米，少一些的丹尼爾也有一百九十九米。

對這個潛水服的品質，基本上可以得到肯定，以周宣和伊藤的能力，穿這個潛水服的話，至少還可以再往下潛不少深度，在剛剛兩百米的深度時，周宣則沒有感到身體有任何的不適，遊刃有餘。

愛琳娜休息了一陣，便嘰嘰咕咕跟王玨說起了剛才的危險鏡頭。

李俊傑笑了笑，說道：「這樣的機會倒是難以碰到，這兒我也來了無數次了，面對大白鯊還是第一次，有趣，不過好像沒有電影裏那麼刺激，大白鯊不也在我們的強弩下一命嗚呼了麼，呵呵，再下水去吧，有這樣的實戰訓練其實是最好的，有備無患嘛！」

周宣怔了怔，除了他之外，剛才下水的人，包括丹尼爾、傅盈和愛琳娜又都在準備著再次入水，難道他們就不怕大白鯊了？

周宣卻不知道，剛剛的驚慌主要是因爲手中沒有武器，這些經常潛水的高手又有誰不曾遇到過危險呢，當然，他除外。

這次再入水之時，大家都拿了那水下勁弩。這弩比普通的水槍要強很多，普通的水槍是不一定穿得透大白鯊那樣粗厚的皮膚的。

周宣瞧了瞧傅盈和愛琳娜，倆人都整理好潛水服要再次入水，難道自己堂堂一個大男人連女子都不如？周宣沒再想，也整理了一下身上的潛水服，再拿了勁弩，不就是還剩有三頭大白鯊麼，八個人八支弩，怎麼也不必太過擔心。只是這弩似乎太強勁，倒是要小心傷了自己人，畢竟自己沒玩過這玩意兒。

這次八個人全副武裝的下水，相互間的距離也離得很近，一直潛到剛剛近兩百米的深度時，也沒再見到那三條大白鯊，別的一些小海魚倒是不少。

再潛了十多米，依然不見大白鯊蹤跡，李俊傑也不再理會了，把頭上的潛水燈對著手腕上的水錶，然後對眾人示意了一下。

這個動作大家都明白，鯊魚既然不見了，那就正式測測新型潛水服到底能潛多深的距離。

沃夫、丹尼爾兄弟、愛琳娜、傅盈四個人潛到兩百六十米的地方便有點難受了，不再下潛。之後小野百合子和李俊傑到三百米左右也支持不住了，只剩下周宣和伊藤還在往更深的水下潛去。

伊藤這回也是憋足了勁的，他確實不信一個未曾練過內家勁氣的普通人，居然還能比他

更能憋氣，更能承受這超強的壓力！

周宣運起丹丸冰氣護體，通體舒泰地跟著往下潛，伊藤潛到覺得氣血翻湧的時候便停止下來，見周宣仍然一個勁往下潛，嘆了口氣，看來確實是不如他。

周宣再潛了一陣，猛然發覺已經不見鬼子伊藤，就剩他一個人孤孤單單在深水中，四面的海水中只有極微弱的光線，便覺得自己像是在一個大張巨口的怪物嘴裏一般，心裏有些發毛，趕緊往回游。

浮到一半的水程也沒見到同伴，周宣把勁弩緊緊握住，將冰氣在全身運轉，把感官提到最佳，注意著四周的動靜，好在沒再見到大白鯊，浮出水面的那一剎那，心裏才真正的鬆了一口氣。

海面上陽光依舊，遊艇靜靜的浮在海面上，海水微微起伏，沒有風浪。

遊艇上，李俊傑他們都依在舷邊，見到周宣浮出來後連連招手。

把周宣拉上遊艇後，李俊傑宣布今天的測試結束，潛水服的品質很理想，最近的距離也在兩百六十米以上，小野百合子與李俊傑差不多三百米，伊藤潛到了三百八十米，而周宣的表上顯示在四百一十二米。

周宣當之無愧爲最佳，當然，周宣沒有半分炫耀的意思。

此後一連四天，李俊傑都帶他們來潛水和訓練水下勁弩的準頭。周宣是唯一沒玩過這玩意的人，訓練了幾天後，也熟練了起來，在茫茫的大西洋中，游泳技術也提高了不少。

不過這幾天，傅盈都沒有再跟來，直到第五天，算算時間，周宣到紐約也有二十二天了，再過一星期就滿一個月了。

快一個月了，居然還在做準備，要去的地方也還沒見過，那地方到底是什麼樣子呢？會比深海裏更可怕？會有比大白鯊更令人害怕的東西嗎？

傅盈和李俊傑一大早到昆斯區別墅來，宣佈今天大家自由休息，不訓練。然後李俊傑把周宣和伊藤叫到一邊，說道：「今天，我有點事請兩位走一趟。」

伊藤點點頭，沒說話。

周宣見李俊傑的表情有點嚴肅，有心想問問，但見鬼子都沉得住氣不問，那他還問個什麼勁兒？

李俊傑親自開車，沒有帶他的那幾個手下，傅盈坐他身邊，周宣和伊藤坐後面，一路上，四個人居然都沒有說話，周宣和伊藤不問，李俊傑和傅盈也沒有解釋。

但周宣見傅盈一直是低著頭想事，心道不知道是叫他們去幹什麼，總之不像是吃飯玩樂，要是吃飯玩樂的話，那也得叫上其他人吧，只是爲什麼獨獨叫了他跟伊藤兩個人呢？

糟了，會不會是見他兩個一直在比試，再另外設了項目要他們比個高下？要是比別的東

西，自己可不一定是這鬼子的對手了。

周宣這般胡思亂想著，扭頭望了望車窗外，卻驀然發現又開到了唐人街中，上次跟傅盈來過的，街道兩邊都是中國字做的招牌，也不知道劉清源把翡翠雕成啥樣了。

李俊傑把車轉進了一條岔道，又開了幾分鐘後，進了一個住宅區，然後在一棟四層樓的平房前停了車。

門口有守衛，也是亞洲男子，見到李俊傑和傅盈後，彎腰恭敬地說道：「小姐，表少爺！」

傅盈點點頭，回身對周宣和伊藤道：「跟我來吧。」

這房子雖然只有四層樓，但建築面積很寬，幾乎不低於五百坪，在客廳裏，李俊傑對周宣和伊藤說道：「請稍等。」然後李俊傑和傅盈都出了客廳。

客廳裏有一種聞著很舒適的香味，這香味周宣從來沒聞過，也想不出來跟什麼香味類似。

隨後，一個中年婦女端了茶水進來，把茶杯放到兩人面前的桌子上，然後說：「請用茶。」

中年婦女的普通話說得不錯，黃皮膚，黑眼珠，跟國內普通的婦女沒什麼兩樣。

茶杯也是深紫色的紫砂，周宣一入手便測知是有一百二十年的宜興紫砂！連一個待客的茶杯都是古董！

周宣輕輕喝了一小口茶，入口清香盈喉，茶是好茶，不過是什麼茶，周宣可就不知道了。

又瞧了瞧四周，傢俱都是古色古香的，周宣座位三米以內，就測到有一個紫檀木的茶几，木椅是紅木，茶几一端點著龍涎香。

紫檀木其實也是紅木的一種，只不過是紅木種類中最貴重最稀罕的一種，紫檀木的貴重，周宣當然聽說過，這東西比黃金還貴，但是有價無市。現代紫檀木成材的幾乎已經絕跡，紫檀百年不能成材，一棵紫檀木要生長幾百年以後才能夠使用。而且十檀九空，只有一點肉可以使用。

相比紫檀木，龍涎香同樣是來之不易的東西。

「龍涎香」是留香最持久的香料，世界上任何一種香料都不能與之相媲美，素有「龍涎之香與日月共存」的說法。由於稀有難覓，龍涎香又被稱爲「灰色的金子」。龍涎香也是最神秘的香料，人們只是偶爾在海邊拾到它，關於它的來源，有過無數猜測和傳說。

事實上是，海洋中有一種形體巨大的生物，叫做抹香鯨，牠可以潛到千米深海之下，吞食體型巨大的烏賊、章魚等。但是，這些動物被吞食後，牠們身體中堅硬、銳利的角質喙和軟骨卻很難被抹香鯨消化，胃腸飽受割磨，卻不能將之排出體外，這令抹香鯨痛苦異常。在

痛苦的刺激下，抹香鯨便通過消化道產生一些特殊的分泌物，來包裹住那些尖銳之物，以緩解傷口疼痛。每隔一段時期，難耐痛苦的抹香鯨就要把這些分泌物包塊排出體外。而這些包塊漂浮在海面上，經過風吹日曬、海水浸泡後，就成爲名貴的龍涎香。

只不過抹香鯨體形巨大，活動的範圍又是在深海區域，所以能見到已屬不易，更別談捕殺了，是以龍涎香的來歷是越傳越神秘，大部分傳說都是以龍的口水來解釋龍涎香的來歷。

就這麼一間客廳裏，周宣便見到了幾種傳說中的東西，這傅盈家果然是不同凡響！

坐著等了十來分鐘，茶杯裏的茶水也喝光了，周宣瞄了瞄了小鬼子伊藤，這傢伙也在打量客廳裏的陳設，不過他沒看這些茶几椅子桌子的，而是在瞧牆上的字畫。

周宣離得遠了些，測不到牆上的字畫，是不是古字畫真跡也不知道。

伊藤欣賞著牆壁上的字畫，周宣玩他的冰氣遊戲，倆人倒是各自怡然自得。

幾乎是過了半個小時，傅盈和李俊傑才陪了一個五六十歲的老頭子進來。

傅盈輕輕說了聲：「有勞兩位久等了，這是我爺爺！」

第二十四章

天外奇石

紅錦盒子裏躺著的是一塊金黃色的石頭，拳頭般大小，
這石頭雖然用錦盒裝著，但瞧來就跟普通黃沙石沒什麼兩樣。
唯獨周宣卻是心中狂跳！這石頭跟他獲得冰氣異能的
那塊金黃色石頭竟然是一模一樣！

傅盈的爺爺鬚髮皆白，瞧著起碼六七十歲都有多，但瞧面容卻又像是只有五十左右，神色很威嚴，坐在主人位上有一種不怒自威的感覺。

周宣點了點頭，站起身向傅盈的爺爺行了一個禮道：「您好，我叫周宣，從中國來的！」

傅盈又向她爺爺介紹道：「爺爺，他是我從大陸請來的潛水高手，周宣周先生，那位是伊藤先生，是表哥請來的客人。」

李俊傑平時一臉不在乎的嘻皮笑臉的樣子，這會兒卻是噤若寒蟬，規規矩矩站在一邊，話也不說，安靜得很。

周宣自然不知道眼前這個老頭兒的底細，傅盈的爺爺叫傅天來，傅氏家族真正的掌舵人，唐人街華人商會主席，金錢權力巔峰中的人物，舉手投足之間自然是有一股子威嚴氣勢。

周宣請了一下安，那小鬼子伊藤也站起身說道：「傅老爺子，伊藤近二向您問好，在日本也曾久仰您老的大名！」

這小鬼子居然也會說國語！

雖然說得略有些生澀，但語句通順，意思也沒錯。周宣心裏暗暗罵了一聲，這小鬼子太陰沉了，這麼久一直沒說過一句話，還以爲他也是語言不通才不說話的，原來這小子是裝的。

傅天來沉默了一陣，忽地眼神向幾人一掃，周宣給他眼神一掃，幾乎就打了一個寒顫。

傅天來的眼光最後落在李俊傑身上，沉沉道：「你跟小盈兩個鬼鬼祟祟的幹了這麼多事，就以爲我不知道麼？既然都扯到家中來了，那好，說說看。」

李俊傑愣了一下，隨即笑笑說：「外公，還是表妹來說吧。」

傅盈顯然自小便受嬌寵一些，對她爺爺可沒那麼害怕，靠近了些才說道：

「爺爺，既然您都知道了，那我也就說了吧，還有一個月就是祖父的壽辰了，他老人家的心事，爺爺又不是不知道，我想，給他老人家最好的壽禮便是尋回大曾祖父的遺骸，自從我長大後，爺爺從來沒再提這件事，我也知道這件事很危險，但往時不同今日了！」

傅天來沉著臉道：「說下去！」

「在曾祖和爺爺去的那個年代，科技遠不如現今。」傅盈娓娓說來，「那時候，最好的潛水設備也只有增添了十多分鐘的氧氣瓶而已，對於減壓和持久幾乎跟徒手潛水沒多大區別，可能爺爺後兩次的時候會好一些，但跟現在的高科技設備依然不能比擬，我這次購回來的設備可是從太空衣改製的產品，深水普通人也可以達到兩百多米深度，更別說好手了。」

傅盈說到這裏，又指著周宣和伊藤道：「爺爺，周先生和伊藤先生兩位穿上這種潛水服可以達到四百米以上的深度，您可曾見過？」

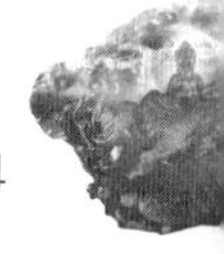

傅天來倒是有些意外，問道：「四百米深？真能達到這個深度？」

李俊傑這時趕緊插口了：「外公，是真的，我跟表妹一共請了六位好手，穿了這種新型潛水服，最淺的水位都能達到兩百八十多米，最深的是這位小周先生，達到四百一十二米的深度！」

「四百一十二米？」傅天來十分驚訝，這個深度意味著什麼，他很清楚，在那個魔鬼天坑裏，那個水洞大約只有兩百多米深，但卻沒有人能經受得住，當然，到底是什麼情況，也沒有人能說得清，只是下去的人都沒能再上來。

李俊傑又道：「是的，外公，我們最近的一次測試中還曾遇到四頭大白鯊，這在這一帶海域是很難遇到的，偏偏就給我們遇見了，呵呵，我和伊藤先生一人一箭，射殺了一頭，弩弓很強勁。」

傅天來沉吟起來，過了好一陣，才向周宣和伊藤問道：「你們……有把握嗎？」

周宣沒說話，他有個屁的把握，答不答應都還不好說，但現在他不想扯傅盈的後腿。

伊藤卻道：「傅老先生，中國不是有句古話，叫做『事在人爲』嘛，有沒有把握不敢肯定，但縱觀世界奇事，除了人類去不到的地方，能去的範圍都不會有太大的危險，只要準備充分，又有高科技的設備做後盾，應該不是什麼難事。您當年，也是因爲環境地勢局限才沒能成功。傅老先生，我想問您一件事。」

傅天來盯著伊藤，沉聲道：「你說！」

「您當年可曾聽說過或者見過，」伊藤慢慢說著，「從那地方進去而又出來過的人嗎？」

傅天來一下子瞇住了眼，望著牆壁上的畫出神，但周宣瞧見他眼神迷離，眼光並沒有投在畫上面，顯然是在想著什麼事。

過了好一陣，傅天來嘆了一口氣，然後道：「小盈，去把我房間裏枕頭下那格子裏的一個小紅錦盒子拿出來。」

傅盈應了一聲走出廳去。

周宣見傅天來並沒有回答伊藤鬼子的問題，而是叫傅盈拿什麼盒子出來，到底又是什麼意思？

傅盈這次倒是沒花多少時間，兩分鐘不到便回到廳裏來，手上捧著個半尺見方的紅錦盒子。

傅天來接過盒子放在茶几上，盯著瞧了一會兒，卻是沒有打開，又嘆息了一聲道：「那個地方，只有一個人進去又出來過！」

這話讓眾人都怔了一下，連傅盈和李俊傑都吃了一驚，以前可從沒聽他說起過！

傅天來又道：「那時我還沒出生，我伯父，也就是小盈的大曾祖父玉山公，他有一個朋友，是一位很厲害的武學高手，不知道從哪裡找到一張藏寶圖，然後帶了幾個朋友按圖找到那地方。」

說到這裏，傅天來望著周宣幾個人慢慢說道：

「我不說想必你們也知道，這地方就是我們要去的地方了，我伯父玉山公的那位朋友下水後不久就浮了出來，出水後，他已經說不出話來，身上受了很重的傷，接著便咽了氣。唉，說到底，其實是沒有人從那裏出來的，因爲出來的這個人也立即死了！」

傅盈皺著眉頭問道：「爺爺，怎麼以前你沒跟我們說過？還有，這盒子裏是什麼東西啊？」

傅天來將盒子拿在手中，撫著蓋子緩緩道：「那個人從水裏出來時，手裏就抓著一件東西，就是盒子裏的這件東西。」

傅天來說著揭開了蓋子，紅錦盒子裏躺著的是一塊金黃色的石頭，拳頭般大小，傅盈和李俊傑以及伊藤都不以爲意，這石頭雖然用錦盒裝著，但瞧來就跟普通黃沙石沒什麼兩樣。

唯獨周宣卻是心中狂跳！這石頭跟他獲得冰氣異能的那塊金黃色石頭竟然是一模一樣！

周宣此時最想知道的是，這金黃色石頭中的秘密被人知道了沒有，但轉念想來，這石頭的秘密並沒有被人知道，因爲石頭裏的能量若被吸收後，就會變成黑色，而這塊石頭仍然是金黃色，顯然這種能量還保存在石頭裏面。

當然，周宣也不敢確定這石頭就跟自己獲得異能的那種石頭一樣，而現在那石頭正在傅天來手中，在這種場合，他不敢把異能冰氣放出去，如果被那石頭反吸收了怎麼辦？

千萬不能讓他們知道自己的秘密！

傅盈瞧了半晌，不解地問道：「爺爺，大祖父的那位朋友用性命就換回來這麼一塊石頭？」

「這可不是一塊普通的石頭！」傅天來搖著頭，表情沉重地說道，「我曾經請人用高科技設備測驗過，這塊石頭的分子結構很奇怪，而且，它的成分並不屬於我們地球上可知的任何物質，換句話說，」傅天來低頭望著盒子中的石頭，沉聲繼續說道：「這石頭是來自天外的隕石，並且，這石頭裏還含有一種放射性的能量，對人體並無多大危害，但裏面的能量卻與太陽，電等的能量都不相同！」

到這時，周宣才明白，原來自己左手裏的冰氣異能，都是從外太空來的！

傅天來又道：「這些年我也一直都在想，或許那天坑陰河裏的秘密，便跟這隕石有關吧！」

「爺爺！」傅盈嗔道，「您說了這麼多，到底能不能告訴我們那個地址，讓我們去嘛？」

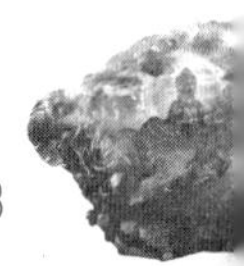

傅天來的表情一時變得很漠然，過了好一會兒才道：

「你祖父都九十八了，這一輩子無時無刻都在惦記著大祖父的事，我又怎麼能不放在心中？可是我也不能把這麼危險的事放到你們表兄妹的頭上啊，去，我是想著要去的，只是沒有足夠充分的準備，沒有把握的事，我不能不考慮啊！」

嘆了嘆，傅天來繼續說著：「既然你們都準備得這麼充分了，那我就再準備一下，找個日子出發吧。」

傅盈和李俊傑一下子高興起來，同聲道：「您答應了？」

「嗯，俊傑，你把這個單子拿去，照單子上面寫的，把那些東西採購齊全，東西買全後我們就可以動身了。」

傅天來從盒子底下又取了一張紙條，拿出來遞給李俊傑。

傅盈奇道：「爺爺，您自己也要去？」

傅天來嘆了嘆，道：「我怎麼能不去？我做夢都想替你祖父把這個心願了結！」

李俊傑看了看單子，這紙張很陳舊，怕是有幾十年的光景了吧，紙單上所寫的那些東西倒是能看清，便道：「外公，明天我就可以全部準備好，後天就可以出發，您看，還需要準備一些什麼？」

傅天來點點頭，「也好，那就後天吧，你還要準備四輛越野車，我們開車去。」

隨後，李俊傑開車送周宣和伊藤回昆斯區別墅，然後通知沃夫兄弟和愛琳娜等人，明天一天收拾行裝，後天早上出發。

周宣回別墅後，一直在想著那塊石頭，傅天來自己也撫摸過不知道多少次了，也請技術人員測驗過，看來石頭裏的能量不是靠接觸就可以吸收的，努力想了想，自己那晚上對石頭能量的吸收情況並不太清楚，不過回憶起來，好像自己是把受傷的手墊在那塊石頭上，才將石頭中的能量吸收來的，難道是因爲傷口？

想了半天也沒明白，周宣又打開箱子把那塊石頭拿出來，仔細瞧著。

這石頭跟傅天來拿出來的那塊形狀大小差不多，周宣把冰氣運起逼進石頭中，但這一次，什麼都沒有在腦子中出現。

周宣愣了一會兒，估計這也是每種事物的定律吧，人上是有人，天外是有天的，宇宙是無限的，冰氣也是不能測清自己的來歷的。

想得太多也無益，這時候又得考慮起傅盈請他來的這件事了。來了二十多天，一直都沒正經考慮這個正題，一轉眼的工夫，這事說到就到了，自己應該何去何從？

今天之前，周宣還想直截了當對傅盈拒絕，但今天傅天來拿出了那塊石頭以後，情況卻產生了戲劇性的變化！

周宣從心底裏湧出一股強烈地想瞭解自己冰氣來歷的衝動，這樣可遇不可求的事，或許

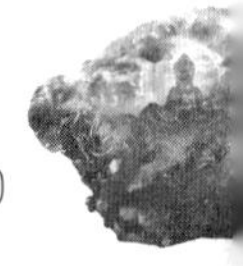

錯過一次機會，此生中就再也碰不到了吧！

想了大半晚，周宣最終還是決定跟隨探險隊去。到底情況如何，到時候見機行事，反正自己也沒拿傅盈的錢，還有自由。

第二天，別墅裏的人都沒有出去，各自打點好需要的物品，在屋內等待。

第三天早上九點，李俊傑帶著三個手下，一共開了四輛悍馬過來，一起來的還有傅盈和她爺爺傅天來，這次倒是沒有王玨了。

除了周宣外，其他人都會開車，李俊傑三個手下一人開一輛車，剩下一輛由沃夫兄弟來開。

李俊傑和他外公傅天來一輛車，小野百合子跟她師兄伊藤一輛車，愛琳娜乘了沃夫兄弟那輛車，傅盈特地跟周宣坐了一輛車，因為周宣是她找來的，而且周宣的潛水能力也是所有人中最強的一個，傅盈很想再次說服周宣。

別看傅天來六十多歲了，但身體的硬朗程度一點也不比年輕人差。傅盈偷偷跟周宣說起過，她爺爺自小也是練武的，這周宣倒是瞧得出，從傅盈身上便知道，這一家人都是好武的。

傅天來一直沒有說明目的地到底是什麼地方，悍馬車隊從紐約出發，北上穿過多倫多、聖保羅，然後再往西北方前進，三天不停歇的車程後，進入到西北與加拿大溫尼伯西南面交界的森林地帶，這裏是受保護的三大原始森林自然保護區之一的森林公園。

再往北開了六個小時，公路已經到了盡頭，傅天來打開車門下了車，然後道：

「現在就要開始步行了，大約還有六個小時的路程，大家要小心，現在已經進入到與文明世界隔絕的原始森林中，這裏處處都是危險，包括有危險的動物和植物。」

李俊傑早下車打開後車箱，把裝有八支水下勁弩的兩個包包拿下來，還有兩支十六英寸槍管的散彈槍，兩支半自動步槍，三支二十發的自動手槍，還有十多顆手榴彈。看得周宣直咋舌，這若在國內，被抓到那可是要把牢底坐穿的，但在美國，公民持有槍枝是合法的。

周宣畢竟沒有真正摸過這些玩意，現在親眼見到了實品，心裏十分興奮，忍不住拿了一支手槍在手裏玩耍。

槍裏沒上子彈，李俊傑也沒阻止他，自己則招呼著幾個手下和沃夫兄弟過來，一人扛了一包物品，除了傅天來，連傅盈、愛琳娜、小野百合子等三個女孩子都背了食品袋，其他人都背了行李袋，沒有車路了，這些物品必須隨身帶去。

隨後，李俊傑把三支手槍分發給外公傅天來和傅盈以及他自己，當然，周宣那些手槍是要收回來的，兩支散彈槍和兩支半自動步槍由他自己持一支，另三支給他三個手下。

美國是允許私人合法持有槍械的，因為他們承認武裝反抗政府的潛在合法性，在美國的

制憲先賢看來，一七七六年反抗英國暴政的革命是因為殖民地人民擁有槍枝而成功，既然沒有人能夠保證新政府永遠會遵守它與民眾的契約，那麼，新生的民主國家就必須保證民眾擁有武裝反抗暴政的基本權利。

在美國人看來，槍械是反抗暴力的最後一道防線。雖然有些槍擊案造成社會影響，但是和戰爭與苛政相比，普通槍擊案造成的死傷數量還是微不足道的。

美國公民或合法移民家中可以存放手動或半自動短槍，但芝加哥城是個例外，該城市法規規定，不允許個人購買擁有手槍。有些州，槍枝法較嚴格，需要申請持槍證，購買後還有個等待時期，還要槍枝註冊，槍枝必須上鎖等不同的要求。而大部分州則對公民持槍管理不嚴，基本上想買多少就買多少。

另外，在美國，只要州槍枝法允許且手續完備，個人可以擁有衝鋒槍、全自動步槍、短槍管步槍、短槍管散彈槍、機槍、重機槍、消聲器等。不過申請要求非常嚴格，全自動武器價格非常昂貴，所以大眾較普遍的選擇是消聲器和短槍管步槍。

而且因為槍枝在某些州不需要註冊，丟失不一定要報警，如果公民採取足夠的防範措施而槍枝丟失並造成嚴重後果，槍的主人不用負法律責任。

子彈可以從槍店、靶場、體育用品店，一些超市或者網路上購買，沃爾瑪就是最大的子彈零售商。

周宣想再把玩一下手槍，可李俊傑收回去了就不再給他。三個手下從後車箱裏拿了幾圈尼龍繩子斜挎在身上，然後一人又拿出來一把砍刀，刀身亮得晃眼，看起來很鋒利。

開始要徒步前進了，周宣分了一袋充氣帳篷背在背上，這個已經算是行李中最輕便的了。

李俊傑三個手下中的兩個白人和他一起走最前面開路，跟著就是傅天來，那個黑人手下走在最後斷尾，因爲他們幾個人是持有武器的，一前一後是爲了防止有意外發生。

沃夫兄弟也走在前面，背了一大袋物品仍然顯得很有精神，到底是孔武有力的大漢，潛水雖然不如周宣，但體格卻比他彪悍多了。

三個女孩外表看起來都是漂漂亮亮的，但沒有一個是嬌生慣養的，特別是傅盈，沒露出一絲皺眉受不了的表情。

周宣對傅盈是深有感觸的，在國內那一次，方志成請了黑子一夥流氓，自己沒護成美，卻是給傅盈把黑子一夥六七個大男人打得鬼哭狼嚎的，要是以外表去猜測和接觸傅盈的話，那個人就肯定是要吃苦頭了。

傅天來拿著羅盤指南針等物品，邊走邊測著大概方向。這樣斷斷續續走了一個下午，仍然不著邊際，天也黑了。

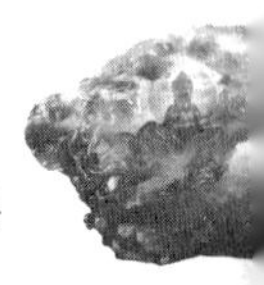

在叢林裏，天黑了就沒必要再走，因爲更容易迷路。找了一個稍微寬敞一點的地勢，李俊傑幾個人把這地方清理了一下，然後又砍來一些乾樹枝生了火，火是抵擋野獸的最好工具。

那個黑佬又拿出一些食品來分給大家吃，主要是壓縮餅乾和肉罐頭，壓縮餅乾其實是超難吃的東西，但在野外卻是必備物品，因爲方便攜帶。

每人都有一個水壺，周宣強行把壓縮餅乾吞下肚，然後喝了幾口水。

晚上圍在火堆邊上各自休息，李俊傑和他三個手下分了前後半晚值勤，前半晚他跟白人中的一個守，後半夜另一個白人跟黑佬守。

周宣睡得迷迷糊糊的，被野獸的叫聲弄醒，蚊子也多，叮一口會起一個大包，在自己臉上身上拍了幾巴掌後，乾脆坐起身來，火堆邊，眾人都是橫七豎八地靠著躺著。前後六七米外的樹邊，那兩個黑白人各自在一邊盯著外邊的動靜。

周宣只覺得靜得很恐怖，偶爾一聲野獸淒厲的叫聲傳來，他才會清醒，他們這已經是在原始森林中。

正發愣間，腰下給人用手輕輕碰了一下，周宣一轉頭，見是傅盈將一個很秀氣漂亮的綠色小瓶子遞給他。

周宣接過來，詫道：「傅小姐，這個是做什麼的？」

傅盈笑笑，低聲道：「噴一些到裸露的皮膚上，會防止蚊蟲叮咬的。」

這個當然是要的，周宣哪還客氣，趕緊對著臉上手上噴了好幾下，在老家，小時候噴過花露水，傅盈這個跟花露水不一樣，花露水是有香味的，這東西沒有味道。

再次入睡後就好受多了，這東西果然管用，蚊蟲沒有再來騷擾他。但再次醒過來時卻是猛然被一聲槍響驚醒的！

周宣刷地一下坐起身來時，卻見眾人都已經給槍響驚醒，紛紛掏出身上的武器，沒有武器的幾個人順手從地下撿了一根木柴豎在身前防衛著。

槍聲響後，驚醒的幾個人倒都沒慌亂，接著，那個值夜的黑人打了個口哨，然後拖了一隻仍在流血的野豬過來。

黑佬的槍法不錯，這一槍正中野豬的腦門，野豬皮粗肉厚，一般的情況下，很難一槍斃命，而且受傷的野豬會更加瘋狂地反撲。

除了李俊傑和另外一個白人手下起身到處走動了一下，其他人都沒動，在森林裏打一隻野豬是很正常的事情。

周宣很有興趣，這隻野豬大約有兩百斤左右，不算小，那黑人把野豬拖到邊上，用刀剖開野豬腹部，剔了內臟，然後把肉多的地方割下來，另一個白人就用木材搭了架子，把黑人割下的豬肉架在火堆上烤了起來。

周宣看了看表，已經是淩晨五點了，早沒了睡意，就站在一旁看黑人整治野豬。黑人烤豬的手法看起來頗爲熟練，因爲沒有水，豬身上一大部分都被扔掉了，不過就算是這樣，切割下來燒烤的肉也不少於一百斤。

將近半小時，野豬肉的香味開始瀰漫，所有的人都睡不著了，昨晚吃的壓縮餅乾讓肚子裏發慌，現在一聞到野豬肉的香味，哪裡還睡得著？

烤豬肉的白人又從包裏取了一袋食鹽出來，撕開包裝袋，然後將鹽末往架子上的野豬肉身上灑，鹽末和著豬油掉入火堆中，燒得滋滋直響。

野豬被烤熟了以後，那白人就拿刀把肉切成一小塊一小塊的，另外那個黑人過來幫著把野豬肉切完，又砍了幾根樹枝，削成筷子長短的小棍子，一頭削尖，然後叉了肉塊分發給眾人。

火堆的火很大，火也猛，烤出來的野豬肉外焦裏嫩，確實是美味，一群人給壓縮餅乾折磨了一天，這會兒格外饑餓。

吃得雖然不少，但肉太多，連三分之一都沒吃完，黑佬最後又用塑膠袋把剩下的野豬肉封了起來，裝到袋子裏背上，雖然再烤了吃就沒有鮮肉的美味了，但也好過吃壓縮餅乾肉罐頭，這剩下的野豬肉還有六七十斤吧，至少可以再吃幾頓。

到六點半，天已經大亮，黑白佬三個人把火堆撲滅，然後各自檢查好行裝後，又開始往目的地前行。

只是往前邊的路是越來越難行，到後來根本就沒有路，完全是用砍刀砍開荊棘藤蔓硬開出路來，所以前進的速度就更加慢了。

傅天來邊走邊瞧四周的環境，他也有些猶豫，畢竟最後一次來這兒已經有二十年了，大的方向是沒錯，但二十年前走過的小路早沒了。

一天下來可能也沒前進到十里路，在叢林裏又過了一夜。直到第三天的中午鑽出一片枝葉茂盛的藤蔓後，忽然見到前邊有一座半面是絕壁的山峰。

傅天來大喜，跑到前面四下看了看，這一帶石嶺多了起來，橫在他們面前的便是巨龍一般蜿蜒的巨石林。

傅天來瞧了瞧，然後抽出匕首，在前邊凸起的一塊數噸重的大石上的一個位置刮了起來。

沒幾下，刮掉表層苔蘚的石頭上，就露出了一個刻痕很深的中文「傅」字！

傅天來興奮地說道：「找到了，找到了！」

他停了停，又指著這個字對眾人說道：「這個字是我二十年前的時候刻下的，從這個地方再往西走四公里就到天坑了！」

傅天來這話讓其餘疲勞無比的人立刻精神起來，目的地除了傅天來一個人去過外，其他

人都沒去過，雖然早知道有危險，但畢竟這次來的目的就是去那兒，一聽說即將到達目標地點，大家還是很興奮的。

傅天來找到了以前走過的小道，依稀還有路徑的影子，李俊傑帶著他三個手下在前邊繼續開路，這時候比在叢林裏要好走了許多，四公里的路程只花了兩個多小時便到了。

到了天坑的那一刻，人人都把背上肩上的背包袋子扔在地上，紛紛到岩邊往下探頭。

周宣是倒吸了一口涼氣！

這天坑方圓至少有兩三千米，四面絕壁，深有五六百米，看得頭都有些暈眩，坑底是茂盛的樹林，根本就瞧不到傅天來說的那個水坑洞口在哪裡。

李俊傑讓兩個白人手下搭了小帳篷，然後把自動小型滑輪安裝在岩石邊上的一棵環抱大樹上，再把兩條尼龍繩安裝在滑輪上。

這條尼龍繩也是特製的，別看只有小指頭般粗，負重量可以達到兩萬公斤以上，是由一百條釣魚絲一般細的小尼龍絲合集而成，每一條小絲都可以單獨承受兩百公斤重的負荷，但整體重量卻很輕。

李俊傑的三個手下把剩下的野豬肉再烤了，飽餐了一頓後，就安排人準備下天坑。兩個白人被安排在這原地留守，因爲這個出口沒有人守著也不行，要是有外來人或者是野獸破壞了滑輪和繩索，那就會壞了大事。

留夠了足夠的食品和彈藥後，李俊傑又叮囑了兩個人一陣，好在還有對講機，上下都能時刻聯繫，有什麼風吹草動第一時間便會知道。

黑人是第一個下岩壁的人，背了背包，繫好安全帶，安全帶分別扣上兩條繩索，一條保險，一條可以限制下滑的速度，調動鬆緊的機關能讓速度加快或者減慢。

岩石上安裝的滑輪在下去的時候基本上是沒有用處的，上來的時候開動了，就能絞動繩索把人自動拉上來，如果徒手攀岩的話，五六百米的懸崖峭壁那得費多少時間？

第二個下去的是伊藤近二，接著是傅天來，沃夫兄弟跟著也下去了。

愛琳娜下去後，傅盈對周宣微笑道：「小周，到你了！」

說實話，周宣有點懼高，這懸崖還不是一般的高，而且周宣打小就對天坑有一種莫名的恐懼，但此刻也只能硬著頭皮下去了。

第二十五章 天坑探險

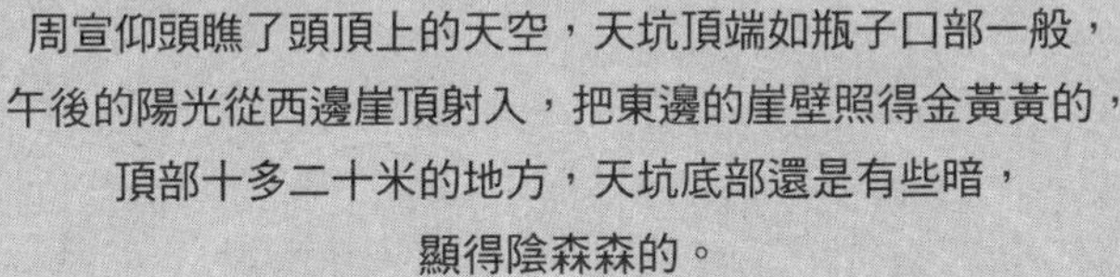

周宣仰頭瞧了頭頂上的天空，天坑頂端如瓶子口部一般，
午後的陽光從西邊崖頂射入，把東邊的崖壁照得金黃黃的，
頂部十多二十米的地方，天坑底部還是有些暗，
顯得陰森森的。

把安全帶繫好後，周宣閉上眼睛狠狠吸了幾口氣，抓著繩子慢慢下去。爲了防止頭頂上有碎石屑雜物落下，所有人都戴了一頂安全帽。

到了二十多米的樣子時，周宣往上面瞧了瞧，自己上面就是傅盈，再上面是小野百合子，最上面也是最後一個人是李俊傑，再往下瞧了瞧，這一瞧，頭就暈了一下。

下面百餘米的距離中，眾人便像是由一條線繫著的螞蚱一般，身在懸崖中時，才更覺得這懸崖的高和陡了。

周宣停住喘了幾口氣，抬頭卻見傅盈的一雙俏眼盈盈地盯著他，低聲問了一句：「小周，怎麼了？」

周宣搖搖頭道：「沒事，只是以前沒攀過岩！」

周宣的速度最慢，五六百米的距離花了幾近一小時才下到底，沃夫等他一下到底便上前幫忙解開安全鎖扣，再把後面的傅盈和小野百合子、李俊傑都接下來。

李俊傑用對講機與崖頂上的兩個白人手下通了一下話，然後眾人又各自背起行李袋，傅天來指著前進的方向。

這天坑底部的森林更加茂盛，絕大部分樹木植物周宣都不認識，大樹高達二三十米的比比皆是，樹幹粗得要幾人合抱。

傅天來指的方向依稀還有一點兒路徑的樣子，叢林裏不時傳出怪物的叫聲。

李俊傑把背著的散彈槍扔給沃夫，隨即提著砍刀與黑人在前頭開路，傅天來跟在前邊。沃夫端著散彈槍走在最後，周宣仰頭瞧了瞧頭頂上的天空，天坑頂端便如瓶子口部一般，午後的陽光從西邊的崖頂射入，把東邊的崖壁上照得金黃黃的，但頂部十多二十米的地方，天坑底部還是有些暗，顯得陰森森的。

在崖頂的時候還覺得有些熱，到了天坑底部的時候卻又覺得很涼爽，流動著的空氣中有些冷意。

下到天坑裏來的一共是十個人，七男三女，李俊傑、傅天來、黑人手下、沃夫兄弟、伊藤近二，以及周宣，三個女孩子則是傅盈、小野百合子、愛琳娜。

天坑底部一共約有四五千平方的面積，頂端小，越到下面就越寬，整個就像一個倒過來的漏斗形狀。

跟著那模糊的路徑又走了一個多小時才算到了目的地，一路上的藤蔓阻路太厲害，到了最南邊的岩壁邊，忽然看見一片近三四十個平方的裸露地帶，是一整塊的平面石頭，所以沒有植物在這上面生長。就在這平面石的中間部分，有一個直徑約兩米的圓形洞坑。

李俊傑把行李背包放在岩石上，然後到那洞坑邊上觀看，隨後眾人都丟下行李包後圍了過去。

洞坑一圈全是光滑的岩石，約居頂端三米深的地方便是綠幽幽的水面，看不清有多深，但崖底的冷氣卻是由這兒冒出來的。

站在洞坑處久了，胳膊上都是冷颼颼的。

這時，天色也有點暗了，下午五點鐘，崖頂上還是很亮，但這天坑底下卻是暗了下來。

李俊傑趕緊招呼著眾人把背包打開，取出兩頂帳篷搭建起來，帳篷是充氣的，很容易便撐起來，然後把四個角用鐵釘固定住。

大的帳篷七個男人住，小一些的傅盈她們三個女孩子住。

李俊傑經常到世界各地攀岩登山冒險，這些野外生活熟練得很，搭好帳篷後，又跟黑人手下找了些乾枝來生了火堆，將剩餘的野豬肉又烤了來吃。

吃過烤野豬肉晚餐後，天已經完全黑了下來，李俊傑又與崖頂上的兩個白人通了話。

沃夫丹尼爾兄弟倆早早便進了帳篷裏休息，另一邊，愛琳娜也到帳篷裏睡覺，小野百合子跟伊藤卻到樹林裏打坐練功。

傅天來一個人坐在水坑洞邊兩眼望著洞裏發呆，李俊傑和傅盈一左一右走上去低聲道：「外公！」「爺爺！」傅天來神色黯然地搖搖頭，又擺擺手，沒有說話，過了好半晌才道：「早些睡吧！」說完起身到帳篷裏去了。

傅盈給李俊傑遞了個眼色，輕輕道：「表哥，爺爺是在想祖父的事了，你去安慰安慰他老人家！」李俊傑嘆了一口氣，點點頭，隨後也跟著進了帳篷。

傅盈又瞧了瞧右側的岩壁邊，周宣獨自一個人坐在那兒發傻，輕輕走了過去小聲說：「發什麼呆呢？」

周宣側頭瞧了瞧她，笑笑說：「沒什麼，就是在想這水坑裏到底有些什麼！」

傅盈淡淡一笑，跟著在他身邊坐了下來，幽幽說道：「這個問題，我們來的人都想知道！」

風在峭壁上吹過，刮出一種尖厲的響聲，像鬼叫一般。

周宣是沒見過鬼是什麼樣，他也不信鬼神這一說，但不信鬼神並不表示沒有害怕的事，在這個世界上令人害怕的事多得很，就像眼前這個天坑裏的陰河水坑就令他害怕。

身上有點冷，周宣想了想，趕緊起身把身下墊著的外套拉過一點，對傅盈說道：「傅小姐，坐這上面吧，岩石上很冷。」

傅盈微微一笑，側著身子坐了上去，雙手捧著臉蛋撐在腿上，柔聲道：「謝謝！」

周宣仰頭望著夜空，星星看來似乎覺得特別遙遠，半圓形的月亮離頂上的崖壁很近，從下往上看，那月亮就像是倚放在崖頂一般。

只是沒一會兒，那月亮便消失在頂上的崖後，過了一會兒，周宣喃喃道：「想我家鄉的月亮了！」

傅盈「撲哧」一笑道：「你家鄉的月亮跟這兒的月亮不是一個啊？」

周宣淡淡道：「就是感覺不同，我覺得家鄉的月亮比這兒的月亮就是好看，就是能讓我感覺踏實！」

「我知道！」傅盈嘆了口氣，輕輕說：「你這是想家了，對不起，明天你可以不下水，等這事一結束就送你回國。」

周宣想了一陣，也嘆了口氣，沉沉道：「明天……我也許會下水，不過，我想問你一下，你爺爺的那塊石頭，帶來了嗎？」

「帶來了。」傅盈點點頭回答，「反正可能需要的東西都帶來了。」

周宣忽然盯著傅盈道：「你可不可以把那石頭拿給我瞧瞧？」

傅盈笑笑說：「當然可以，你等等！」

帶來的背包都放在帳篷外邊，傅盈走過去辨認了一下，然後翻出其中一個背包來，打開拉鏈，取出周宣在唐人街她家中見到的那個紅錦盒子來。

在來的十多個人中，只有傅天來、李俊傑、傅盈、周宣還有伊藤才知道這塊石頭的存在，而且在他們看來，這石頭只是一個證明，並不是什麼價值連城的寶物，所以也沒必要擔心被盜，再說這是天坑底，就算有人想來偷，也不是那麼簡單容易就能跑掉的。

周宣如果不是想解開自己左手異能的秘密，這個水坑陰河他是絕對不會下去的，錢，他已經不缺，但左手那異能的秘密卻是讓他心神嚮往不能自已的。

可以說，周宣的一切財富和幸運都來自那塊金黃色的石頭，而當這世界上另一塊同樣的金黃色石頭出現時，周宣才發現，自己的心比任何時候都更強烈地想解開這個秘密！

傅盈拿著錦盒子走過來，挨著周宣坐下，把盒子一遞，笑吟吟道：「你看吧。」

周宣接過錦盒，顫抖著打開蓋子，那金黃色石頭在夜色中看不出顏色，只在微弱的星光下有絲絲隱隱的反光。

周宣左手剛一接觸盒子裏石頭的表面，那石頭中便如有一根無形的針扎進他手指中一樣，疼痛無比！

周宣吃了一驚，本想縮回手指，但左手似乎被點了麻穴一般，動彈不得！

也就在他動彈不得的時候，一股股跟以前一樣熟悉的冰氣開始從他的手指竄入左手腕中，跟他體內的丹丸冰氣纏鬥起來。

夜色雖濃，但周宣卻已經瞧見錦盒中的石頭顏色變得深黑了。

當然，傅盈根本沒注意這點，倒是覺得周宣將手搭在石頭上好像是在感受石頭的溫度，便有些奇怪地問道：「小周，怎麼啦？」

周宣感覺到左手有些鬆動，趕緊把手縮了回來，說道：「沒什麼，就是想再看看這塊石

頭，如果明天下水的話，不知道水坑裏會是些什麼東西，會不會裏面全是這樣的石頭呢？」

傅盈淡淡一笑，卻隱隱有些憂慮，道：「誰知道呢，總是要看了才知道，明兒我也下去！」

「你也下去？」周宣頓時怔了一下，又問道，「傅小姐，我看你還是……」

「你覺得我比你們差了麼？」傅盈俏眼盯著周宣淡淡說著。

「沒有，不是的……」周宣一邊回答，一邊努力將丹丸冰氣運起，壓制剛剛竄進左手腕中的冰氣，臉上不免有些肌肉扭動。

傅盈擔心地問道：「小周，你不舒服麼？那早點休息吧。」

周宣擺擺手，說道：「好，你先去睡吧，我肚子有點不舒服，坐會兒就去帳篷裏休息。」

傅盈點點頭，也沒多說，把錦盒子又放回袋子中，然後就鑽進帳篷裏去了。

周宣本是想看看那石頭有什麼不同，是不是真與自己獲得異能的石頭一樣，但這一碰，竟然把那石頭裏的冰氣又吸到自己的左手腕裏，這個他確實沒有意料到。

這時，周宣倒是可以肯定了，這塊金黃色石頭跟自己獲得異能的石頭是一樣的，而且一定是同出一源，但奇怪的是，這兩塊石頭爲什麼一個出自這陰河水坑裏，另一個卻在遙遠的亞洲海洋裏呢，難道這些外星體會像流星一般，隕落在地球上的很多地方嗎？

周宣正想著，這會兒左手腕裏的兩股略有不同的冰氣開始糾纏爭鬥不休，這縷剛進手腕中的冰氣似乎與當初自己獲得異能時候的那冰氣強度差不多，與自己體內打坐得來的合為一體的冰氣相比要弱了許多，於是，周宣用意念把丹丸冰氣運起來，將外來的冰氣包圍住，一絲一絲地吞食了下去。這法子還是有效，雖然吞食的速度比較慢，但卻是管用。

當把最後一絲冰氣也吞食乾淨後，周宣又把冰氣在全身運轉了幾遍，一時間只覺得耳聰目明，全身舒坦。

最終，壯大了許多的丹丸冰氣又自動回到左手腕裏不動。周宣感覺到這丹丸冰氣的顏色又純正了很多，心裏一動，又仔細瞧了瞧左手。

對著帳篷裏頂部掛著的汽燈燈光瞧了瞧，周宣不禁皺了一下眉頭，左手的顏色變得大不相同了，以前還只是略顯金黃色，現在卻是很顯目的金色，異能的感覺是變強了許多，但手的顏色也變得如此顯目，這可有點麻煩了。

周宣走到帳篷邊找出自己的袋子，從小拉鏈袋裏取出一雙白色的薄手套戴上。腦子裏神清氣爽，沒有一絲倦意和睡意，他乾脆又拿了一支手電筒到大岩石的邊緣坐了看星星。

岩石外邊就是叢林，時不時有些響動，聽得幾聲細弱的腳步聲傳來，周宣循著聲音望過去，原來是伊藤師兄妹從樹林裏回來。

伊藤對周宣沒有好感，這麼久以來從沒說過一句話，這時也不例外，瞧也不瞧他便走到

帳篷邊鑽了進去。

小野百合子還是向周宣柔柔一笑，微微點頭示意了一下。

周宣聽到腳邊一根藤蔓上「咕」的有東西叫了一聲，拿手電筒照著看了看，原來是一隻只有小拇指般細小的花色青蛙，瞪了兩隻豆眼盯著周宣，半圓形的嘴，兩邊一鼓一鼓的冒著氣泡。

周宣仔細看了起來，這小青蛙很漂亮，頭部一直到背尾部有一條金色的線條，然後兩邊是紅色白色的花紋，露在身體前邊的腳趾頭部呈白色的小圓球狀，看起來很可愛。

周宣忍不住一手用手電筒強光照住牠，一手慢慢靠過去，想將這漂亮的小花蛙捉住。手伸到一半，卻聽見小野百合子叫道：「周先生，別……別抓牠！」

周宣怔了怔，側過頭望了望，見小野百合子輕手輕腳的走了過來，走到周宣身邊來才悄悄說：「周先生，別驚動牠……這蛙毒性很大！」

周宣呆了呆，隨即縮回手來，問道：「這蛙有毒嗎？」

小野百合子點點頭，「這蛙名叫金色毒劍蛙，牠皮膚上含有劇毒，就這麼一隻小毒劍蛙身上的毒素就可以毒死兩萬隻老鼠，牠可是地球上最毒的十六種動物之一，不過有點奇怪的是，金毒劍蛙一向只在南美洲和中美洲的叢林中才有，在北美是極少見到的。」

周宣呵呵笑著，不管是哪兒才有，只要是劇毒的東西，那他就不會去碰。

「有可能是因為這個天坑底與外世隔絕，這裏的動植物都是遠古種類吧，我看這金劍蛙跟以前見過的也有些不同。」百合子細聲細氣地說著，「也不敢確定牠是不是毒劍蛙，不過不碰牠總是安全些。」

俗話說伸手不打笑臉人，周宣對日本鬼子雖然沒有好感，但百合子顯然沒有伊藤那麼令人討厭，對自己也一直是彬彬有禮的，因此，對百合子的好意，周宣道了一聲謝，然後問道：「還不休息嗎？」

百合子沒有回答周宣的問話，反而是又問了他：「周先生，你對明天下水洞探險有什麼想法嗎？」

周宣搖了搖頭，他能有什麼想法？他只想查探異能黃石頭的蹤跡和秘密，而百合子等人卻是為了金錢，各自的念頭都不同。

百合子又道：「下午，李先生跟我師兄一起用小儀器探測了一下水洞的深度，在水表層下約四米處，東西方向有一條水流很急的暗河，直下方的水深約為兩百六十米，但地勢所限，測不到其他地方的深度和寬度，暗河下面的水域遠不是表面看到的這樣，我想，如果傳盈小姐大曾祖父的遺軀在這裏的話，只會有兩個結果，一是給暗河沖走沒有了，二就是可能沉在水底部。」

周宣沒有說話，百合子緊接著又補了一句：「這水的溫度只有兩度！」

水溫只有兩度的話，人體在水裏是無法超過一定時間的，好在傅盈訂購了新型的潛水服。若說專業潛水者，經過訓練的人在低溫下能撐一段時間，但也是有限制的，超過了承受的範圍，那就會被凍死，這裏可不比前幾日在大西洋海水中的溫度。

這一夜，周宣有些難以入睡，躺在他身邊的是李俊傑，他倒是睡得很香。周宣有些羨慕他，直直爽爽的性格，想到什麼便說什麼，喜歡你就喜歡你，不喜歡你就不喜歡你，這種人是最好交朋友的，只要你真誠對他，那麼，你換來的就是他的真誠。

靠右邊最裏的是伊藤，接著是傅天來、沃夫和丹尼爾兄弟、李俊傑，最左邊是周宣，黑人在外面守夜。

這一晚，周宣精神好得很，根本沒有睡意，估計是丹丸冰氣大大增強的原因。周宣轉念一想，或許自己潛水的能力也同樣增強了吧？對於明天在水下堅持的能力，周宣對自己倒不懷疑，以前靠著異能冰氣徒手都能堅持到兩百多米，穿了新型的潛水服幾可以達到四百米以上，今晚無意中又吸收了傅盈那塊石頭中的能量後，潛水的深度只會更加深了。

周宣瞧了瞧戴著手套的手，暗暗嘆了口氣，就是這左手上的顏色不太方便了。想了想，反正睡不著覺，乾脆閉了眼在體內默默運起冰氣來，無論如何，把丹丸冰氣練得更加純熟，對他眼下還是只好不壞。

早上七點多鐘，黑人就已經把剩下的野豬肉又烤好了，然後又用繩索繫著小桶到陰河水坑洞裏提了幾桶水出來給眾人洗漱。

用冰水洗過臉後，眾人都神清氣爽，早晨的空氣本就好，更別說是在這樣的森林裏邊。周宣瞧所有人中，就數傅天來眼圈黑黑的，這老頭兒顯然是昨晚唯一沒睡好覺的。

到十點多鐘的時候，太陽光斜斜地射在西面的岩壁上，天坑底的亮度大大增加，李俊傑看了看表，然後說：「大家準備一下，十一點下水。」

黑人早把潛水設備都從袋子裏取出來搬到岩石上放著了，十個人除了傅天來和黑人外，其他人都換上了潛水服。

傅天來皺著眉頭道：「小盈，你還是跟我留在上邊吧。」

「爺爺！」傅盈搖著頭道，「我也不是小孩子了，爲了這事，我也訓練了很久，我們準備得這麼充分，跟爺爺以前下水的區別很大，再說，就憑我們這新型的潛水服就已經勝過爺爺你們以前了，不是嗎！」

傅天來皺著眉，雖然再沒說什麼，但又如何能不擔心？準備得再充分，這水洞裏的凶險他也見識了四次，雖然一直沒能明白裏面有什麼，但進去的人都沒能出來，這就說明，不管裏面有沒有什麼，這都是玩命的事，他可以拿錢買別人的命來冒險，但卻絕不想讓自己的親人去冒這個險。

傅盈和李俊傑兩個人都是自己的嫡親，傅天來可不想他們去親自冒這個險，於是他沉默了一下，還是說道：「俊傑，小盈，你們兩個就在岸上跟我留守。」

沃夫兄弟、愛琳娜聽不懂傅天來的話，也沒有理會；伊藤師兄妹是他們請來的，本來就是爲了高報酬，老闆不冒險這也是天經地義的事，沒怎麼奇怪。只有周宣心裏有些悲哀，看來，在傅天來心目中，只有他家人的命是珍貴的，是値得保護的，而別人的命都是用錢買來的，所以可以用盡。

要不是自己一心想解開金黃石異能的事，自己絕不會爲了他的錢出賣自己的命。即使自己成不了他們那種超級富豪，但憑左手的異能，這一輩子也能不愁吃不愁穿的，又何必糟蹋自己？

李俊傑和黑人在岩石邊的叢林邊，選了一棵兩人合抱的大樹，然後把尼龍繩一頭在樹幹上繫牢了，另一邊放到了水洞邊上。

做好了這些，李俊傑才對傅天來道：「外公，您不用擔心，沒事的，我們準備得很充分，從小聽您說這故事時，我就想著，長大了一定會來這個地方，今天已經歷盡艱險到了這裏，您說我能不下去嗎？」

傅天來神情嚴峻，冷冷道：「你跟小盈都不能下水，不要再說了！」

周宣也沒有再說話，傅天來這時倒是顯現出了一個龐大金融家族巨頭掌門人的威嚴，雖然把別人的生命看得很淡，但對自己的親人還是很關心的。

其實也怨不得誰，這個世界的生意也是雙方自願，一個願打，一個願挨，公平交易。

此刻，這個深不可測的地下水潭就像是一個張大了嘴巴的怪物，在等著他們這些食物自動送進去。

李俊傑彷彿是沒聽到傅天來的話，他在潭邊將特製的尼龍繩一圈一圈放開，然後對眾人說道：

「這水洞下面三四米深的地方有一條東西方向的暗流穿過，所以下水的時候一定要挨著岩壁往下潛，避過這條急流暗河，大家把安全扣扣上繩索，有危險或者支持不了的人可以先出來。」

帶來的超壓縮氧氣瓶只夠八個人換一次氣，也就是說，每人只有兩次潛水的機會，如果沒能完成任務的話，就算再下水，那也只能是靠閉氣硬撐了。

伊藤近二穿好了潛水服，背上氧氣瓶，然後又拿了勁弩，把安全扣扣上繩索後，第一個沿著繩索挨著洞口的岩壁下了水。

當伊藤的頭部沒入水中後，水面依舊平靜如常，彷彿什麼事也沒發生一般，水下面的暗流在表面是一點動靜也瞧不出來。

第二個下水的是沃夫，再接著是丹尼爾、愛琳娜、小野百合子，最後才是周宣。

周宣心裏確實有些緊張，畢竟這兒神秘的氣氛太強烈，不像一般海洋，雖然大，卻沒那麼恐怖。

岸上，傅天來和李俊傑檢查著岸上擺著的物件，李俊傑把剩下的兩具弩拿到帳篷邊放下，回頭瞧了瞧忽然叫道：「不好！」

傅天來怔道：「什麼事？」

李俊傑指著洞口邊道：「外公，表妹下去了！」

傅天來一驚，趕緊到水洞口邊一看，果然已經沒有了傅盈的蹤影，洞口邊的潛水工具也少了一副，不用說，傅盈已經下水去了。傅天來不禁急得直跺腳：

「這丫頭，這丫頭……都怪我從小把她寵壞了，一點也不知道天高地厚！」

李俊傑見傅天來很焦急，便道：「外公，你別急，我這就下去把表妹弄上來。」

傅天來伸手攔住他，說道：「等一下，這裏太凶險，我不能把你也放下去！」

李俊傑只得在洞口邊等待著，過了四五分鐘，水面忽然閃了幾個氣泡，趕緊叫道：

「外公外公，下面有動靜了！」

第二十六章

水中怪物

周宣瞧得清楚，那黑影霎時間就衝得很近，
又長又大的巨口張開著，嘴裏交錯林立的牙齒
閃著白森森的寒芒，一顆顆有如拳頭一般大小，
腿上和身上有成片的鱗甲，全身幾乎有七八米長短！

不用他喊，傅天來和黑人早在洞口邊守著了。水面咕咕的冒了一串氣泡後，忽然有一縷鮮紅的顏色冒到水面來。

李俊傑驚道：「這……是血！快……快拉繩子！」

黑人就在繩索邊，聽到李俊傑一喊，便伸手撈起尼龍繩猛力往上拉，大力之下，卻是往後摔了一跤！

繩索拉了出來，卻是在四五米處已經斷裂掉了，拉出來的只是洞口外的這一截！

看著這半截斷裂掉的尼龍繩，李俊傑和黑人都是吃驚不小！

這特製的尼龍繩可以承受兩萬公斤的重量，那可是二十噸的龐大重量啊！就是拿刀砍，也沒那麼容易把這尼龍繩砍斷的。

毫無疑問，下去的人遇到了危險，只是不知道是什麼原因把尼龍繩給弄斷了。

傅天來額頭上汗水都滲了出來，他擔心的只有傅盈。本來，他倒是也不強求什麼，任務能完成的話當然好，如果不能完成，那也是沒有辦法的事，允諾給大家的錢，也可以剩下一半……但此刻，一切都不及孫女傅盈重要了！

然而在天坑這個地方，就算你再著急，又能有什麼辦法呢，只能在水洞口邊上苦等著。

周宣完全沉入水中的那一剎那，雖然隔著潛水服，全身依然感覺到了一絲冷意，當下又打開頭頂的潛水燈往下瞧了瞧，下面五個人都開了頭頂的潛水燈，水中幾條燈光照射出的光柱來回交叉晃動。

這個水洞是一個三角形，頂部就是那個三角形的尖，越往下越寬。挨著岩壁下到三四米的時候，周宣感覺到有一股暗流洶湧地由西往東捲來，肉眼是瞧不出來的，但東西兩頭卻很明顯各有一個直徑兩三米寬的圓洞，急流由西口出，東口入，還得很小心，搞不好給捲入那暗流中就危險了。

周宣小心翼翼地把安全帶從尼龍繩上往下撥拉，一邊順勢往下潛，左手的丹丸冰氣又在全身運轉了幾遍，倒是沒有半分不適的感覺。

頭頂水流有些晃動，周宣往上一瞧，卻見又下來一個人，瞧了瞧眼罩裏的那雙眼睛，又瑩又俏，周宣很熟悉，這是傅盈！

沒想到傅盈還是下水了！

說實話，周宣對傅盈挺佩服的，一個巨富之家的千金小姐，無論是膽識或者才能都不輸給男人，而周宣最欣賞她的就是，在傅盈身上，找不到一絲半分富家女那種矯揉造作的姿態。

傅盈向周宣揮手搖了搖，做了個打招呼的姿勢，周宣等了一下，讓傅盈潛到他差不多的距離時然後才一起往下潛。

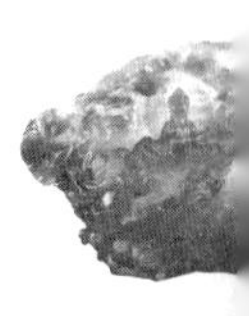

潛到三四十米深的地方時，七個人相距都不遠，燈光互相照射，卻是都看不到另幾面的邊，這水下竟然是無比的寬大。

又因爲水裏沒有半分的光線，大家只能靠頭頂潛水燈的亮光照明，不像在紐約海洋裏，下潛到一兩米深，仍會有滲透的光線。

不過越往下越有個好處，底下的水倒是沒有暗流了，這在光柱照射下便看得出來，水中有一些四五寸長的透明魚游過，在燈光的照射下，甚至能清楚見到這魚體內的骨骼。

這個時候，安全帶繫著的繩索就有些阻礙行動了，反正也沒有水下暗流，不用考慮被沖走的危險，伊藤首先解開了安全帶，接著沃夫兄弟也解掉了安全帶。

周宣瞧了瞧手腕上的表，下潛的深度是六十七米，到底這裏有多深也瞧不出來，但壓力無論如何都沒有海洋裏那麼大的。

周宣只想潛到水底瞧瞧還有沒有黃石頭，身邊的傅盈對游到面前的一條透明魚很有興趣，伸手慢慢往前觸，那魚的眼睛在燈光照射下，似乎根本就看不見什麼，當傅盈的手接觸到牠身體上時，那魚才一下子彈起游開。

周宣也把安全扣解開，愛琳娜和小野百合子以及傅盈也都解開來，四下稍稍分散了一點。除了伊藤下潛得稍快一些，其餘六個人都相距不遠。

這時離下水也約有五六分鐘了，水底下十分平靜，不像傅天來所說的，潛下來的七個人都不覺得有什麼危險。

周宣正這樣想著的時候，忽然覺得水裏有些動盪，當即穩住了身子觀察，看看是不是又有暗流陰河。

自從昨晚吸收了黃石頭中的新增冰氣後，周宣的感官能力比以前強了很多，這麼一穩定身子一凝神，便立即察覺到水流動盪的感覺來自右前方。

周宣往右前方一凝目，沃夫和丹尼爾兄弟正在這一邊，燈光照在水中，前面十來米處有一條巨大的黑影正往這邊快速衝過來。

周宣一驚，衝著沃夫兄弟大叫一聲，竟發覺他們根本就聽不到！

其實沃夫兄弟已經瞧見了，兄弟倆人都把勁弩對準了那黑影，但旋即便給那黑影攪動的水流將身子沖得歪歪倒倒。

周宣在後面瞧得清楚，那黑影霎時間就已經衝得很近了，那又長又大的巨口張開著，嘴裏交錯林立的牙齒閃著白森森的寒芒，一顆顆有如拳頭一般大小，腿上和身上有成片的鱗甲，全身幾乎有七八米長短！

周宣驚得呆了，他毫不懷疑這東西能將沃夫兄弟整個人吞進肚中去！

沃夫危急中將勁弩射出，那鋁合金製的箭射在那怪物的頭部，卻只釘落一塊鱗片，那鱗

片隨著箭支向水底墜去。

丹尼爾比他哥哥沃夫更加慌亂，身子在漩急的水流打了半個轉，也沒有瞄準便一箭射出，但箭卻射中了後面的傅盈！

周宣大驚，伸手把歪倒的傅盈拉到身邊，這一勁箭射中了傅盈的右手腕。

從眼罩中便瞧見，傅盈眼角的淚水滲出，顯然是痛到極點。周宣顧不得傅盈的痛楚，拉著她便往後退開，那大怪物已將沃夫一口吞了！

迎面看到一個一米八幾的大男人在自己眼前被活活吞掉，這恐怖的感覺簡直無法形容！

丹尼爾已是嚇得魂飛魄散，慌忙中抓住繩子便往上游，那怪物張大了嘴又衝過來，周宣眼睜睜看到沃夫的兩條腿還殘留在牠的喉部！

已經顧不得多想，周宣拖著傅盈猛力往下潛，潛下的時候，見到小野百合子與愛琳娜都急往下潛。

怪物撲了個空，但七八米長的龐大身軀攪動的水流很急很猛，周宣下沉的身體根本穩不住，就在偏倒的那一剎那，從下往上瞧到怪物拳頭般大的兩個鼻孔，周宣趕緊用勁弩對準了那鼻孔猛力扣動扳機，勁箭在水中帶起一縷白線，瞬間從怪物的鼻孔射入！

那怪物頓時狂顛一陣，身子打了個轉，長長的尾巴一旋，尾尖撞在周宣的弩弓上，周宣手一震，一條手臂便如給電擊般痠麻不已，勁弩也失手丟落，轉瞬便在水中沉沒不見。

好在受了傷的怪物似乎眼睛不靈光了，雖然在水中攪動，卻沒見到往下沉的幾個人，而抓著尼龍繩往上拼命游動的丹尼爾卻是越急越游不動，搖擺的繩子將怪物身體繞了一圈，那怪物受了羈絆，一發狠，張口咬住繩子一擺頭，能承受二十噸重的尼龍繩立時給一口咬斷！

丹尼爾更是發慌，拼了吃奶的力氣往上游，還不到暗流處，那怪物已經竄上去，張開大嘴一口便將丹尼爾咬成兩截，一半血淋淋的在嘴裏，另一半卻捲入陰河暗流中，迅即給水流沖入往東面的暗洞中消失不見！

這是什麼怪物？瞧模樣有點形似鱷魚，但鱷魚沒這麼大吧？鱷魚的嘴跟這怪物的嘴也不大相同，而且鱷魚好像不能在這麼冷的水溫下生存的！

周宣左手拖著傅盈盡力往下潛，因爲他瞧見那怪物又調了頭，往下游來。

性命攸關的時候由不得多想，愛琳娜和小野百合子也都往水底狠命潛去，伊藤早瞧見了，貼在岩石壁邊拿著勁弩伺伏著。

那怪物張著大嘴倒衝下來，衝到伊藤伏身的地方時，伊藤扣動扳機，勁箭從怪物的大嘴裏射進，直貫入腦子中！

那怪物的嘴裏卻是柔軟的地方，勁箭射入腦子中時，牠立即狂烈地翻滾起來，但幾圈之後便漸漸軟下來，緩緩蠕動著往水下沉去。

伊藤這一箭顯然是致命的，怪物死了！

怪物嘴裏浮出濃濃的血水，因爲身體太過沉重，下沉的速度也很快。

伊藤這才游動身子，潛到百合子身邊，將手伸到她眼前搖搖示意了一下，小野百合子點點頭，表示沒有受到傷。

周宣卻感覺得到自己拉著的傅盈渾身顫動，瞧了瞧，見她似乎呼吸都很困難，好像受到很大壓力一般。

周宣趕緊看了一下腕表，原來已經下潛到兩百二十多米的深度，傅盈右手給勁箭射穿，潛水服已經透了氣，所以承受不了深水的壓力！

周宣立即便將左手裏的冰氣傳到傅盈身子裏，運轉了兩個來回，傅盈果然停止了顫動，看她的眼神也好了許多。

此刻，怪物已經給伊藤射死了，周宣便想，不如順勢潛到水底瞧一下，看看有沒有黃石頭，也說不定還可以找到傅盈大祖父傅玉山的遺骸，將這次來的任務完成了，於是便沒有立即往水面上浮。

當然，沃夫兄弟的那般慘狀也讓周宣感到恐懼，但恐懼既然已經過去，膽子反而大起來，畢竟已經身處其中，害怕也無濟於事了。

周宣左手拉著傅盈繼續往下潛，傅盈因爲周宣傳過去的冰氣，而不再覺得深水壓力的逼迫力，似乎連右手腕的疼痛也減輕了不少，便跟著周宣一起下潛。

伊藤扶著小野百合子正準備往上游，愛琳娜由於受到了極大的驚嚇，擺動身子也往上浮，但一仰頭時，額頭上的燈光射出去，這才清楚地見到，上面的水流正在急速晃動，水流中十多條跟剛才一模一樣的怪物頭朝下直竄而來！

這一次，周宣倒是撿了個在最底下的便宜，本是想到水底瞧瞧看有沒有金黃石頭，卻沒想到歪打正著，撈了個與怪獸距離最遠的機會。

伊藤不禁變了臉色！剛剛抽冷子斃了那條怪獸，沒想到血腥味又引來了十多條同樣的猛獸，這些怪物勁弩從外部是射不進的，又一次出現了十多條，該如何能逃得開？

愛琳娜和小野百合子都拚命往底下潛，伊藤反而落在了最後面，情急之下，他摸了一枚水下火光彈，這東西的功能類似於信號彈。

伊藤扯開引子，火光彈迅即射出炫麗的光彩，將方圓數十米的範圍照得通亮，那些怪獸被火光一照，頓時停了下來。

趁著怪物被阻的時候，伊藤趕緊往下潛。這火光彈暫時能支撐幾分鐘的時間，得抓住這個機會潛到水底，看有沒有其他辦法逃走。

周宣左手拉著傅盈潛在水底部，除了背靠著的岩壁，左右前三方燈光照過去都是深邃的黑暗，根本見不到頭，水底是光滑的岩石，幾乎就像是水泥鑄成的一般，沒有細石沙泥，偶

爾見到魚類的殘骸，別的東西都見不到。

左邊躺著的就是那頭剛給射死的怪獸，周宣這才看清楚，這怪獸的頭部幾乎有一米五左右，長嘴，身上的鱗甲很粗大，一塊一塊的比手掌還寬，像鐵片的樣子，貼滿怪獸全身，樣子確實有些像鱷魚，但很多地方又不一樣，至少周宣沒見過這種物種，哪怕是在電視上電影中都沒見過。

上邊跟著又潛下來的是愛琳娜、小野百合子，以及伊藤，幾個人都顯得有些驚慌，紛紛挨在岩壁邊往右側游過去，尋找能避開怪獸的地方。

這水底的深度在兩百七十五米左右，壓力沒有海水中那麼大，但如果不是潛水服的功能，除了周宣外，其他人也是承受不了的，而且這裏超低的水溫也是個問題。

周宣一邊將冰氣輸送到傅盈身上，保持她的體力，一邊拉著她往左邊游過去。怪獸在火光熄滅後一定會再次圍過來吞食他們，但跟著伊藤他們反而不好，這只會給怪獸製造更方便剿殺的機會，往另外一個方向游的話，說不定會分散怪獸們的注意力。

但也說不定是幫伊藤他們製造逃生機會，反正生死機會都是一半一半，就看誰的運氣好，搶到多一點時間逃命。也說不定怪獸會分開來圍剿他們，畢竟怪獸有十多隻，不是像開始時只有一隻！

頭頂上的火光終於完全熄滅了！怪獸們還在頭頂盤旋著，周宣趕緊往別處游過去，時間不多了，怪獸片刻間便會再次往下潛來，那時便是牠們大快朵頤的時候了！

果然，這些怪獸的嗅覺極爲靈敏，沉在水底的那隻死獸的血液飄浮出來，那些怪獸便一窩蜂撲將下來。

周宣奮力往前游，燈光照射著前邊，忽然瞧見岩壁上有個黑黝黝的洞口，周宣趕緊停下來瞧了瞧，這洞只有一米高，五六十分寬度。

周宣把額前的燈照著洞裏，見裏面黑咕隆咚的，也不知道有多深，但無疑是個好的避險處！

周宣回頭朝另一面望過去，只見那十來條怪獸已經潛到水底處，正在撕咬著那隻死獸，哪怕是同類，只要露出傷痕，便也很快就被撕咬成碎片。

也許這個水底可以通往別的水域吧，這麼多怪獸能活到現在，那肯定是有食物來源的，否則千百萬年來，這個龐大的種族如何能繁衍下來？

再瞧瞧伊藤師兄妹以及愛琳娜三個人，還在往岩壁右前方搜尋躲避點。周宣立即把額前的燈光對準他們，搖了幾搖，果然，伊藤一見到光影便回頭看了看，周宣指了指身側這個黑洞口。

伊藤立即拉了百合子回轉身來，愛琳娜在他們身後，自然也跟著回身瞧過來。

周宣這個洞口無疑是個臨時避風港，能不能脫險誰也不知道，洞裏還有沒有其他危險那

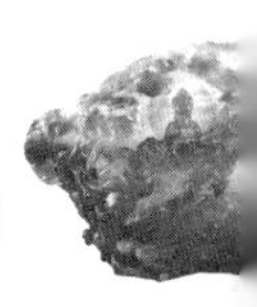

更是不知道，但卻是目前唯一能避開怪獸的地方。

只是伊藤三個人距離周宣這邊至少有二十多米的遠近，而且中間隔著那十幾頭瘋狂的殺人怪獸，如何穿過牠們而不被怪獸發覺並吞食掉，這是個急迫需要解決的問題。

而且，就算避開怪獸躲到周宣找到的那個洞裏面，但每人背上的氧氣也只剩二十分鐘左右，二十分鐘後若沒出水，一樣也會憋死！

不過，即使要面對兇狠的怪獸，伊藤、小野百合子、愛琳娜三個人還是毫不猶豫地回身貼著岩壁，儘量不動聲色地潛過來。

這些怪獸顯然是長期生活在這種黑暗區域裏的，眼睛視力已經嚴重退化，眼睛瞪得雖然跟銅鈴般大，但是什麼都瞧不見，主要是靠鼻子的嗅覺捕食。

那頭死獸給撕扯吞食完後，這些怪獸又開始左右搜尋著食物。

伊藤在最前邊，驀地見到一隻怪獸向他伸嘴過來，情急之下，把身側的百合子用力一推，百合子就被頂到了怪獸嘴邊。

百合子驚恐之下勁箭嗖地一下射出，由於隔得太近，鋼箭射中這隻怪獸的鼻孔，血水和著怪獸的狂怒翻動攪得混亂一片，卻剛好也阻住了其他怪獸的來路。

伊藤沒命地往周宣這邊竄來，顧不得再惹起動靜，百合子和愛琳娜也跟著急游過來。

周宣見伊藤推百合子的那一剎那時，心裏就更討厭這個小鬼子了，生命珍貴那自不用說，但若要拿別人的命來抵擋，周宣絕對做不出來，何況那人還是他的同伴、親人！

幾隻怪獸撞開了那隻盤旋翻滾的怪獸，跟著伊藤捲出的水波動靜直衝過來。周宣不敢把傅盈先塞進洞中，因爲在這麼深的水底，傅盈只要一離開他左手的冰氣，立即就會給水壓逼碎心臟。

伊藤連撲帶爬地終於竄到洞口處，想也不想便一頭鑽了進去，百合子也趕到鑽進去。

愛琳娜慢了兩三米，周宣眼見怪獸們瘋狂撲到，不敢再做停留，拉著傅盈腳先頭後的倒著進了洞中，然後燈光照著外面。

周宣伸了右手在洞口向愛琳娜大叫著：「伸手過來！」雖然愛琳娜聽不見，但卻明白他的意思，奮力一竄，把手伸到洞口邊。

周宣一把抓住了愛琳娜的手使勁往洞裏退進去，好在終於拉到了愛琳娜，縮進洞中後，只覺得右手拉著的人有些輕飄飄的，凝神一看，不禁大吃一驚！自己拉著的愛琳娜就只有她的左手連著頭部的上半身，下半身已經給怪獸咬斷，另一隻怪獸大嘴就在洞口邊撞來撞去！

此時也輪不到周宣悲天憫人嘆息同伴的生死，只是這種從沒經歷過的震撼，確實深深地揪出了他心底的恐懼。

扔掉了手中愛琳娜的殘軀，洞口邊兩隻怪獸的大嘴互相爭搶起來，但都擠不進狹窄的洞中來。

周宣只能摟著傅盈的身子在洞裏往後退，洞穴越往裏去地勢越高，也越來越寬敞，十來米後，洞裏的長寬度幾近兩三米，站起來都能行走。

傅盈身子軟軟的，看得出來，一是手上的傷痛厲害，二是受到了巨大的驚嚇，周宣是半扶半摟著她往裏走。

伊藤持著勁弩走在最前邊，小野百合子停下來望了望周宣，然後跟他一起來扶著傅盈。

洞穴地勢越走越高，不過洞的寬度高度沒有再變大擴大，周宣瞧著手腕上的潛水錶，水深度從開始的兩百七十米一直慢慢減低，七八分鐘後，水深度只有幾米了。

前邊的伊藤停了下來，對後邊的三個人擺擺手，示意停下步子，然後慢慢將頭露出水面，隨即呆住了身子，停了幾秒鐘後，馬上又潛到水裏對周宣他們三個人直招手，旋即躥出水面去。

瞧伊藤這個動作，水上面定然是沒有危險了，周宣跟百合子扶著傅盈慢慢往上走，這時眾人已經游出水面，周宣也停止了對傅盈身體裏輸送冰氣。

傅盈自小是練過武的，對周宣的這種能力並不感到特別奇怪，練習過內家勁氣的高手是有這個能力的，對周宣，她也只認爲他是修煉過內家勁氣的高人而已，別的也沒想那麼多，即使想，她也不可能想到稀奇古怪的異能上去。

第二十七章
異石老窩

大圓石的四周，又有六七塊金黃色石塊。

周宣心裏狂跳不止！這地方就是金黃異能石的老窩了！

那六七塊小黃金石聚在一起已經不得了了，

那一塊超巨大石頭裏面又會包含什麼樣的能量？

三個人在從水裏露出頭來的那一剎那，都被水面外的世界驚呆了！

這裏是一個約有四五個平方大的空石洞，高約三四十米，四面再沒有出路，但石壁上一圈鑲滿了閃閃發光的寶石！

這些寶石，有的發綠光，有的發白光，有的發紫紅光，有的發藍光，最大的是天頂上一顆發著白熾燈光一般光芒的寶石，有臉盆大小，就是這顆寶石發出的光最強，將整個石洞照得很亮。

伊藤脫掉潛水服待了一陣，忽然手舞足蹈在石洞裏狂叫歡跳！

想也不用想，周宣定然知道這小鬼子在叫嚷著「發財了」之類的話，不過他也不想一想，就算有再多的財富寶石，他能帶得出去嗎？

對他剛才對待百合子的舉動，周宣心裏非常厭惡他，雖然說在生命危急關頭，自己的命最大，但用損害同伴的性命來衛護自己的性命，周宣就做不出來。

周宣不理他，與百合子把傅盈扶出水面放到平坦的岩石上後，又檢查了傅盈的傷勢。

傅盈被勁箭射穿了右手腕，周宣仔細檢查過後才鬆了口氣，雖然給射了個對穿，但卻是靠邊的地方，沒有碰到動脈和血管。

周宣自己也脫掉了潛水服，因爲早知道這水洞中的水溫很冷，所以在潛水服裏面大家都穿有一身保暖內衣。

然後周宣瞧了瞧石洞裏，在正中間的位置，也就是頭頂上那塊最大的寶石下方，有一個至少有數噸重的大圓形金黃石，高約兩米，寬度起碼得三個四人圍著才摟得下，大圓石的四周，又有六七塊跟周宣在沖口海底撿到的那塊石頭一般大的金黃色石塊，當然，跟傅天來拿出來的那塊也是一樣的。

周宣心裏狂跳不止！果真這個地方就是金黃異能石的老窩了！那六七塊小黃金石聚在一起已經不得了了，那一塊超巨大石頭裏面又會包含什麼樣的能量？

大石頭的另一側隱隱有一副白色的人骨架，周宣讓傅盈坐在岩石上，自己慢慢走過去，來到枯骨架的正面。

這是一個靠在大石邊坐著死掉的人，枯骨的右手邊地下有一把砍刀和一支手槍。

周宣走近了，撿起那把手槍仔細看了看，這手槍樣式很古舊，與近代的新款各類型手槍大不相同，有點類似電影中那些西部牛仔的轉輪手槍，槍管有點長，槍身上都生滿了厚厚的銹跡，顯然是經過了許多年的風化成了廢鐵。

周宣忽然間心裏一動，這枯骨會不會就是傅盈的大祖父？

但這石洞很古怪，倒也不敢確定枯骨到底是誰，說不定是別的冒險者留下的呢。石壁上的寶石明珠顯然不大可能是自生長在上面的，而且距離地面有三米左右，但洞中除了正中間那塊巨石外，再沒有一樣可以借力踏著登高的東西，也不知道這些寶石是怎麼鑲上去的。

伊藤跳了一會兒後就安靜下來，四處打轉，找著能趁手的東西想爬上去把寶石取出來，但在石洞裏轉了幾個圈也沒找到。

石洞裏除了正中間那塊龐然大石外，就只剩下七塊拳頭大的小石頭，一副枯骨，然後就是他們四個人，其他的啥也沒有。

周宣蹲下身子仔細瞧著那副枯骨，在枯骨的左手指骨無名指上有一枚黃金鑲玉的戒指，周宣小心地伸手去摘白骨指上的戒指，不過剛一碰到，那白骨就嘩啦一下就全散落下來，成了一堆碎屑。

周宣合手作了個揖，念了聲：「對不起對不起！」然後把那枚戒指撿起來瞧了瞧，沒看出什麼名堂，隨後將其拿到傅盈身邊。

傅盈在百合子的幫助下將潛水服脫了下來，不過中箭的右手因為還沒有取出鋼箭，潛水服也脫不掉，只能掛在手腕中。

周宣把戒指遞給傅盈，問道：「傅小姐，你瞧瞧這戒指，是那堆枯骨遺骸手指上的。」

傅盈伸出左手接過，瞧了瞧，又側過來看了看戒指圈裏面，然後說道：「這是我大祖父的，戒指圈裏邊刻有一個傅字，我祖父也有一枚一樣的，這是當年大祖父訂做的兩枚。」

周宣又拿過那戒指仔細瞧了瞧戒指圈裏面，果然刻有一個傅字，便嘆了口氣道：「傅小姐，你大祖父的遺骸應該就是那堆枯骨了，找是找到了，不過，恐怕我們也沒辦法再離開這個水洞了，出路只有一條，但我們得能躲得過那些猛獸的攻擊啊！」

周宣說著，又把戒指遞回給傅盈，傅盈緊緊捏著，皺著眉頭，臉色蒼白，嘴唇都烏紫了起來。

周宣嚇了一跳，用手背試了試傅盈的額頭，有些發燒，再就是手腕中失血過多，箭沒有拔出來，傷勢沒包紮處理，一直在流著血，好在沒傷到血管和動脈，否則早就撐不到現在。

「傅小姐，你忍一忍，我幫你把箭拔出來，傷口要包紮才行！」周宣把傅盈緩緩放躺在岩石上，這傷口得趕緊處理。

忽然間「叮」的一聲，一支鋼箭射在周宣身側的岩石上，釘得岩石上冒出幾點火星！

周宣吃了一驚，退開一步，抬頭瞧過去，只見那鬼子伊藤拿著勁弩對著他，獰笑著用半生不熟的中國話說道：

「你……跟百合子到岩石邊上去，讓百合子踩著你肩膀把寶石取出來……快點，否則我就射死你！」

周宣怒道：「傅盈……傅小姐受傷了，我要給她拔掉箭頭，否則會有生命危險！」

「誰管得了她，趕緊給我挖寶石！」伊藤將勁弩對著周宣晃了晃，狠狠道：「再說，等出去的時候，正好拿她當誘餌吸引那些怪獸，你現在救她也等於白救，她受了傷還跟得上我們麼？哼哼，總得有捨才有得，想出去，就得拿傷病者的命來換！」

小野百合子滿面怒容，蒼白著臉跟伊藤說了幾句話，不過周宣一句也聽不懂，他們這次說的是日語。

伊藤冷冷哼了一聲，勁弩對著百合子晃了晃，百合子鐵青著臉，牙齒幾乎將下唇咬出了血來！

只是伊藤絲毫不爲所動，勁弩對著百合子和周宣倆人搖了搖，叫道：「快點！」

周宣只得低頭對傅盈說道：「你忍耐一會兒，用潛水服把傷口稍稍纏一下，別讓血流得太多，我弄完就趕緊給你治傷！」

傅盈點點頭，柔聲說：「你不用擔心我，沒事的，你去吧！」

周宣站起身又對百合子道：「百合子小姐，我蹲下，你踩我肩上。」

百合子身高約有一米六五，周宣一米七五，石洞中那些寶石離地面的距離約有三米，百合子踩在周宣肩膀上剛剛好搆到，於是她從腿上抽出備用的匕首來，左手握住寶石的表面試著搖了一下，有點鬆動，再搖晃幾下，竟沒花什麼功夫便取出了岩壁上的寶石。

這些寶石有的大，有的小，大的如拳頭，小的如手指頭，石洞一圈總共有二十四顆，當然，頂上的那顆最大最亮的是取不到的。

取這二十四顆寶石不過半個小時的時間，伊藤把寶石放在一起，寶石散發的五顏六色的光芒把他的臉面映得分外猙獰。

伊藤放寶石的位置離周宣很遠，一個在石洞的這一面岩壁邊，一個在石洞的另一邊，這是爲了防備周宣他們對他不利，離得這麼遠，就算周宣想做什麼幹什麼，行動的時候他也能反應過來。

周宣這時候沒工夫去理他，一心想著趕緊幫傅盈把箭取掉，把傷口治好。

對這個，周宣沒怎麼擔心，冰氣有極強的療傷功能，這是他早知道的事情，況且中間那大石頭邊上還有七塊小金黃石，就算再耗冰氣自己也不用擔心，這些小石頭足夠補回來，不過那塊超大的巨石，周宣不敢去碰，因爲他不敢確定大石頭裏的能量會不會對自己產生什麼樣的影響。

當然，爲了不引起伊藤的疑心，周宣把傅盈抱起來放到大巨石後面，巨石恰好遮住了伊藤的視線。

伊藤理也不理他們，反正百合子的勁弩弓已經被他拿過去了，周宣和傅盈的弩弓在水中已經丟失，四個人中就他持有兩副。有武器在手，自然不怕周宣幾人有什麼動靜了，此時的他面對著一大堆寶石，心裏已經樂開花，時不時地瞄著頭頂那塊最大的寶石，心裏想著怎麼樣才能弄下來呢。

因爲還有百合子在身邊，周宣也不能做得太過明顯，便只把那七塊小石頭拿過來放在傅盈身邊，對百合子輕輕說道：「防備一下，如果伊藤要行兇，只能用這些石頭了，有總比沒有的好！」

百合子點點頭，又道：「我幫你，把傅小姐手上的箭取了吧。」

傅盈額頭上汗水涔涔，給一支鋼箭橫穿在手腕中，能不痛嗎？

周宣靠近了傅盈，將她身子扶起來，摟住了她，然後將雙手握住被鋼箭穿過的右手腕，對百合子說道：「你來取箭，我抱著她。」然後又對傅盈說：「傅小姐，你要忍住，拔出來就好了！」

傅盈一張俏臉蛋雪也似的白，點點頭，輕輕「嗯」了一聲，道：「好，我忍得住！」

百合子左手抓著傅盈的手掌，右手握住鋼箭尾這一邊的中間部位，輕輕試了一下，然後道：「我拔了！」

周宣看著箭身在傅盈手腕上移動了寸許，只剩下箭頭還在外面。

傅盈的身子猛地一顫，一隻左手用力抓在周宣的腰間，周宣感覺得到，不過還沒到最難忍的時候，那露在外面的箭頭比箭身要寬許多，拔出來的時候會痛得多。

百合子深深吸了一口氣，然後握緊箭身用力一拔。

傅盈沒有叫，卻是張口咬在周宣的肩頭上，百合子一下子沒有拔出來，箭頭在手腕中卡住了，百合子往左右搖晃了幾下，然後再拔。

傅盈額頭上的汗水大顆大顆滾落，牙齒狠狠咬著，周宣悶哼了一聲，雖然他手腕沒中箭，但從肩膀上的痛楚便知道傅盈忍受的痛楚有多大。

百合子終於拔出了鋼箭，傅盈鬆了口，無力地軟倒在周宣懷中。

周宣將傅盈輕輕放到墊了潛水服的岩石上，然後撕下自己保暖衣的一隻衣袖來給傅盈纏住流血的傷口，確實沒有傷到動脈血管，雖然仍然流血，卻是沒有大礙。

包紮好後，周宣又瞧了瞧傅盈，一張臉蛋上全是汗水，幾縷髮絲沾在臉上。周宣用手輕輕擦去傅盈臉上的汗水，把髮絲捋到耳後，低聲說：「睡吧，睡一覺就會好了！」

傅盈經受了這麼多事，的確是又累又疲，在周宣的呵護下，不知不覺就合眼睡著了。

過了好一陣子，百合子才低聲說道：「周先生，謝謝你救了我！」

周宣怔了一下，這才想起百合子是說頭先在水洞口把她拉進小洞來的事，微微笑了笑道：「沒什麼好謝的，在那個時候誰都會這樣想，不是有句話叫做『人命關天』嗎，危險的時候，不是生命最值得珍惜嗎！」

百合子嘆了口氣，微微搖頭，想說什麼卻又沒說出來，臉側向另一邊。周宣瞧了瞧她，從側面看過去，百合子長長的眼睫毛動了動，從眼中滾落幾滴淚水出來。

這個不難理解，任誰被自己最親最熟的人背叛，都會心痛，都會難受，不過對於這個事，周宣倒沒什麼好勸的，反正也不熟，小鬼子跟她怎麼樣也輪不到他來管，再說，能不能活著離開這兒，老天爺才知道。

百合子靠在大巨石上慢慢地也睡著了，周宣再瞧瞧傅盈，傅盈眼睫毛一顫一顫的，搞不好是在做夢，伸出右手輕輕握著她的左手，傅盈在睡夢中接觸到周宣的手，立即便緊緊地抓住不放。

周宣嘆息了一下，隨即側臥在傅盈身邊，將七塊小石頭撥到倆人身體中間，然後將左手橫過來握著一塊石頭。

周宣的手上依舊戴著那副薄手套，所以也瞧不出來顏色的變化。

握著石頭後，周宣運起冰氣鑽入石頭中，果然，那石頭裏所含有的能量跟以前的一樣，只是周宣如今那變異又增強的丹丸冰氣，已經比每一塊石頭中所含有的能量都要大得多，是以吸收這石塊中的能量也沒花太大的勁，比以前要快速得多。

等到將第一塊石頭中的能量吸收到自己身體中，並被自己的丹丸冰氣吞淨後，周宣接著又吸下一塊石頭。

直到最後一塊也給吸盡能量後，周宣偷偷看了看那些石塊，已經全部變得黑漆漆的，周宣也管不了這麼多，趕緊將吸入體內的冰氣按照以前練呼吸的內勁法門運轉了幾圈。

這個時候，周宣的感覺可就大不相同了，似乎連自己爬出的那個水洞外的水花晃動都能聽在耳裏，還能清楚地聽到百合子和傅盈的呼吸，一個快，一個慢，快的是傅盈，慢的是百合子。

遠處伊藤的呼吸更是急促，這傢伙肯定還沉浸在獲得財寶的興奮之中。

周宣又偷偷抬起左手，用牙齒扒開手套的一部分，左手這個時候已經變得金黃一片，跟一塊金子沒有區別。

周宣皺著眉頭又是惱又是悶，不過想想又釋然了，反正也出不去，手的顏色變成金黃又能怎樣呢？

唉，這金黃色的石頭到底是什麼原因來到這兒的呢，聽傳天來說，這是天外之物，既然是天外之物，那又怎麼會落在這個不見天日的地下洞裏？而自己在沖口的海裏爲什麼又能撿到一塊？

雖然百思不得其解，但周宣還是伸出左手撫摸到那塊大石面上。本來他是不敢輕易碰這塊大金黃石的，但感慨之下，無意中就將左手撫向了大石。

然而，就在那一刹那，大石頭產生了一股不可遏抑的巨大吸力，硬是將周宣左手腕裏的所有丹丸冰氣都吸了過去。這一下，將周宣身體裏的心臟腸胃也被吸到大巨石中一般的劇痛難忍！

在那一刹那之後，周宣似乎全身的精力都給吞噬乾淨，全身再沒有半分力氣動彈，但腦子的靈念卻清清楚楚地見到了大金黃石裏面的能量如浩瀚海洋一般龐大，與自己思維相連的丹丸冰氣在這海洋中如一縷危舟飄來蕩去。

倘若這時候有人來看周宣，肯定會覺得他的樣子非常奇怪，不過伊藤根本就沒想到要過來監視他，石洞中除了那條水道外，再無其他出路，周宣等人手上又沒有別的有威脅的武器，而他自己則是練了多年的劍道高手，用不著對他們太過防範。

唯一對他有威脅的是他的師妹百合子，但伊藤並沒有打算傷害她，雖然在水底逃命時推了她一把，但生命攸關時是為了保住自己的命才這樣做的，百合子的性格他清楚得很，儘管出了這些事，她還是不會來偷襲他傷害他的。

這個時候，百合子和傅盈都已經在疲勞之中沉沉睡去，絲毫沒覺察到周宣的情況。

周宣情勢雖然危急，但卻覺察到，大石中的能量雖然極為龐大，卻吞食不掉自己那一顆丹丸冰氣。因為大石能量雖大，卻是沒有靈念的混沌體，便如一個沒有思想的植物人一般，自己那丹丸冰氣雖弱，卻與自己的思維緊緊相連。

周宣在極度虛弱的情況下，只有奮力運起內勁運行的法子，左手腕中似乎還隱隱有一絲極微弱的內息，在身體經脈內運行也極為艱辛，不過，在艱難運行了幾個周天後，那一絲內息便快了許多，再運轉幾周，竟然又把大石中的能量反吸了幾絲回來。

體內的內息頓時強勁了幾分，周宣感覺得到自己與大石內的丹丸冰氣的聯繫，趕緊運足意念，想把自己的冰氣召回來，但幾次遭拒，丹丸冰氣正被大石內龐大的能量包裹著，一時半會兒顯然是無法回到自己的手中來。

但此時，已經好過一開始被吸得心力交瘁的那種感覺，當即一邊運轉體內內息，一邊用意念指揮冰氣在大石能量中同步運轉。

沒過片刻，周宣發現自己的丹丸冰氣竟然在運轉的時候反向吞食起大石內的能量來，不由得大喜。體內的內息越運轉越純熟輕快時，那丹丸冰氣在大石裏也運轉得越來越快，旋轉時還不忘將大量的能量吸收進丸中，再轉化爲新的丹丸冰氣！

丹丸冰氣越轉越快，周宣後來幾乎可以指揮著猛烈增長的冰氣橫衝直撞，腦子中的意念也越來越輕鬆起來。不過，大石內的能量實在太過龐大，以前那些小石塊中的能量幾乎沒得比，丹丸冰氣吸得再猛也不過十之一二，而且周宣也感到，自己那丹丸冰氣在猛烈膨脹的同時，自己腦子脹得難受，這恐怕就跟吃飯差不多，胃都裝滿了，你還能吃得下嗎？

到了最關鍵的時刻了。周宣莊嚴地運氣全身的內力，企圖用意念將大漲的丹丸冰氣試探著收回來。一試之下，竟然真就將冰氣召了回來。新的丹丸冰氣已經膨脹到拳頭般大小，金燦燦的，比以前的乒乓球形大了五六倍。

但令周宣不能理解的是，丹丸冰氣一回到體內，沒有停留在左手腕中，而是飛速在體內

按著內息運行的路線運轉，當一個周天完滿時，那丹丸便從自己的左手腕回到了大石頭中。

周宣大驚，自己的丹丸冰氣，自己竟然控制不住了！

不過，那丹丸冰氣回到大石頭中後也沒閒著，在其能量中打圈吸附膨脹後，又順著周宣的手腕進入周宣體中，依然按照著他的內息運行路線運轉，之後又再次回到大石頭中，如此循環運轉不休。

只是每在身體中運轉一圈後，丹丸冰氣在大石頭中吸收的能量便要比上次多得多，而周宣也沒再感覺到氣悶，反而覺得自己體內的經脈路線順暢寬敞了許多。身體內的內息路線一開始就像田徑小道，現在卻像六七米寬的大馬路，而且似乎還有再向著更寬大的方向發展！

周宣幾乎不由自主地任由丹丸冰氣瘋狂的自行運轉著，直到丹丸冰氣最終回到自己身體裏停下不動時，周宣才發覺，那金黃色大石頭中的冰氣已經蕩然無存，整塊石頭也已經變得漆黑。

而他身體裏仍然在高速運行的丹丸，已經漲得跟一個需要雙手捧的球一般大了！

周宣覺得自己體內澎湃的氣息變得能量浩大，且無法停止，一旦停下來，他就覺得自己的身體會被這浩大的能量給炸開來。

這是一個矛盾的時刻，周宣很想擁有這冰氣，但大石中的能量又太過龐大，讓他一時承受不了。但丹丸冰氣已經將全部能量混合起來，進化成了一個新的整體，如果要分開，讓它留在大石頭中的話，周宣想像得到，也許自己就會身心分裂而死！

好在丹丸冰氣似乎瞭解周宣的困境，正在竭盡全力將其體內的內息路徑擴到極點，然後依慣性在這路徑上運轉。可見的是，那膨脹的丹丸在慢慢縮小，到後來，竟然縮小到以前的乒乓球大小了，顏色卻是更加的金黃。慢慢的，丹丸的運轉速度也慢了下來，最終停止運轉，又回到周宣左手腕裏蟄伏不動。此時，丹丸在周宣的手腕散發出金光。

周宣長長吐了一口氣，睜開眼來，發現自己可以動彈了，趕緊把左手縮回來，瞧了瞧手腕處，雖然知道裏面有丹丸冰氣的金黃，但手腕的皮膚卻變得淡淡的，跟身上其他地方一個顏色，天哪，自己手腕上的皮膚顏色竟然變回來了！

周宣趕緊用牙齒咬著手套，把左手從手套中脫了出來，再瞧瞧，手掌淡黃，膚色如常，沒有一絲兒異常！

周宣心中大喜，雖然身在危境，但心情卻很爽快，閉了眼感覺丹丸冰氣的能量，將冰氣運起從手指尖逼了出去，冰氣如睜眼瞧見一般，竟然將身周十數米範圍內探測得清清楚楚！

身邊傅盈和百合子睡意正濃，遠處岩石邊，伊藤手壓著一堆寶石閉眼靠著崖壁的樣子，也清楚地映在周宣腦子中。

此刻，只要周宣想，那冰氣甚至能穿透到伊藤的身體裏面，去查看他的內臟五官以及細胞結構！

第二十八章

點石成金

這石頭已經跟以前的那種金黃色有些不相同，
以前還是石頭，但現在，怎麼看怎麼摸都覺得像是黃金！
周宣覺得很荒唐，神話傳說中倒是聽說過
有一種仙術叫做「點石成金」，難道自己竟然會了這個法術？

太神奇了！這在以前，周宣是不可能憑空將異能冰氣運出去的，就算借著物體，他也只能運到離自己身體三米多左右的距離，但現在，他居然可以隔空運到十米以外，如果借著物體傳送的話，應該可以達到更遠的距離。

想了想，周宣又把氣息縮回來投到傅盈身上，查探著她右手腕的傷勢。

傅盈的手腕用布條包紮得很結實，血早止住了，但肌膚裏有些未排出來的血塊，就算沒傷到筋骨，但受月餘的痛楚將是肯定的事。

不過這時候，傅盈睡得很熟，左手將周宣的右手握得很緊，周宣輕輕抽了一下，傅盈卻是抓得更緊了，拖著他的手放到胸口，嘴角有一絲痛苦的抽動。

周宣趕緊停了動作，傅盈只是動了動，依然熟睡著。周宣不再弄出響動，把冰氣從右手傳到傅盈身體內，檢查了一遍，傅盈的身體很健康，除了右手腕的傷勢。

冰氣運到右手腕處時，冰氣立即將右手腕處壞死的細胞蠶食掉，隨後湧上的冰氣激發了傅盈體內的新陳代謝，如此，傅盈體內便產生了比正常時要快數百倍的循環生長血細胞，並吞噬分解了外來的微生物和體內衰老、死亡的組織細胞，然後又以高速新生的細胞復原。

這一切都在周宣腦子中清楚的一一呈現。像這樣的事，周宣以前不是沒經歷過，但那次給魏海洪治傷的時候，洪哥身體的傷勢復原程度要慢上許多，而且他自己也最終因支撐不住而暈過去，洪哥的生死他到現在都不知道。

想到這裏，周宣有些掛念起洪哥來，雖然洪哥也是有錢人，但洪哥對他的關心，周宣還是感覺得到的。現在，他對那顆六方金剛夜明珠半點也不在乎了，因爲，以他現在的能力，這一生還用愁錢財麼?當然，這要活著離開這個地方才行。

冰氣把傅盈手腕中的傷恢復到了八成，周宣便收回了冰氣，以前像這樣療傷對自己的損耗是巨大的，幾乎讓他承受不住，但現在，他輕鬆地就將傅盈的傷勢治癒，而自己似乎也沒多大感覺，丹丸冰氣的損耗幾乎覺察不到！

把傅盈手腕內的傷完全治好就達到了目的，不過，手腕表面的傷口還是留著，過幾天讓它慢慢結痂長好，這樣的話，傅盈才不會太過懷疑。

像小野百合子更不會懷疑了，因爲她也看不到傅盈肌膚裏面去，也根本想不到這回事。

就在這時候，傅盈輕輕說了一聲：「別離開我！」

周宣一怔，偏頭瞧了瞧她，只見傅盈眼睛卻是緊閉著的，長長的睫毛下掛著一滴晶瑩的淚珠！顯然是在說夢話！

周宣用手輕輕拍著傅盈的肩頭，瞧著她肌膚如嬰兒一般滑嫩的臉蛋，不禁嘆了一聲，低聲咕噥了一句：「真漂亮啊！」

只是，當眼角的餘光瞥到傅盈身後那幾塊黑色的石塊時，周宣忽然又想到，如果伊藤和百合子發覺到這些石頭的顏色變了該怎麼說？

一時也想不到好對策，不過就算沒有解釋，伊藤也不會有太大懷疑，畢竟他無論如何也想不到異能上面去。

沒有太大的思想負擔，周宣又對這些石頭感興趣起來，以前自己是沒辦法測出這些石頭的來歷和分子結構的，現在能力突飛猛進的大增，不知道還測不測得出來。

當即把丹丸冰氣運到小黑石上，隱隱有些熟悉的味道，就像遠行者回到了久違的家鄉一般，但除此外，腦子中卻仍是得不到任何的結果，依舊測不到這石頭的來歷。

但周宣從冰氣中見到這石頭的分子結構，很驚奇的是，冰氣可以改變這些分子的結構以及顏色，當冰氣在石頭中穿梭流動時，石頭分子自動就改變了質地！

周宣低下頭仔細瞧了瞧自己抓著的這塊小石頭，石頭又變得金燦燦沉甸甸的了，不禁大吃一驚！

這石頭已經跟以前的那種金黃色有些不相同，以前明顯還是石頭，但現在，怎麼看怎麼摸都覺得像是黃金！

周宣對黃金接觸得並不多，有異能過後還沒接觸過這玩意兒，對黃金的構成分子並不熟，但是能把別的物質分子轉化爲黃金分子，這的確讓周宣的腦子一下子轉不過彎來！

好一會兒才明白，但周宣覺得很荒唐，神話傳說中倒是聽說過有一種仙術叫做「點石成金」，難道自己竟然會了這個法術？

周宣搖了搖頭，把剩下的幾塊石頭和那塊大石頭都改變了分子結構，顏色也都變得金黃，幾塊小石頭沒費什麼勁，但那塊巨石倒是讓周宣累出了一身汗。

百合子、傅盈都還在熟睡，瞧瞧遠處的伊藤也在睡覺，看來是都累了。

周宣看看表，潛水表上也有時間，這時候是午後一點，下水的時候是早上十一點，時間過了剛好兩個小時，外面的傅天來和李俊傑肯定是焦急得不得了，因為他們最關心的是傅盈，不過也沒有辦法，在沒有想好對策之前，如果貿然返回的話，那只能給怪獸當了點心！

嘆息了一聲，周宣靠在大石頭上，仰頭瞧著頭頂，那顆大寶石發著白熾閃亮的光芒，周宣有點奇怪，寶石應該不會發出這種光的，就算有，也沒有這麼強的光，石洞裏寬數十米，高也有二三十米，一顆寶石明珠如何能照亮這麼寬敞的地方？

周宣心裏想著，忍不住就把冰氣放了出去，想去試探一下寶石的結構，但冰氣上升到約十來米便無法再進一步測探，到底是沒有可以借力的東西，如果有物體傳送的話，冰氣便可以傳得更遠些。

從岩石上也可以傳送冰氣，不過從邊上的岩壁傳送冰氣到頭頂正中這寶石的距離，恐怕已經超過四五十米了，想來冰氣也還是達不到這麼遠的地方。

想得太多了，乾脆不想了，就算冰氣再靈驗，也過不了水中怪獸那一關！

周宣無奈嘆息了一聲，靠著大石頭，右手跟傅盈的雙手握在一起，迷迷糊糊便睡了過去。

也不知道過了過久，周宣醒來的時候是給伊藤的吼叫聲驚醒的。

周宣睜開眼，右手卻是空的，傅盈早不見了蹤影。再側頭，卻瞧見傅盈站起身擋在他前邊，伊藤正拿著勁弩對著她，百合子也是剛剛驚醒。

伊藤叫道：「周，到水洞裏去抓魚！」

周宣哼了哼，但怕他失手射出箭來傷到傅盈，便沉聲道：「我去，把你的箭拿開！」說著，走前一步拿起地上的潛水服準備穿上，剛把潛水服的拉鏈拉開，忽然聽到伊藤驚道：「這……這石頭怎麼在變顏色？」

周宣一怔，轉頭瞧大石頭，果然，大石頭顏色正在慢慢變黑，先是左半邊，然後是右半面，在四個人眼面前變得漆黑！

伊藤驚奇無比，周宣卻是明白，原來自己的冰氣並不能真正的點石成金，只不過的確能把大石頭的分子轉化成黃金的形態，但有效期可能很短。周宣低頭瞧了瞧腕表，時間是傍晚六點三十分！看來，自己轉變分子後的物體只能維持五個小時左右的黃金形態，然後就會恢復成原來的樣子。

對於伊藤的囂張，周宣並沒有感到特別不能忍受，畢竟沒有危及到生命，只要伊藤不下毒手，周宣也不想把他怎麼樣，雖然很討厭他，但殺人的事，對他來說還是極不情願的，這種事有一次或許便會終生噩夢。

如果以丹丸冰氣把小鬼子化成一具黃金人的話，周宣可不敢保證五個小時後，他還能變回活的伊藤！小鬼子可不是那幾塊石頭。

周宣把潛水衣穿上了，不過伊藤收走了氧氣瓶，幾個人的氧氣瓶都給他拿走了，他要保證出去的時候他一個人足夠用的。

周宣這時候不會跟他爭，到水底下，憑他現在的能力，估計潛五六分鐘是一點事都沒有，就算拿傅盈當誘餌，他也不會現在就殺了她，所以周宣倒不太擔心。百合子就更不用擔心了，伊藤雖然然心狠手辣，在沒必要的時候也是不會胡亂殺人的，百合子怎麼說也是他師妹。

潛水燈的電源還很充足，周宣試了試往水洞邊走過去，傅盈忽然搶上前緊緊抓著他的手。

周宣怔了怔，然後低聲道：「傅小姐，別擔心，伊藤現在不會對你下毒手，我抓了魚就回來。」

「我不擔心這個！」傅盈搖搖頭，咬著唇低聲道：「我是擔心你，我們現在已經出不去了，反正是個死，也別死在怪物的嘴裏！」

周宣笑了笑，輕輕拍了拍傅盈的肩頭，說道：「你安心歇一歇，放心，我保證你能活著離開這兒！」

傅盈當然知道這是周宣說著安慰她的話，抓著他的手，臉蛋紅暈上臉，但卻抓得很緊，很堅決。

伊藤冷冷地道：「難得是危難中出真情啊，就別卿卿我我了，趕緊抓點魚回來，吃飽了，準備好了才有力氣跟怪物鬥。」

周宣哼了哼，道：「別一副就你一個人能活著離開的樣子，就算你逃過了怪獸的攻擊，如果外面的傅先生他們認爲我們全部都死了而全部撤走的話，就那個水洞口，哪怕水面離洞頂只有三四米的高度，但卻只有直上直下的光滑岩石，你能上得去麼？」

周宣嘿嘿兩下冷笑，又道：「就算水洞你上得去，外面天坑那五六百米的絕壁呢？外面沒有接應的人，就算你逃出這水洞也枉然！」

周宣說得雖然狠，但卻也是事實，伊藤臉色一陣青一陣紫的，又瞧了瞧那一堆發著光彩的寶石，心裏百感交集！

是啊，財寶再多又怎麼樣？逃不出這個鬼地方還不是等於沒有，再說，想逃的話，那些怪獸數量那麼多，就他們四個人，就算把另外三個人都拿來當誘餌，也不能保證他就一定能逃得出去，萬一像周宣說的，外面的人已經撤走了怎麼辦？

或許最安全的辦法，就是在這不見天日的石洞中生活下去，天天吃生魚過原始人的生活，或許還能跟師妹生兒育女，但他心裏又怎麼可能甘心扔下外面那花花世界？

周宣幾句話把伊藤說得幾乎心灰意冷，傅盈的眼神也很淒然，她有些捨不得周宣再下去冒險了，也許她覺得永生都不能離開這個水洞了，那與其讓周宣早早送命，還不如讓他多陪在自己身邊一刻，如果最後陪自己一起死的是伊藤那個人渣，那她可是死都不開心！

周宣輕輕撥開她的手，本想伸手撫摸一下她的臉蛋，手伸到一半卻停住了，退回手來微笑著搖搖頭，然後轉身往水洞外走去。

百合子也叫了一聲：「周先生，請多保重！」

「我會的！」周宣點點頭回答著，然後慢慢沉入水中。

在周宣沉入水中的那一剎那，傅盈的淚水一下就流滿臉龐！

這個周宣，沒有太高的文化，沒有巨額的財富，沒有英俊的外貌，甚至可以說什麼都沒有，普普通通的，一點也不起眼，但在這個也許終生都出不去的地方，傅盈唯一惦念的人就是他！

周宣的笑容讓傅盈從心底裏覺得很溫暖，在這個最危險的境地時刻，恰恰就是他這麼一個普通的男人一直在關心她，保護她，別的男人都說得天花亂墜的，但在生死關頭，又有幾個能真正做到？

從小長大，傅盈便學會了獨立，也生活在被包圍追捧的環境中，別的男人瞧中她的，無非是她家族的財富和她的美貌，說到真心愛她的，卻是一個也不曾碰到，所以，她從不相信這個世界上有真愛。

百合子在一旁嘆息了一聲，走過來扶著傅盈到岩石邊坐下，輕輕安慰著她：「傅小姐，別擔心，小周是個好人，不是說好人會有好報麼！」

對於傅盈，周宣不能說不喜歡，漂亮，性格外柔內剛，但卻不失善良，這樣的女孩子，只要是個男人就會喜歡，但周宣也明白，這只是在這種環境中，或許傅盈是覺得自己不能活著離開了，對他有一些好感也是正常的，但一旦離開了這個地方，她仍然跟他不是同一個世界的人，這一點，周宣很清楚。

周宣潛入水下後，沒有氧氣瓶，他得抓緊時間，不知道現在能潛到多長時間，之前憑藉異能在海洋中能潛上五六分鐘，想必以現在的能力應該可以更長。

對於能不能出這個水下暗河，周宣還是有幾分把握，最大的危險就是那些吃人怪獸，不過現在，他可以把那些怪獸用冰氣改變分子，轉化成黃金怪獸沉入水底，有五個小時的時間，估計逃生是夠了。只是要注意的是，怪獸的數量萬一太多，自己能不能在同一時間應付過來！

要是轉化兩三隻便氣力衰竭，那最終還是會變成怪獸的食物。

周宣一邊考慮一邊下潛，在這水道中沒有危險，又因為是往下，不費力，所以潛得也快，不到兩分鐘便到洞口邊，周宣早把冰氣散發了出去，十來米的範圍以內都沒見到怪獸的蹤影，估計怪獸還是要在岸上生活，牠們的模樣就有點類似鱷魚，說不定要靠呼吸空氣生存，這會兒可能在岸上休息。

有冰氣探測，周宣不用燈光便察覺到近處有四條尺許長的魚游了過來，不過為了驗證，周宣還是開著燈照著，用眼瞧看，冰氣運轉，把其中一條轉變了分子結構，那條魚立即不動聲響的變成金黃色墜到水底。

另外三條依舊慢慢游過來，周宣待牠們游到洞口邊時，早準備好的雙手一手便抓了一條。

這種魚長期生活在這類黑暗的暗河中，眼睛早已經退化，只剩下嗅覺，不過想來最終也都會成為那些怪獸的食物。

周宣抓了兩條魚，再瞧了瞧洞口外邊的水底環境，那頭死獸的屍體此刻連殘渣都不曾剩下，不過周宣這時候倒是有閒心觀察一下這個水底世界。

燈光照射處，除了就近十來米的水域，遠處依然黑暗深邃得像無邊無際一般，水中的透明魚倒是不少，但別的生物種類卻沒見到。

周宣把冰氣異能放了出去，在附近十來米的範圍內搜尋觀察，再遠一些就達不到了。

驀地，周宣腦子中忽然見到兩雙透著死氣的冰冷大眼在盯著他！周宣嚇了一跳，趕緊把身子退回洞內，將四面八方散開的冰氣收成一束。

原來是兩隻怪獸悄沒聲息的往他這兒潛來，這東西看來還是不蠢，不像一開始出現時，那般將水攪得天翻地覆的，而是悄無聲息地逼近獵物。

好在周宣有冰氣異能感知，十米外便覺察到了，然後便將冰氣探入怪獸體內，腦子中見到的景象差點讓周宣嘔吐出來！

這怪獸一肚子的殘渣剩骸，還好冰氣沒有嗅覺，否則周宣定然給臭氣熏翻倒，而其中一條怪獸腹中竟然還有一副溶化了大半的人形軀體。

周宣深深吸了口氣，心道：老子就把你化成一具黃金怪獸，沉在這水底中淹死你，這些怪獸體內是用肺來呼吸的，顯然不是真正的水下生物，那麼如果牠們在水底時間太長，那確實會淹死的。

最好是能淹死這些怪獸，給愛琳娜和沃夫兄弟報了仇，心裏也痛快些。

周宣將冰氣運到怪獸體內準備將牠轉化分子時，忽然發現從水中傳送過去的冰氣無法轉化分子，不禁有些愣了！

收回冰氣又在近跟前試驗了一下，剛剛將那條透明魚能轉變成功，那是因爲魚的體積太小，跟怪獸無法比擬，二是距離太近，與他相距不到一米。

在水底隨便撿了魚骨測試著，手掌貼著的話，一點問題也沒有，如果是隔水傳遞冰氣，這種小物件轉變分子最遠的距離只能達到兩米，如果是超大物體，那根本不可能隔水轉化。

得到結果後，周宣又愁了起來，真是一事接一事，沒完沒了，剛開始的欣喜心情頓時消失乾淨！

這怪獸必須接觸到牠們的身體才能轉化，但問題是，與這些怪獸如此近距離的話，那危險就增加了無數倍，周宣不敢想像在怪獸的包圍中還能一一將牠們轉化過來，而且，也不敢保證冰氣能否支撐得了轉化怪獸的數量！

如果有一根鐵棒什麼的長武器就好了，武器都有一寸長一寸強的說法，與怪獸的距離隔得越遠越好，可關鍵是，這水底包括那石洞中，根本找不到一件可以拿來用的武器！

周宣有些無可奈何，看看腕表，潛下來也有五分鐘左右了，雖然不感覺到氣悶，但周宣還是決定返回石洞中，他不想讓伊藤對他的實力瞭解得太多。

傅盈和百合子兩個女孩子都在水洞口蹲著等候，看到水中隱隱有光線傳來時，不禁又興奮又緊張。

周宣從水中鑽出來後，傅盈忍不住伸了手來拉他。

周宣把兩條魚扔到岩石上，然後上了岸，脫下潛水服，然後瞧了瞧傅盈，見她臉上喜悅多過哀傷，眼中卻是濕潤潤的，便微微笑了笑，道：

「沒事，水底下魚多得很，吃的不成問題，就是難出去，剛剛還見到兩隻怪獸潛下來，而且，這怪獸變聰明了，懂得悄悄潛下水底來！」

伊藤皺著眉頭，周宣的話讓他更是煩躁，出去的話，就算把周宣他們三個人都餵怪獸，那也不可能就讓他一個人安全離開，難道真要在這裏做地底原始洞人？

百合子拿著匕首，將兩條魚在水洞口剖了洗乾淨，這兩條魚各有兩斤多重，魚肚腹中都沒有太多骯髒的東西，內臟也看得清楚。

百合子經常做生魚片，手法很熟練，但這兒沒有工具，也沒有佐料，只能將魚剖開後再將魚腹兩邊的肉割成條紋狀，一條魚給了伊藤，另一條魚，她和周宣傅盈三個人吃。

伊藤麻木地將生魚片一片一片餵到嘴裏吃，眼睛卻盯著頭頂那塊大寶石。

百合子將另一條魚的肉割成一小片一小片的，然後遞給傅盈和周宣吃。這生魚片有些甜味，腥味也不太濃，可能是淡水加低溫，又長年不見日光，這種魚的味道很好吃，沒有鹽也沒關係。

百合子自己吃得很高興，傅盈也略吃了幾片，就只有周宣吃得難受，他從小到大就沒吃過生的東西，何況是生肉。結果他吃第一片時就差點吐出來，但想想肚子裏確實餓得慌，如果要出去的話，沒有體力那肯定是不行的，便硬著頭皮再吃幾口。到後來，他乾脆把生魚片丟進嘴裏直接吞了下去，不去咀嚼倒是好受了許多。

好在百合子的確手巧，割下的魚肉是將魚刺剔出來的，而且這深水寒魚肉很嫩，吞下肚時一點也不難受。

伊藤哼了哼，扔了手中沒吃完的魚，然後對周宣冷冷地道：「現在是晚上七點，這個時候出去也看不見，不如等到明天早上出去，你們晚上好好睡一覺，留夠體力吧。」

周宣自己是想要出去的，只是還沒想好如何能安全地擊敗怪獸，他可不像伊藤，能想出把同伴當成怪物誘餌，然後自己孤注一擲逃命的餿辦法。

「伊藤師兄。」百合子盯著伊藤說道，「就這樣出去無疑是送死，還是再等等，看有沒有好的辦法。」

「等什麼等？」伊藤哼哼著說，「再等的話，傅天來和李俊傑要是以爲我們死定了就會離開，如果他們走了，我們就算衝到水洞口也上不去了，必須得搶時間，明天早上就行動，還有……」說著又指著傅盈道，「把你的潛水服拿給我！」

傅盈怒道：「氧氣瓶你也拿走了，我這潛水服還有破損，你都不放過？」

伊藤淡淡道：「這潛水服我要用來裝寶石，反正也破損了，你們自己商量，終究是要有一個人徒手潛水的。」

傅盈還要爭，周宣拉住了她，道：「給他拿去就拿去吧，你明天穿我這套，我可以徒手潛水。」

伊藤毫不理會他們，拿了傅盈的潛水服就到岩壁邊將那一堆寶石裝了進去，然後斜斜背在自己肩頭，將潛水服的褲腿和袖子拉到胸口，嚴實打了幾個結。

傅盈氣得胸口一起一伏的，喘了幾口氣，很想跟伊藤鬥個你死我活的，但周宣死命拉住了她。

伊藤手中拿著兩支勁弩，沒必要跟他死拼，再說周宣估計，就算明天出去，他伊藤準備得再充分，也不一定就比他強，誰逃得出去，誰葬身獸腹，這時候還說不定呢。

若要弄死這小鬼子，周宣完全可以辦到，但他不想殺人，他可不想以後的日子一直在噩夢中度過，只要他不傷害到自己和傅盈就放過他，若是怪獸吃了他，那可怪不到別人了，那就是他的最終命運！

伊藤這一晚並沒有睡好，也許是做了噩夢，凌晨便滿頭大汗地醒過來。時間還早，才五點鐘，這個時候並不適合出去，因爲在水洞外天沒亮，光線不好，出去反而是麻煩。

沒處可去，伊藤只好呆呆仰頭瞧著那顆洞頂的大寶石，價值連城的東西啊，可惜拿不到，自己身上的這些寶石，也不知是否能順利保佑自己衝過怪獸的包圍，從牠們嘴裏逃命出去。

這地方簡直不能用恐怖來形容，實在是太詭異了。伊藤又瞧著洞內那塊巨石，明明就是金黃的顏色，卻硬是在他眼皮底下變成了黑色，即使後來每個人都又敲又看地研究了一會兒，誰也沒瞧出什麼名堂來。不過，這裏的小石頭，可是跟上次在傅天來那兒見到的石頭一模一樣，或許那塊石頭還真就是從這裏帶出去的。

伊藤想到這兒不禁又興奮起來，當年那個帶了石頭出去的人，肯定也是來到了這個石洞中，然後再逃出去的，雖然最終還是受了重傷而死，但這說明，從這裏逃出去還是有可能的！

伊藤頓時興奮起來，立刻開始盤算著出逃的計畫，無論如何，保障自己安全逃走，是他所有思考的核心。

形勢對他來說是有利的，也許這就是老天爺的安排：兩支勁弩弓都在他手裏把持著，氧氣瓶也有兩份，再不濟，就把百合子的那份也搶了，不過，在不必要的情況下，他還是會把她的那份留給她，按道理來說，自己的加上傅盈那一份，應該可以支撐到出水洞，周宣和傅盈倆人只剩一份，不過周宣潛水能力比他還強，這個伊藤是清楚的。

現在這個時候，最好是利用周宣的水下能力和怪獸糾纏一陣子，再有，傅盈這個誘餌也可以讓怪獸分心一會兒吧，哪怕就是一會兒，也許就能讓他脫險了！

再不濟就把百合子也推出去，當然，這樣做那完全是因爲沒別的辦法了，在危險關頭，別說是師妹，就是他親老子，他也得推出去擋駕啊！

伊藤思慮過度地睡著了，醒來的時候，周宣也醒了。冰氣在伊藤身上遊蕩了幾下，最終，周宣還是忍住了沒下手。

小鬼子的爲人雖然不好，但百合子是很善良的，如果得知伊藤是死在自己手裏，百合子一定會非常傷心。所以，不到萬不得已的時候，周宣還是控制自己，不打算對伊藤施以毒手。

傅盈挨著他睡得挺香，越危險的環境中，人就越會珍惜美好的時光。在最危險的關頭，周宣救了她幾次，如果不是他，就算是留在這個石洞中做野人，她也沒有機會了。

一直以來，她對感情上的事都是心高氣傲滿不在乎，但追逐在她身邊的人卻多得數不清，要相貌的有相貌，要才華的有才華，要家世的有家世，可她總是沒有動心過，爲什麼呢？

直到進入這個天坑，傅盈才在周宣離開她衝出水洞的那一刹那明白過來，原來她需要的不是蓋世英雄，不是瀟灑才子，不是金粉世家，而只是一個能真心喜歡她、關心她、愛護她的善良男人。

然而，芸芸眾生，紛繁亂世，能真正做到這一點的，又有幾個呢？

從不輕易動感情的傅盈，在周宣被伊藤逼下水去的那一刹那，心都碎了，不知不覺間，她的一顆心竟然就依附在了這個普通的男人身上！

此刻，周宣正瞧著傅盈依偎著他的睡姿，長睫毛一閃一閃的，臉蛋微紅粉潤，煞是可人。不得不承認，傅盈確實漂亮得過分，如果一個男人會在她這樣的女孩子面前不動心，那他肯定不是一個正常的男人。

周宣清楚地明白，他們的差異太大，倆人並不適合，有些差距是永遠不能拉近的。爲此，對於傅盈對他表露的感情，周宣只當不明白，還是先離開這裏再說吧，也許一出去，她就又會把自己給忘了，重新回到自己的世界裏。

第二十九章

患難見真情

周宣若無其事地上下忙著，
但傅盈卻聽得出他言語中包含著的關心，
淚水流出來的那一剎那，櫻唇就吻在了周宣的嘴唇上！
周宣呆了呆，火熱的身軀和吻，這還是那個高高在上的傅盈麼？

周宣動了動身子，傅盈的身子也一顫，趕忙抓緊了他的手，人卻醒了，濕潤的大眼睛瞧著周宣，臉上雖然有些羞意，但抓著的手卻是沒有鬆開。

另一側，百合子呆呆望著石壁，打小她就很喜歡她師兄伊藤，也曾想過一輩子會去依靠他，但沒想到的是，在最危險的關頭，師兄卻把她拋到最危險的境地，不僅沒有救她，反而還讓她爲自己抵擋險情，而最終救了她的，卻是這個從沒交往過的中國男子。

這讓百合子心裏的屋舍轟然倒塌，她心裏所有的憧憬和愛，此刻都被伊藤摧毀得乾乾淨淨！俗話說，易得無價寶，難得有情郎，最愛之人的背叛，或許是對人最大的傷害。

而伊藤才懶得考慮那麼多。對他而言，這次出門完全是想賭一把，賭活了，自己從此就榮華富貴一輩子，有了金銀財寶大富大貴，這一生還不是要什麼有什麼?!一個大男人，怎麼可能爲了一個女人犧牲自己啊。

百合子跟傅盈兩個女孩子雖是很悲觀，但情況卻截然不同。百合子是被師兄的絕情打擊得只剩下絕望，而傅盈卻並非如此。她雖然對能活著衝出天坑不抱希望，但卻意外發現了自己的真愛就在身邊。當女人獲得真愛以後，她就開始變得更充實更勇敢了。

瞧著傅盈依偎在周宣身上的樣子，伊藤很是不爽，傅盈的美麗他又不是看不見，哪有不眼饞的道理？在伊藤看來，這傅盈若是大跌眼鏡地跟了周宣，那簡直就是一朵鮮花插在牛糞上了。於是，他哼了哼道：「起來起來，準備走了！」

此刻的時間是九點零五分。伊藤已經穿戴好潛水服，只留了頭部的拉鏈沒拉上，背上則背了他自己與傅盈的兩個氧氣瓶，腰間掛著兩副弩弓，用傅盈的潛水服包裹起來的寶石早已綁在了肩頭，看來是全副武裝的樣子。

百合子也默默穿上了潛水服，她雖然同情傅盈，但卻沒有大方到將自己的潛水服送給她的地步。

周宣也沒有理會伊藤，在這個距離，如果伊藤有不軌行爲，他是能在剎那間制止住他的。一切正常，他便拾起地上自己那套潛水服給傅盈穿上。

傅盈瞧著周宣微笑著給她穿潛水服，眼眶都濕潤了。

周宣笑笑說：「快穿上吧，不要悲慘兮兮的，到底誰死誰活現在誰也說不準哦！」

傅盈只當他是在說臨別遺言，淚水終於忍不住從臉上滑落下來！

周宣若無其事地上下忙著，但傅盈卻聽得出他言語中包含著的關心，淚水流出來的那一剎那，櫻唇就不管不顧地吻在了周宣的嘴唇上！

周宣呆了呆，懷中這個嬌美如花的玉人兒怎麼跟以前矜持高貴的形象截然不同了？火熱的身軀，火辣的嘴唇，火熱的吻，這還是那個高高在上的傅盈麼？

傅盈此刻有一種天崩地裂也不理會的勇氣，既然是要踏上死亡的路程，那又何必再掩藏自己的真心呢！這一個吻，和著熱淚，和著熱血！

到後來，倆人的吻已經不是吻了，傅盈閉著眼睛直咬著周宣的嘴唇，任由淚水在臉上橫流！

時間不早了，周宣定了定神，輕輕推開了傅盈，拭了拭臉上唇邊沾滿的淚水，又舔了舔嘴唇，笑笑說：「有好幾天沒吃過鹽了，怎麼你的眼淚還這麼鹹呢？」

傅盈「撲哧」一下笑了出來，隨即又笑又抹眼淚的，嗔道：「死到臨頭了也沒個正經！」

伊藤也哼道：「這話說得沒錯，便宜你這小子了，有傅小姐這樣的大美女傾心，你死也值得了，動身吧！」

周宣把傅盈的潛水服穿好，拉上裏外兩層的拉鏈口後，又替她將氣瓶背上，然後脫下自己身上穿著的上衣，走到大石頭邊，把傅盈大祖父的遺骨拾了一塊包裹起來，用衣袖也綁在了胳膊上。

來這一趟，傅盈家的主要目的就是爲了找到大祖父，如果自己能出去的話，當然得把好容易才找到的屍骨帶出去。

傅盈見他到這個時候還記著她的事，心裏更是感激。周宣走過來後，拉著她的手便再也不鬆開，從眼罩中，周宣看到她淚水竟然還在止不住地流。

伊藤有些不耐煩道：「你兩個在前面，我走中間，百合子在最後面，趕緊下水了！」

周宣任由傅盈拉著他右手，深深吸了一口氣，然後牽著傅盈踏入水洞中。

這時徒身就感覺到水的寒冷刺骨了，周宣立刻將冰氣運轉全身，皮膚感覺雖冷，但身體裏倒是一點兒也不覺得受不了。

傅盈卻是動都不想動，雙手摟著周宣的手臂，任由他帶著她下潛，隨便這世界崩塌也好，餵怪獸也好，都隨它去吧。

周宣他們潛到水底洞口邊只花了一分來鐘，周宣帶著傅盈一出洞口便沒再遲疑，直接奮力往上潛，同時把冰氣放出去探測著身周十餘米範圍內的動靜。

伊藤一手持著一支弩緊跟在周宣身後，而百合子跟在伊藤身後，四個人的距離基本上控制在三米以內。

從兩百七十米深的水底一直遊上接近一百米深處的水域中時，都沒有見到一隻怪獸出來，除了一些透明魚游來游去，就沒再見到任何東西出現。周宣可絕不會相信那些怪獸就這麼好心的放過他們，神經反倒是更加緊繃起來。

伊藤和小野百合子也是越發緊張，怪獸沒出現並沒有讓他們鬆一口氣，而是反而更加急躁和心焦，明知道會有危險卻始終等不到這危險的出現，那才更加可怕，天知道後面會怎麼樣！

花了將近五分鐘，伊藤瞧周宣帶著傅盈游動的身子並沒有顯得呆滯，臉上的表情也沒有氣悶的樣子，心裏倒是驚訝了些！

這才是周宣真實的實力吧，在兩度的低溫和兩百七十米的深度中，徒手潛了六分多鐘而沒有任何異樣，並且還有餘力的樣子，這的確超過他的想像，這個實力，還真是他伊藤及不上的。

水中陰森森的感覺一直籠罩在四個人的心頭，從一百米再游上八十米，六十米，四十米，三十米，二十五米！

到了二十米的時候，周宣忽然身子一顫，冰氣觸到了怪獸的蹤跡！十餘頭怪獸全部都集中在十米外接近那條急流暗河的附近！

周宣努力鎮定了心神，然後清楚地看到，這十餘頭怪獸全部頭朝下搖擺，鼻子扭動，正在嗅著他們的味道。

周宣立即明白，怪獸並不是不知道他們從水洞中游了出來，而是要等他們游到很靠近水面的位置才會發動襲擊，因爲在那個位置捕殺，他們基本是跑不掉的，要再往水底潛，距離又太遠，所以獵物根本就不可能像上次一樣，游到水底並躲過牠們的撲殺。

這怪獸看來還是有幾分智力的。周宣嘆著，回頭對伊藤和百合子做了個怪獸的手勢。伊藤立即緊張地盯著上方，將身體靠在崖壁上，慢慢上浮。

怪獸終於張牙舞爪地分散下潛，兇狠狠地撲將上來。只幾秒鐘，伊藤便見到十多條黑影出現在潛水燈的光柱中！

周宣把傅盈拉到自己身後，儘量把身體貼到岩石邊上，給伊藤讓出發射勁弩的空間，以免傅盈被他發射的勁弩傷到。

此刻，傅盈看見同時有四頭怪獸正衝著他們四個人撲來，大張著的嘴巴裏面，縱橫交錯白森森的尖利牙齒分外嚇人，並且一轉眼就到了面前！竄在最前面的一頭已經惡狠狠地朝她和周宣的身體咬過來！

傅盈閉了眼，伸出雙手摟住了周宣的腰，再沒多想，心裏反倒是沒有了先前那些恐懼的感覺，死就死吧，死的時候有個值得她愛的人在一起，就是最大的幸福了。

就在這頭怪獸咬向周宣和傅盈的時候，另外兩頭則撲向了伊藤，伊藤咬著牙，左右手各放了一箭，一左一右，兩支箭一箭射在一頭怪獸的鼻洞口，鮮血流出來，另一箭卻失了準頭，射在了另一頭怪獸的下巴外皮上，碰撞了一下，箭支往水裏沉下去，不曾射入怪獸體內半分！

伊藤在射出兩箭的同時，腳尖在岩石壁上奮力一蹬，一下便竄到了周宣與傅盈的身後側，將他倆人擠到了外面。

周宣顧不得伊藤的動作，傅盈則是閉了眼再不理任何事，怪獸張口狠狠咬下時，周宣左手猛然伸出，一把抓在了牠嘴裏的一顆大尖牙齒！

周宣在怪獸猛力一口咬下來的時候，腦子裏幾乎不假思索地將冰氣一股腦直貫而出，可憐那怪獸，大嘴還沒合到一半，便即給強烈的冰氣轉化成金黃色，瞬間便以這個姿勢迅速往水底沉去。

在牠身下，有兩頭正向周宣撲過來的怪獸忽然間給沉重之極的重量壓下來，也只好順水跟著沉下去，牠們努力擺動著的身子掙扎著，起碼沉下了十多米的深度。

這一切伊藤都沒有瞧見，他用力把周宣和傅盈推出去後，拼盡了吃奶的力氣往上游去，百合子也沒有功夫瞧周宣這邊，她身前的一隻怪獸給上面三頭沉下來壓開了去，這才給她解了暫時的危機，瞧了瞧上邊，周宣正向她伸了一隻手過來。

百合趕緊把左手伸過去，周宣拉著她用力往上一提，把百合子提到身邊後，又把傅盈的手拉過來放到她手中。

百合子怔了一下，周宣盯著她的眼睛往上示意了一下，百合子明白了，周宣這是要她把傅盈先拉上去，他留在後邊。

這個時候也容不得她多想什麼，反正是逃命要緊，雖然不知道身邊撲過來的這幾隻怪獸爲什麼散開了，但這是個機會，是機會就得抓住。

傅盈睜開眼來，發現自己仍然還活著，撲過來的怪獸也散了，雖然隔了他們六七米處還有好幾條。

傅盈還沒來得及想，周宣便把她的手放到百合子手中，百合子迅速拉著她靠著崖壁往上游，伊藤趁著這個時機已經游上了四五米遠。

傅盈見周宣獨自留在了下邊，不明白為什麼，便不肯跟百合子先離開，身體掙了掙，周宣哪容得她再掙扎，彎下腰來，雙手握著傅盈的腿用力往上一送。

百合子和傅盈頓時加速往上面浮去，周宣這才跟在後面往上游。

傅盈看出周宣並不是不走，只是在後面一步而已，心裏安寧了些，忽然又感覺到百合子身子一顫，游動的身子也滯了一下。

傅盈見百合子瞧著上面，眼神驚恐，跟著她的視線瞧上去，卻見就在她們上邊，一隻怪獸正尾下頭上地向伊藤腿部咬去。

伊藤一弓身，將身子打橫了躲過怪獸這一下，迅即將弩弓對著怪獸，兩支勁箭射出，在水中劃出兩條白線。

那怪獸一擺頭，咬住一支，另一支鋼箭則射在牠腿上，與鱗甲一碰便即沉落下去。

怪獸大嘴扭動一下，吐出鋼箭，卻是已經斷裂成數截，鋼箭給牠生生咬斷了！

說時遲那時快，怪獸再張嘴，便是一口向伊藤咬下去，伊藤大驚，弓著身體往上猛力一竄，怪獸大嘴咬到他背上，「撲哧」一下，背上那包著寶石的包裹以及兩個氣瓶和潛水衣都給撕落。

伊藤感覺到冰冷刺骨的水從背上浸到全身，這感覺難受之極。不過，更難受的是寶石給怪獸咬脫了，慌亂中，他竟還不忘探頭瞄了一眼，嘆了一聲。那怪獸這才玩笑般將大嘴一張，吐出氧氣瓶和包裹，那散落出寶石的包裹在水中飄蕩了一下，旋即給暗流捲入到往東的陰河洞中！

望著自己心愛的寶物被怪獸劫持，伊藤心裏簡直是有如刀絞一般！

可伊藤沒時間過多感傷，那怪獸早已張著大嘴再次向他襲來。伊藤只好絕望地往上游，這裏離水洞口已經只有五六米的距離，但這個距離對他來說，卻有如天堂和地獄之間的距離般遙遠，哪怕他已經清清楚楚地看到了天堂與他只有一步之遙，但就是這一步，他已經踏不上去了。也許怪獸就會在下一秒鐘將他撕咬成一堆爛肉！

傅盈和百合子有點慌亂地停滯不前，幾乎在等著看怪獸如何將伊藤咬進嘴裏，然而，怪獸卻突然張著嘴再也不動了，幾乎在同一時間，身體龐大的怪獸開始往水下迅速沉落。

原來是周宣在下方抓著怪獸的尾巴，將牠尾部三分之一的身子轉化成黃金，雖然只是三分之一，但那怪獸同樣支撐不起身體，便只好如一塊大石般往水底沉去。

伊藤往上拼命游的時候，心裏明白自己是在垂死掙扎，但兩秒鐘過後卻不見怪獸咬上他，回頭瞧了一下，竟然還不見了怪獸的蹤影，當下雖不明白是怎麼回事，但不敢再作停留，便迅速往水面上游去。

周宣在下面又頂了一下傅盈的腿，把她跟百合子往上使勁托了托，百合子也趕緊趁機拉著傅盈往水洞上面逃去。

周宣這時候才鬆了一口氣。第一次全力將那怪獸點金之後的那一剎那，他全身都似乎有些脫力，第二次只將怪獸轉化了三分之一，輕鬆了一點，但左手腕中那冰氣似乎也有些虛弱，看來怪獸的身軀是太過龐大了，讓自己的冰氣消耗過大。

這時候上面雖然沒有怪獸威脅了，但下面和四周又有圍過來的。十多條怪獸只有兩條給周宣轉化沉下水底的，說到底，數量依然不少，不過，這次圍攻過來的怪獸似乎沒有剛才的那麼猛烈了，畢竟是不明不白地吃了些虧，行動一下子謹慎了不少。

周宣其實還是頗爲緊張的，動了這幾下大力，他的胸口也開始有些氣悶的感覺了，主要是冰氣轉化物體時消耗太大了，現在，他必須趕快跳出水面，因爲，後面的怪獸們又張牙舞爪地圍攻過來了。

但還是被伊藤搶了先。伊藤拼了命貼著岩石壁竄出水外，只聽到「嘩啦」一聲響。

接著就是李俊傑驚喜的大叫聲：「外公……出……出來了，有……有人出來了！」

傅天來探頭到水洞口一瞧，果然是穿著潛水服的人，雖然不知道是誰，但心裏已經是狂喜不禁，顫著聲音道：

「俊……俊傑……快……快放……」

用不著傅天來說，李俊傑和黑人早已經放了繩索下來，伊藤雙手緊抓著繩子不鬆手，身體卻是再沒有力氣往上爬。

李俊傑和黑人一起用力把他迅速拉上去，伊藤上了岸，便倒在岩石上直喘氣，瞧著天坑絕壁頂上的太陽光，再也不想動彈。

李俊傑正要扒下他的潛水服瞧瞧是誰，卻聽見水聲又響動，水面又浮出兩個人來，黑人趕緊放下繩子。

這一次是百合子和傅盈，倆人都沒有力氣了，繩子放下來，百合子將繩索往她倆人腰間繞了好幾圈，然後打了個結，任由上面拉。

兩個人重量大一些，傅天來也急急幫忙，三個人七手八腳地才把傅盈和百合子拉上去。

一上岸，百合子也癱軟在地，只有傅盈刷刷地脫了潛水服，又伏回水洞邊盯著，嘴裏叫道：「周宣……周宣，快出來……別嚇我！」

傅天來見到傅盈脫下潛水服露出面目，一顆心頓時喜不自勝，跪在一旁向老天爺磕頭作揖，嘴裏哆嗦著叫著：「老天爺……老天爺……」

李俊傑擔心傅盈掉到水洞裏，趕緊拉著她道：「表妹，退開些，還有誰在下面？你退開，我跟黑人在這兒守著！」

傅盈毫不理會李俊傑，只是焦急地盯著水面，牙齒將嘴唇都咬出血來！

周宣在傅盈和百合子都游到水面去以後，也就沒什麼顧忌了，努力將冰氣運轉起來，一邊向水上面游去，同時還得貼著石壁邊上，以免給暗流捲入陰河中去了，果真被捲下去，那自己可是永世也不能超生了！

怪獸想必也是明白那陰河暗流的厲害，原本分散開來的隊形到暗流中便都靠了邊，挨著岩石壁逼近周宣。

看來，這暗流倒是爲周宣解了很大的危機，怪獸再兇猛，畢竟身體龐大，想要擦邊衝過來，那就只能一隻一隻地過！

第一頭怪獸竄了上來，但是礙著暗流的犀利，速度已經慢了許多，竄到周宣身邊時，張嘴咬的速度已經能讓周宣能應付。

周宣把手一撐，頂在怪獸鼻子上，怪獸猛然往上躥起，離開暗流的位置，到了水洞上面的安全區域，而周宣也被牠這一下猛頂轟然爆離水面。

也就在這一刹那，周宣那將冰氣運到怪獸的尾部將牠身軀轉化了一小半，怪獸嘴裏咕嚕嚕地冒著一串氣泡，便不情願地失去了控制。

怪獸在暗流處給急流沖得打了幾個轉，由於身軀太沉重，又在暗流的邊緣，這怪獸倒是沒給捲進陰河洞中，只是猛烈的打轉，撞到躥上來的幾頭怪獸，一群怪獸一時間混亂成一團。

周宣在空中「啪」的一聲跳出水面，就在這個刹那，周宣一把抓住了岩石邊的繩子，呼呼地使勁喘著氣往上躥。

傅盈又驚又喜，叫道：「快快……快拉他上來！」說著，自己抓起繩子使勁往上拉，李俊傑和黑人也趕緊幫忙。

三個人把周宣拉離水面剛兩米，水面又「嘩啦」一聲大響，一頭怪獸躥出水面，在半空中張大嘴向周宣狠狠咬來！

李俊傑和黑人一直沒見過怪獸，雖知道水中肯定有特別危險的事，但也不知道水底下是這種東西在作怪，這時見到怪獸醜陋兇狠的模樣，又如此龐大，露出水面的雖只是怪獸一小半的身軀，但已經有兩三米長，張開的大嘴都有一米寬，一口吞下周宣半點問題都沒有。

李俊傑和黑人「啊」的一聲叫，手一鬆，繩子也脫了手。

傅盈卻是早見過了怪獸的兇悍，一個人拼了命拖住繩子，只是再也拉不動。

周宣伸手一擋，奮力按在怪獸的下巴上，冰氣全力運出，將怪獸水下身軀盡數轉化，怪獸在空中只停留了一秒鐘，隨即掉落進水中，轟然沉沒。

怪獸掉入水下的那一刻，便如千萬斤重的巨石砸落水中，水花濺得岸上幾人都濕透了！

李俊傑醒悟過來，旋即又抓住繩子，黑人也再度幫手，三個人把周宣拉了上來。

上了岸的周宣顯然比伊藤和百合子更累，不僅力氣精力都乏到極點，而且手腕裏的丹丸冰氣損耗嚴重，這個時候，別說是怪獸，便是一個七八歲的小孩子也能輕易殺了他。

傅盈見周宣身子有些顫抖，嘴唇已是凍得烏青發紫，趕緊到帳篷邊上的包裏取了一件大外套將他包住。

李俊傑問道：「表妹，愛琳娜和沃夫兄弟呢？」

傅盈搖搖頭，道：「沒了！」也沒再說話，只是替周宣擦著水。

傅天來這時也反應過來，見傅盈脫了潛水衣後，身上也只有一層單薄的內衣，趕緊把她的衣服拿過來，說道：「小盈，趕緊穿上！」

傅盈接過衣服，默默地穿了。

傅天來只是道：「老天爺保佑，老天爺保佑，我傅家有運啦！」

從傅盈下水過後，傅天來便六神無主似的，傅家這棵獨苗從一生下來便是他們全家的心頭肉，偏生傅盈她爸也是獨苗，因爲傅盈媽媽在生她過後受了產傷，不能再生育了，這樣的話，如果傅盈的爸爸不再娶，傅家就不會再添丁了。

按理說，像他們這種家庭，在外面找個三妻四妾的那是屁事也不算，他倒也想傅盈爸爸在外面找個情人什麼的，只要能生孩子，能給傅家添丁就是好事，可傅盈的爸爸偏生就只認妻子，說什麼也不找別人。

傅天來也沒有辦法，就只有更加寵愛傅盈了，雖說喬尼和李俊傑跟他也是血脈姻親，是嫡親的外孫，但按照華人的習俗，外孫終究是隔了一層！

傅盈一下水，傅天來就心慌了，這水下暗洞的危險他早在幾十年前就知道了，大伯傅玉山下去沒了，之後他又請人四次下水，次次都是有去無回，這裏面的凶險那自不必說，在他心目中，請人下水那其實完全是盡對父親的孝心，他根本就不認為大祖父的屍骨能真正找到，所以李俊傑和傅盈即使堅持要下水，他也是堅決不答應的。

但讓他不能忍受的是，傅盈還是趁他不注意偷偷下了水，這讓傅天來又氣又急，要是傅盈出事了，傅家偌大的家業便算是無後了，他伯父、父親和他打拼了一輩子的產業，也只能拱手送人了！

可李俊傑要下水去探視傅盈的生死，傅天來也是不肯答應的。雖然更痛惜孫女，但外孫也是他的孫子，這下水無疑就是送死，沒了一個如何能再沒一個？

李俊傑當然認識到水下肯定是有極大的危險，那特製的尼龍繩都給弄斷，水底下一定是有想像不到的事情發生，他心裏很恐懼，只是沒辦法。

傅天來守在水洞岸一天一夜，李俊傑也陪著一天一夜，倆人心裏其實都已認定傅盈他們不可能再有生還的希望了，但心裏是這樣的想法，可嘴裏卻不肯說出來。

傅天來不能接受這樣的事實，一天一夜便像老了二十年一般，蒼老衰弱。

李俊傑心想再陪著外公在這兒待上一天，然後無論如何得把他送回去，這時候也後悔沒聽外公的，不應該來這兒，以前就知道下去的人從沒有出來過的，這個凶險為什麼一定要自己親身經歷過了才會相信呢？表妹肯定是沒了！

當他們都在絕望中等待時，卻不曾想到，伊藤突然竄出了水面，接下來傅盈也出現了！當真是老天爺保佑！

第三十章

安全脫險

微風輕拂，略有些涼意，周宣伸手環在傅盈柔軟的腰間，傅盈臉上露出一絲微微的笑意，將頭往周宣胸口邊挪了挪，伸手將周宣的腰也摟著，倆人就這樣互相依偎著坐在池子邊。

緩了十來分鐘後，周宣暗暗調息了一陣，丹丸冰氣也恢復了兩成，身上也有暖氣了，周宣這才對傅盈道：「傅小姐，把我背上的包裹取下來！」

傅盈這個時候才想起來，趕緊鬆開周宣的外套，從他肩背外取下那內衣做的包裹，然後又從自己手指上取下周宣在洞裏遺骨手指上取下的戒指，把戒指遞給傅天來，問道：「爺爺，你瞧這戒指，是不是大祖父的，我瞧跟祖父給爺爺的那只一模一樣的！」

傅天來一怔，接過傅盈遞給他的戒指，瞧了半天，然後又取下自己手指上戴著的那只，兩隻比對著瞧了一陣，點點頭道：

「一模一樣的，是，肯定是你大祖父的，你在水洞中找到的？」

這個時候，傅天來跟李俊傑有許許多多的疑問想問傅盈她們，水底下發生的事都是他們想要急切知道的，但一時卻也不知道從何問起，因爲要問的事太多了！

傅盈想了想，本來想回答，忽然間卻想到另一件事，臉一沉，怒容上升，在李俊傑腰間抽了匕首就衝向倒在地上的伊藤。

伊藤的體力確實耗了個乾淨，又加上寶石的失落，體力心力的損耗讓他再也沒有半分力氣。傅盈衝過去，刷地一刀就向伊藤的右手腕剁去。

伊藤大驚，想縮手，不過他的身體在水裏被怪獸咬穿了潛水服，給冷水浸了，寒凍還在身上，手腳已經不太靈活，傅盈這一刀下去，頓時將伊藤右手的食指、中指、無名指三根手指頭一起割落，血一下子就噴了出來！

傅盈哼了一聲，扔掉匕首，冷冷地說道：「伊藤，咱們有恩報恩，有仇報仇，我傅盈是一個恩怨分明的人，回到紐約，我再付你五十萬美金，你立即給我消失，如果以後我再見到你，那就是你的死期到了，我傅家在唐人街的名聲你可是知道的！」

孫女安然脫險，又超乎想像地把傅玉山的遺骨找了回來，傅天來真是喜不自勝，雖然逃回來的四個人顯然都隱藏了很多秘密，不過只要傅盈好好的，其他事都可以慢慢解決。

傅天來從小便有極高的商業天分，又心狠手辣，所以傅家的產業在他手上更加的龐大起來。

而站在權力或者金錢巔峰的人們，又有幾個不心狠手辣的呢？手段不辣便得不到超人的財富，世界上的那些巨富們又有多少人屁股是乾淨的呢？

傅盈怒氣沖沖地斬了伊藤的幾根手指，傅天來瞧在眼中，雖然沒表露出什麼，但並不表示他會這樣就放過伊藤。作爲傅家的掌門人，傅天來除了對傅盈太過溺愛外，對外人可絕沒有什麼善意可言。

當下，傅天來吩咐李俊傑聯繫崖頂的白人，大家收拾好需要的行李，其他不需要的一概扔掉，這一輩子他們不需要再來這個鬼地方了。

李俊傑繫好安全帶，通知上邊的手下開動滑輪，他首先上去，接著，傅天來安排傅盈第二個，傅盈指著周宣說：「我跟周宣一起上去！」

傅盈直截了當、毫不掩飾的做法讓周宣臉一紅，訕訕然極不好意思。

傅天來倒沒什麼，擺擺手道：「好好，一起上去就一起上去。」說完親自給傅盈繫上安全帶，周宣自己跟在傅盈後邊繫上了安全帶，兩條繩索，一條作安全固定用，另一條更長的則連接著滑輪，實際上在崖壁上的那是第三條繩索了，只是滑輪上那一條從崖上到崖底是一個整圓，通過滑輪循環轉動可以把人拉到崖頂上。

黑人通對講機讓崖頂上的人開動滑輪後，繩索緩緩上升，傅盈彎著腰握著周宣的手，緊緊拽著不鬆開。

接著，傅天來自己繫上安全帶，又吩咐黑人讓小野百合子上來後他再上，伊藤給安排到最後，伊藤瞧著傅天來陰沉的眼光，心裏有些害怕，這個時候可也不敢跟他來硬的，在水底下他有武器，現在對方人多勢眾，又有槍械在手，如何敢爭辯？只得乖乖不作聲。

傅天來上去的時候，還特意讓黑人把對講機交給伊藤。眾人上了崖頂以後，兩個白人早已經在烤著獵到的幾隻野兔。

傅天來示意李俊傑把傅盈他們所有人都帶到烤肉的火堆旁邊，那離崖邊有百來米左右，瞧不到崖邊。

傅天來拿著對講機陰沉地道：「伊藤，聽到我說話麼？」

對講機裏停了三四秒鐘，然後沙沙啞啞地傳來了伊藤不太流利的國語：「傅先生，我……我聽到了！」

「伊藤，這樣跟你說吧。」傅天來冷冷地道，「我傅天來可是眼裏不摻砂子的人，你對傅盈在水底下做了什麼我都不問，但惹她生那麼大的氣，想來也不是什麼好事，按照我以往的性格，對於我傅家的仇人，我倒是不會殺他，但我會折磨他，讓他慢慢地在痛苦中死掉！」

伊藤頓時緊張起來，他此刻還在崖底呢，便結結巴巴地哀聲說：「傅……傅先生，我想您……您有些誤會了……我……我……」

「誤不誤會，大家心裏都有數！」傅天來淡淡道，「今天我瞧在孫女安然歸來，傅家先人的遺骸也尋到的份上，就不難爲你了。這樣的大喜日子我可不想動殺人的念頭，這樣吧，我只斬斷這幾條繩子，你就在這天坑裏貽老終年，好好享受你的野人生涯吧！」

伊藤頓時大驚，急忙求饒道：「傅……傅老先生，您……您饒了我吧，求求您，放過我吧……」

傅天來陰沉著臉不再理他，提起匕首就開始割繩索。割斷那條安全繩後，伊藤已經是帶著哭腔求饒了。

「傅老先生，您放過我吧，只要放過我，您老說什麼都行！」

傅天來哼了哼，正要連對講機都扔下崖中，忽然身邊一個女子哀求道：「傅老先生，您就放過我師兄吧，我們的酬金不要了，就當買回他這條命吧！」

傅天來轉身一瞧，見是小野百合子。

百合子一臉悲戚地望著傅天來，伊藤在崖底從對講機裏也聽到了百合子的話音，趕緊道：「百合子，師妹師妹，趕緊求求傅老先生吧，對對……我們不要酬金了！」

傅天來哼了哼，冷冷地道：「那你說說，伊藤對傅盈做了些什麼？」

百合子默然了一會兒，然後嘆了口氣，悠悠道：「傅老先生，這事傅小姐以後會向您老說明，我不說也罷，瞧在傅小姐好好地活著回來的分上，您老就網開一面吧。」

傅天來沉著臉，卻見傅盈跟周宣也走了過來，傅盈臉上倒是平淡多了，朝著傅天來說道：「爺爺，算了，放過他吧，我的確是好好地回來了，大祖父也找回來了，還有……」

傅盈說到這兒，側頭對百合子道：「百合子小姐，我們傅家向來是有恩報恩，有仇報仇，恩怨分明，你們是請來幫忙的客人，事情完成了，這個酬勞我一分不會少，你對我也算有救命之恩，就拿你這份情來買伊藤的命吧。爺爺，就放了他！」

傅天來見傅盈說了話，便乾脆丟了刀，說道：「好，我孫女說過的話就是我說過的話，就饒了伊藤一命！」

伊藤在崖底下大喜，趕緊說著：「謝謝傅老先生，謝謝傅老先生！」

傅天來哼了哼，又把對講機拿到嘴邊說道：「你別興奮得太早，傅盈也早說過，我們傅家向來是有恩報恩，有仇報仇，你死罪可免，活罪卻也難逃，我還有話，你照辦了再拉你上來，否則……你還是蹲在天坑裏吧。」

「您……您老……還有什麼條件啊？」伊藤顫著聲音問著。

「我孫女斬了你右手三根手指，我擔心你記性不好，你自己再把左手三根手指也斬了吧，這樣你以後會長記性的！」傅天來淡淡地說著。

周宣在一旁一句話沒說過，對小鬼子，他確實沒半分好感，就由著他們去吧。只是這時感覺到傅天來這個老頭兒的凜凜威嚴殺氣，傅家的掌門人可真不是普通人能比的。

伊藤在崖底似乎沉默起來，隔了十多秒鐘，對講機裏猛然傳來殺豬般的一聲慘嚎！

權衡之下，伊藤不得不做了選擇，三根手指頭當然是不能跟一條命相比。

小野百合子又嘆息了一聲，輕輕道：「從今以後，我不再是你師妹，你也不再是我師兄，你好自爲之吧！」

傅天來這才吩咐黑人開動滑輪把伊藤拉了上來。

伊藤右手指是傅盈斬掉的，左手指是剛斬的，爲了給傅天來等人驗證，只是用布條把斷口處紮住，沒敢做過多的包紮。

傅天來不去理會他，兩個白人早烤好了兔肉，雖然他們不懂中文，但眼睛卻是雪亮的，兔肉除了伊藤外，其他人都一一送上，伊藤自然不敢多言。

回去的路程就快了數倍，因爲來時有眾多的包裹行李，那些都是必須品，而回去時，這些滯重東西通通都給扔了，連食品都不要了，兩個白人只把吃剩下的兔肉帶上。來時因爲要開路，傅天來也不是很記得，所以花了幾天時間，回去卻是直接順著原路返回，只花了不到八個小時就到了來時的公路盡頭，四輛悍馬越野車很快就出現在眾人眼前。

黑白三個人拉開車門，傅盈到車上拿了筆，刷刷地開了一張五十萬的支票扔給伊藤，冷冷道：「從現在起，你就從眼前消失，我仍然是那句話，只要我再看到你，那就是你的死期！」

伊藤撿起支票，還想再求饒，但其他人都上了車，沒有人理會他，甚至連百合子也是默默地上車坐著，沒再說一句話。

四輛車的引擎同時發動，相繼駛向公路，在瀰漫的灰塵中絕塵而去。路盡頭，只有伊藤自己孤零零地捏著一張巨額支票在發呆！

去天坑的時候一輛車三個人，四輛車一共十二個人，回來卻只有九個人了。車多人少，隨便坐都可以。周宣從天坑裏出來過後，一直都覺得傅天來隱隱約約對他有些特別，於是想跟傅盈分開坐，但傅盈卻是不依不饒地跟他坐了一輛車。

傅天來請了百合子跟他坐一輛車，有些事，他還想從百合子口裏再了解一下，傅盈的脾氣他可是知道，要是不想說的，怎麼也不會說出來。

李俊傑也想弄明白，就乾脆給他們當司機。

另外兩個白人，一人開了一輛車。回去就不急了，第二天在聖保羅的一間酒店住了一夜，第三天下午，一行人才回到紐約。

李俊傑和傅天來將傅玉山的遺骨和戒指帶回到唐人街。周宣依然到那間別墅裏住著，小野百合子到別墅裏收拾完自己的行李後，甚至沒有多待一分鐘，就搭了紐約到東京的航班返回日本，臨走的時候，接了傅盈給她的五十萬美金的支票，對周宣呢，她倒是真誠地再謝了一次。

偌大的一棟別墅就只剩下周宣和傅盈兩個人。以前周宣來到紐約的時候，傅盈都不曾到昆斯區這棟別墅來住過，但今天，她只想跟周宣在一起。

也許是從絕望的境地中剛剛逃出生天，這種感受讓她一時還緩不過神來，也許是別的因素，她自己現在也說不清。

不過，倆人心裏都明白，愛情的種子已經在心裏發了芽。傅盈在水下地洞裏已經表露得很明顯，但周宣卻是沒有明明白白說過。

周宣顯然不會說這個，他覺得這太不現實了。不是他不喜歡傅盈，只是盲目喜歡一個跟他並不適合的女孩子，他覺得不應該是自己要做的事。

入夜了。周宣獨自到別墅外邊的游泳池坐下，池裏的水在燈光下很清很藍，可周宣卻不由自主地感到一絲悲哀。

也就在一周前，這棟別墅裏還熱熱鬧鬧的住著一群人，可如今，夥伴中卻只剩下他一個人！

沃夫兄弟和愛琳娜跟周宣雖然語言不通，無法溝通，但大家卻很相處得來，沃夫兄弟直爽的性格很讓周宣喜歡，愛琳娜也是不錯的女孩子。

就算百合子吧，其實心地也不錯，雖然周宣討厭小日本鬼子，但也得承認，不管哪個地方都會有壞人，這個世界上，壞人就是一種客觀存在。

傅盈走到他身邊坐下來，輕輕靠在他肩頭，「嗯」了一聲，然後低聲說：「周宣，是不是想家了？」

「不是！」周宣搖了搖頭，「我在想愛琳娜和沃夫兄弟。」

傅盈頓時沉默下來，過了好一陣子才說：「表哥跟他們簽有合約，如果出現意外的話，合約上有第二酬金領取人，我明天就會去把這事處理好。」

周宣嘆了口氣，然後說：「我那一百萬美金，你把它分給沃夫兄弟和愛琳娜的家人吧，就當是我的一份心意。」停了半晌又道：「你也知道，我是鄉下人，有幾千萬的身家足夠我過一輩子，唉，錢再多，人死了也買不回命來！」

傅盈又輕輕「嗯」了一聲，沒再說話。

過了半晌，傅盈都沒動靜，周宣側頭一看，卻見傅盈睫毛掛著一滴淚珠，臉龐已滿是淚水，自己的肩頭衣衫濕了一團。

這跟他想像中的傅盈完全不一樣，自在他面前第一次出現時，周宣便覺得傅盈是個很酷很冷靜、很有主見的美麗富家女，說話你講不過她，打架就更別提了，七八個混混也不是她的對手，然而，從在天坑那陰河水洞裏受傷後，周宣見到的就是柔弱女孩子的一面！

周宣一時間也不知道如何去安慰她。摸了摸衣袋裏，沒有紙巾，周宣伸了左手想去擦傅盈臉蛋上的淚水，伸到一半卻又趕緊停住了，訕訕一笑，又縮了回來。

傅盈偏起頭來瞧著他，月光星光照在她臉上，被淚光映射得很朦朧很美，周宣都覺得不真實了。

「你是不是很怕我？覺得我很野蠻，很男人樣，很冷漠是不是？」傅盈任由淚水滑落，低低地問著他。

「不是不是。」周宣趕緊搖頭，「我不是那個意思，只是……」

「只是什麼？……我知道，我的眼淚鹽分太多，很鹹，所以你怕傷了手……」

周宣頓時有些無語，傅盈居然還記著他在水洞中說的一句玩笑話！

傅盈忽然間盈盈一笑，自己擦了淚水，說道：「算了，不嚇你了，我自己擦了吧，等你半天居然還是把手縮回去了！」

這話一說，周宣頓時有些手足無措起來，坐在池子邊都沒好意思再說話，靜了一陣。

傅盈腳尖在池子裏的水面上蕩來蕩去，隔了好一會兒又忽然說了句：「在水洞裏，那是我的初吻！」

「初吻？」周宣一下子沒反應過來，隨即才想起，傅盈是說在水洞中，她把自己嘴唇咬出血印的那一次！

周宣摸了摸嘴唇，傅盈卻恰巧抬眼望著他，周宣這個動作顯得有些曖昧。

傅盈的臉蛋就算是在朦朧的月光下，周宣也瞧見紅暈浮上來。本來什麼事都沒有，但忽然間兩個人就不自在起來，一大棟別墅，孤男寡女的。

傅盈低了頭瞧著水池，周宣這才鬆了一口氣，然後道：「有些晚了……也有些涼，我回去睡了！」

傅盈也沒有望他，雙手撐在腿上支起下巴，幽幽道：「不要，你陪我看星星！」這有點像電影裏的臺詞。

周宣不是不想陪她，也不想裝，這麼漂亮的女孩子，任哪個男人也不想拒絕，而且她現在明顯是喜歡上了他。但周宣還是覺得，傅盈的這種喜歡，多半可能是因為他救了她，如果傅盈沒有這麼顯赫的家世，如果傅盈只是一個普通家庭的女孩，那他此刻會毫不猶豫地將她摟進懷裏溫存，看星星麼，不過是所有男人的藉口！

夜深了。

傅盈靠在周宣肩膀上似乎很舒服的感覺，周宣側眼悄悄看了一下，傅盈閉著眼，睫毛一顫一顫的，不知道是在假睡還是做夢呢？

終究不好在這池子邊坐一整夜吧，周宣輕輕叫了聲：「傅小姐……傅盈，進房睡吧！」

傅盈扭了扭身子不願動，鼻中嬌膩地不情願地哼了一聲，看來是半夢半醒之間。周宣想站起身來叫傅盈回房去睡，動了動身子道：「回房去吧，太晚了，會著涼。」

傅盈皺著眉頭眼也沒睜，嘀咕著：「別動，我就想這樣靠著你！」

周宣苦笑了一下，有些無奈，不過心裏倒是覺得有些甜蜜，雖然覺得跟傅盈有些不大可能，但有這麼一個天仙似的美人兒喜歡，沒有人會不高興。

傅盈閉著眼又道：「真想就這樣跟你坐一輩子！」

周宣嘆息了一聲，沒有說話，瞧瞧傅盈嬌美絕倫的臉蛋兒，又情不自禁地湧起一陣憐惜，就衝傅盈這麼不顧一切的在眾人面前表露出對他的情意，他也覺得值了！

微風輕拂，略有些涼意，周宣忍不住伸手環在傅盈柔軟的腰間，傅盈臉上終於露出一絲微微的笑意，將頭往周宣胸口邊挪了挪，伸手將周宣的腰也摟著，然後舒服地睡著，倆人就這樣互相摟著依偎著坐在池子邊。

也不知道過了多久，周宣心裏很安寧，如果真的這樣坐一輩子他倒是願意，不是說最難消受的就是美人恩麼，何況他還不是英雄，自然就是更不能消受了。

周宣忽然覺得四周都暗了下來，臉上滴了一滴水珠。仰頭望了望天，竟不知道天何時間黑了個透，烏雲密佈，星星月亮都給遮住了。再瞧瞧懷中的傅盈，這次是真的睡著了，臉上又滴了幾滴水珠，看來是要下雨了。

周宣抱著傅盈從池子邊站起身來，彎著腰，擋著稀疏的雨點走回了別墅客廳裏。

傅盈身高大約是一米七左右，但身子卻沒有多重，頂多四十幾公斤，周宣抱著她的時候，一點兒也不吃力，也不知道往哪個房間抱，乾脆放在客廳中的沙發上。

不過，傅盈雖然睡著了，但摟住他腰的手卻不鬆開，周宣只得仍舊挨著她靠在沙發上，但比剛才在池子邊上坐著卻要舒服多了。

以前周宣跟著外邊那些朋友玩的時候，大家嘴裏離不開的話題都是女人，自然東淫西邪的儘是禽獸話題，但現在摟著傅盈孤男寡女的在這別墅中，瞧著傅盈那美麗無邪的臉蛋卻起不了一絲邪念，彷彿只要往那方面想，就是對傅盈的一種污辱！

原來真正的男女相愛了就是這種感覺！

第三十一章

異地重逢

微周宣身子一顫，這男子聲音好熟！
抬頭瞧過去，不遠處一個男人正威嚴虎步地走過來，
昂首闊步，神采煥發的，不是魏海洪又是誰？
周宣大喜，叫道：「洪哥……真的是你嗎，洪哥？」

迷迷糊糊中，周宣終於也睡了過去，再次醒來的時候，卻是被客廳外傳來的腳步聲驚動的。

自從在陰河水洞裏吸收了那巨石裏的龐大能量後，周宣的手也恢復了原來正常的模樣，耳目卻靈敏了許多。

從客廳外進來的人其實是故意放低了腳步，輕輕走進來的，但周宣還是聽到了，睜開眼，警惕地瞧向大門處。

進來的人見周宣睜眼看到他，當即用手指示意噤聲，別驚動他懷中的傅盈。這個人是傅天來，傅盈的爺爺！

原來是傅天來，周宣倒是放心了，只要不是小偷打劫什麼的就好，但跟傅盈這個姿勢被傅爺爺看到，卻是有些不好意思。

傅天來手中拿著一條毛巾，朝周宣又示意了一下，然後將毛巾輕輕捂在傅盈臉上。周宣立即明白，這毛巾上絕對是有蒙汗藥效果一類的麻醉劑！

如果這人不是傅天來，如果不是周宣相信傅天來絕對不會傷害傅盈，周宣幾乎就要動手反抗了！但最終還是極力忍了下來。

傅盈身子輕輕扭了一下，隨即偏倒了，只是摟著周宣腰間的手卻沒放鬆，周宣用了幾分力氣才扳開。

傅盈人事不知，當然就沒有反抗的舉動了。周宣把傅盈輕輕放倒在沙發上，坐到了另一邊，瞧著傅天來，不知他到底是什麼意思。

傅天來臉色有些陰沉，坐到周宣的對面，兩人相距不到兩米。

沉默了一陣，傅天來終於發話了：

「周宣，其實我的意思，不說你也應該明白的！」

周宣面色如常，依舊沒有說話，定定望著他。

傅天來臉色陰晴不定，又隔了一陣才慢慢道：

「周宣，如果你不是跟傅盈發生這樣的事，我還是很欣賞你的……我在別墅外坐了大半晚，也看了你們大半晚，你人品還算過得去，可惜你不是我們傅家需要的人，懂嗎？」

周宣點點頭，淡淡道：「我明白！」

傅盈是獨女，是傅家唯一的嫡系血脈，傅家家大業大，需要的是能支撐傅家財團的上層精英，不是普通人！

傅天來也點點頭：「你明白就好，你跟傅盈是不可能會發生什麼的，這點你很清楚，也好在你跟她並沒有發生什麼，要是你有半點不軌舉動，也許現在就不能安穩地坐在這兒了！」

周宣嘆息了一聲，終於明白自己一直擔憂想著的是事實，自己跟傅盈之間終究只是過眼浮雲。

傅天來從衣袋裏又掏了一張支票和一張機票，然後一齊遞給周宣，沉沉地說道：

「機票，已經爲你準備好了，早上七點四十五分紐約至北京的航班，支票上是一千萬美金。」

傅天來瞧著周宣，然後一個字一個字地道：

「你的身分我很清楚，這一千萬美金足夠你吃喝玩樂，娶老婆過一輩子，美國的事就把它忘了吧，這不是你的世界！」

這樣的話，周宣在國內那些電視劇中見過不少於一千遍，很老套的情節，卻沒想到竟然也會發生在自己身上！他心裏像刀絞了一下，但臉上卻是淡淡的笑容。

周宣把機票揣進口袋中，然後幾乎是瞧都沒瞧就把支票撕了個粉碎，淡淡道：

「傅老先生，我的確是從鄉下出來，一輩子也在爲錢掙扎，我不想在你面前扮什麼清高，但是對於錢，應該拿的我自然會拿，這個不是我要拿的！」

傅天來沉默著，在心裏估計著周宣的真正意圖。

周宣懶得再理他，道不同不相爲謀，話不投機，自然也是半句多了！

自個兒到二樓提了自己的行李箱，在樓梯口按了按有些疼痛的胸口，努力鎮定下來後才下樓來。

傅天來這時才道：「門外俊傑在車上等著，他送你到機場。」

周宣也不客氣，提了箱子徑直到別墅外面，李俊傑開來的是一輛普通的奧迪。

周宣把箱子塞後車箱中，坐上車後任由李俊傑開著車，雙眼瞧著窗外，天剛濛濛發白，其實他眼裏根本沒瞧進任何景物，似乎便如過眼雲煙一般，來了又去了！

紐約國際機場候機大廳裏。

李俊傑對周宣倒是有幾分過意不去，但對表妹傅盈的事也是清楚的，把周宣送到候機大廳裏後，他拍了拍周宣的肩膀，嘆息道：

「兄弟，你人很不錯，我倒是覺得表妹有眼光，奈何世事由不得自己的希望啊，保重吧兄弟！」

周宣擺擺手道：「多謝，你回去吧，還有半個鐘頭，我自己等就可以了。」

李俊傑也沒多想，笑笑道：「也好，有機會在國內再見吧！」

周宣點點頭，到大廳中的座位上坐了下來，這時候才早上七點，不過大廳裏人倒是不少，但是歐美人種居多，略有幾個東方面孔，但都沒有人說話，只有前邊的超大電子螢幕中傳來的聲音。

李俊傑走了十來米，周宣忽然又站起身來叫道：「李先生……等等……」

李俊傑回過頭來，問道：「什麼事？」

「你……」周宣遲疑了一下才道，「叫傅盈以後不要來找我，我也不會再到以前的地方！」

「好，我會告訴她，保重！」李俊傑再揮揮手。

看著李俊傑走出候機大廳，周宣無力的軟坐在椅子上，在這時候，他忽然特別想念傅盈，他知道，即使他一直不敢深想，但這個漂亮的女孩子早已不知不覺走進了他心中。

眼中有些濕潤，捂著臉坐了好一陣子，待心情平靜些後才鬆開手，看了看表，七點二十了，還有十來分鐘，快驗票了，周宣把機票和護照都取出來拿在手中。

正要站起身提箱子到驗票口時，忽然發覺自己右側鄰位上一個人在看他，偏了偏頭瞧過去，望著他的是一個二十來歲的女孩子，跟他一樣東方人的面孔。只是她有著驚人的美麗！

這世界上就是有這麼古怪的事，平時老是想著自己找不到漂亮的女朋友，就是路上遇見美女的機會都不多，所以能看看美女真是賞心悅目的事。卻不曾想得，現在自己隨時遇見的都是漂亮到了極點的女孩子。

這個女孩跟傅盈的美麗幾乎不相上下，但氣質卻是大不相同，傅盈是高貴矜持型，這個女孩子卻是有點活潑俏皮型的。雖然沒說話，但從她靈動的眼珠子和微翹的嘴唇便看得出。

周宣怔了一下，隨即轉頭沒再瞧她，拖了箱子要走。

那女孩子倒是開口問他了：「你是中國人嗎？剛才聽你說的是普通話。」

周宣又怔了一下，停了步，這女孩子一口北京腔很純正，可比自己的普通話標準多了，從這話便聽得出，她絕對是中國人，如果東南亞其他國家的人，學的中文絕沒有這麼純正的腔調。

「我是中國人。」周宣停下來問她，「你是北京來的吧？」

那女孩子嘻嘻一笑，聲音如銀鈴清脆，道：「是啊，你是搭航班回國吧？我是等人……是接人！」

周宣點點頭回答：「我是回國，在這兒難得遇到一個中國人，很高興認識你，不過我得走了，再見！」

那女孩子趕緊道：「等一下，你可以扶我一下嗎？」

周宣呆了一下，再一瞧，才發現那女孩子右手邊放著一支拐杖，而她右腳還打著石膏，原來右腳是受傷了的。

呆了一下，周宣趕緊過去把她扶起來，又把拐杖遞給她，就這麼一擦身的時間，鼻中儘是她身上的幽幽香氣。

那女孩子笑笑說：「在美國，咱們也算是一家人了，一家人不說兩家話，你再幫我一下，扶我到那邊，我親戚就到了，到中國的航班只有七點四十五的一班，還有點時間，再耽擱你一下可以嗎？」

這當然半點問題都沒有，也絕不是因爲她是一個極漂亮的女孩子。

周宣一手扶著她，一手拉著自己的箱子，慢慢扶她到了乘客出口處。

機場裏面出來的人也不少，那女孩子凝神看著裏面出來的人，周宣低頭瞧了瞧手表，七點二十八，還有一點點時間。

那女孩子忽然招手叫道：「小叔小叔，我在這兒，這邊！」

看這女孩子又蹦又跳的樣子，哪像個腳上還有傷的大姑娘？簡直就像是十四五歲的小女孩。

又聽見一陣爽朗的男子笑聲，邊笑邊說道：「曉晴，這回腿都摔斷了，應該安靜了吧？」

周宣扶著的女孩子哼了哼叫道：「就不，就算摔斷了腿，我也不會安靜！」

周宣身子一顫，這男子聲音好熟！

抬起頭瞧過去，不遠處一個男人正威嚴虎步地走過來，昂首闊步，神采煥發的，不是魏海洪又是誰？

周宣大喜，叫道：「洪哥……真的是你嗎，洪哥？」

魏海洪本來是瞧著女孩子被一個男子扶著的，聽得周宣這麼一叫，怔得停下步來，仔細瞧了瞧，忽然扔了手中的行李箱，衝過來就摟住周宣，大喜道：

「兄弟……兄弟！」

周宣給他摟住一轉，不由得鬆開了扶著女孩子的手，那女孩站立不穩，又被魏海洪擠了一下，「哎喲」一聲摔倒在地。

魏海洪簡直是極度興奮，這點周宣自然感覺得到，魏海洪摟了一下又鬆開他，然後退了一步瞧著周宣的臉，仔細端詳了一下才道：「好像是瘦了！」然後又大力拍了一下周宣的肩頭，狠狠說：「你可是讓我好找，在南方，在你老家，可花了我極大的力氣，但你這個人卻像是蒸發掉了一樣，怎麼也找不到了，你怎麼會來了紐約？」

周宣還沒回答，這也不是一兩句話的問題，接著便見摔倒的女孩沒好氣地嚷道：

「小叔，有你這樣過分的叔叔嗎？我傷成這個樣子還來接你，一見面你不扶我不說，反來還把我推倒，回去以後我讓爺爺修理你！」

魏海洪這才想起來，拍了拍自己的腦袋，笑了笑，有些歉然，但見那女孩子咬牙扮著兇樣，呵呵又笑道：「好啊，但你得敢回去見你爺爺才行吧？」

話雖然這樣說，還是趕緊彎下腰把她扶了起來。

魏海洪扶著他侄女往大廳向外走，走了幾步見周宣竟然沒動步，回頭盯著他問道：「兄弟，你怎麼不走？」

周宣拿著手裏的機票說：「洪哥，我要回國了，七點四十五的飛機。」

魏海洪對他侄女道：「曉晴，你先自個兒站一下。」說著鬆開了手，走回周宣身邊，拿了他手上的機票，刷刷撕了扔掉，說道：「老天爺開眼讓我碰到了你，你還想往哪兒躲？跟我走吧。」

周宣頓時傻眼，機票沒了，自然得跟他走。

魏海洪再扶著叫曉晴的女孩子時，奇怪地問她：「曉晴，他怎麼會跟你在一起？你們認識？」

許許多多的問題，一下子又如何能說得清？

在機場外的公路邊，魏海洪笑著介紹道：「兄弟，這是我大哥的女兒，我的侄女，叫魏曉晴。」

魏曉晴拄著拐杖，皺著眉頭說：「小叔，回去再說吧，給你推了一下，現在腳疼得要命，要是以後殘廢了，小叔你得負全部責任！」

「沒問題。」魏海洪淡淡道，「我隨便到大街上的垃圾堆裏撿一個流浪漢回來，保管他歡天喜地！」

魏曉晴「啐」了一口，嘀咕道：「小叔，你要是這個態度，我不回去了！」

「你不回去也可以。」魏海洪慢條斯理地說著，「我也不強迫你，不過，下次過來的就是你爸了。」

魏曉晴趕緊閉了嘴不再狡辯了。

周宣以前對魏海洪一直是威嚴大氣的印象，沒想到他也有這樣溫馨的一面，笑了笑，不再聽他們叔侄鬥嘴，到路邊上攔了一輛計程車。

周宣把自己的行李箱和魏海洪的箱子都塞後車箱中，然後拉開車門扶了魏曉晴上車，魏曉晴右腿不能屈，只能慢慢地斜著進車，周宣累得一頭汗水才把她弄進車裏，正想到前邊坐，卻見魏海洪早坐到了前邊駕駛副座上，只得又鑽進車裏坐到魏曉晴身邊。

魏曉晴一條拐杖橫在腿前邊，周宣坐上車後稍稍與她坐開了些。

魏海洪回頭笑笑說：「曉晴，你是怎麼跟你周叔叔認識的？」

魏曉晴指著周宣道：「叫他周叔叔？小叔，你讓他叫我姐吧，還叔叔！」

「沒大沒小的，他是我兄弟，你不叫叔叔叫什麼？」魏海洪雖然嘴裏這樣說著，但臉上卻是掛著笑容。

魏曉晴對司機用英語說了個地名，司機「ＯＫ」一聲，隨即開動了車。

車剛啓動時，周宣見到挨著他們這輛車處，有一輛紅色的奧迪迅速擦過，「嘎」的一聲急剎車停下來。車裏跳出一個女孩子，快速向候機大樓門口跑去。

周宣心裏一顫！這個女孩子竟然是傅盈！

周宣深深吸了一口氣，努力止住想要叫司機停車的衝動。

魏曉晴不經意地問道：「你認識那個女孩子?好漂亮！」

周宣沒有回答，牙齒把下唇都咬出了印子來。

「是你女朋友？」魏曉晴又淡淡問了一句，周宣依然沒有回答她。

這時，車已經開出公路，轉了一個彎道，再也瞧不見候機大樓。

司機開的方向周宣沒去過，其實來了紐約雖然不短時間，但他除了唐人街和昆斯區傅盈家那棟別墅，別的地方根本就沒去過，不熟是正常的。

魏曉晴說的地方離市區有些距離，在郊區的一條小街道，司機停了車，周宣提了箱子出來後，魏海洪在前邊付車錢。

周宣把箱子放在路邊，然後又費了好大勁才把魏曉晴扶出車來。

魏曉晴租的是一套一室一廳的小居室，在三樓，房東是個肥胖的白人老婦女，見到魏曉晴就「哈囉哈囉」打招呼說話，又瞧了瞧周宣和魏海洪倆人。

魏曉晴用英語解釋了幾句，老婦女笑呵呵地把大門打開一些，魏海洪對周宣道：「老弟，你還是扶一下曉晴吧，我來提箱子。」

魏海洪沒等周宣說話，便自提了兩個行李箱子快速上樓，周宣只得依然扶著魏曉晴。

魏曉晴淡淡道：

「瞧你的樣子好像吃了很大虧，很不願意的樣子，其實你知道嗎，本小姐只要一招手，就有排成隊的人來！」

這倒不是假話，周宣絕對相信，美女到哪裡都是最受歡迎的人。

周宣淡淡搖頭，嘆了口氣，只是不說話，因爲他腦子裏總是想著傅盈，一想到傅盈醒過來後竟然又跑到機場去追他，周宣心裏便隱隱作痛！

魏曉晴見周宣沒理她，皺了皺眉，嘴裏哼了一聲，然後又壓低了聲音問道：「你老實告訴我，你跟我小叔是什麼兄弟了？」

周宣搖搖頭道：「只是買賣古玩時認識的朋友，跟你小叔去賭過一次錢，實際上，我們就只見過兩次而已。」

這話的確不假，周宣可以說是對洪哥一點兒也不瞭解，只知道他來頭很大，有能力有錢，不是普通富商，而洪哥回北京治傷後，他一直很關心洪哥的生死，但沒有聯繫方法，也無從得知。

「只見過兩次？」魏曉晴倒是有些詫異了！

她小叔是什麼人，她心裏可清楚得很，便是高官大商也不見得他就有多瞧得上眼，但對只見過兩次面的周宣竟然這麼另眼相看，的確有些奇怪了！

魏曉晴的房間小廳不寬，但擺設得很不錯，乾淨而又女性化，有許多雅致的小擺件。

進了客廳後，魏曉晴便自個兒拄著拐杖進了臥室裏，在門口說道：

「小叔，你們先坐一會兒，冰箱裏有飲料，累了一身汗，我換套衣服。」說完便關上了臥室房間的門。

魏海洪笑笑，瞧了瞧廚房門邊的小冰箱，走過去打開拿了兩罐可樂，遞給了周宣一罐。

魏海洪打開可樂狠狠喝了一口，然後坐到小沙發上，盯著周宣問道：「老弟，你怎麼來美國了？又怎麼會跟曉晴在一起？」

「這個……說來話就長了！」周宣有些皺眉地道，「我來美國，是因爲一個朋友請我來幫忙辦一件事，到今天剛好一個月，事情也辦好了，預定今天早上的航班回國，我剛到機場，本來都快要通關了，事情就是這麼巧，曉晴剛好坐在我旁邊的位置，因爲腿傷叫我幫忙扶她一下，都是中國人，我哪能不幫呢，結果，呵呵，反而是碰到洪哥了，你說巧不巧？」

「哦！」魏海洪也不禁啞然失笑：

「原來是這麼回事，我還以爲你跟曉晴認識呢，呵呵，倒真是巧了，看來我們兄弟真是有緣分啊！」

魏海洪嘆了一聲，然後又說道：「那次出事後，我的人把我送回北京，傷好後，我就到南方來找你，通過各種關係，但沒找到，後來我到你老家，找到你父母弟妹，他們也不知道你的下落，還好，我沒說其他的，沒讓你父母擔心，卻是做夢也沒想到你來了美國！」

嘆息了一陣，魏海洪又盯著周宣，低了聲音問道：

「兄弟，現下我悄悄問你，我在公海上中槍後，一直是你跟我在一起，我在醫院檢查過，我胸口的彈傷離心臟只有一公分的距離，這種傷，當時在海上又延誤了時間，可以說是無救的，但他們把我送回北京後，你知道是什麼結果嗎？」

周宣當然知道，但那時候他確實不知道自己能不能救得了他，而且自己並不知道冰氣的確切能力，估計當時冰氣的能量也不強，因爲全力施救下，自己也因承受不住而暈了過去。

「我身上的傷，只有傷口的外傷還有痕跡，身體裏沒有半分受傷的痕跡，那顆子彈可是從我前胸穿過了後背，打了個對穿，你是給我怎麼弄的？」

魏海洪問起這話時，臉色很沉重，盯著周宣眼睛一眨不眨。

終於魏海洪還是問了這個問題！這卻恰恰也是周宣最不願意面對的一件事情！

「洪哥，其實……」周宣婉轉地回答著，「我從小跟我家後山的一個老道士練過內家功夫，也學過土醫，老道士給過我一些自製的丹藥，配合內家勁氣的話很有療效。」

洪哥對周宣的回答自然是半信半疑，但自己確實是被周宣救了命，如果不是他把自己的傷給療好了大半，別說醫治，就是在公海上拖一陣也會讓他一命嗚呼。

周宣又抓抓頭，笑笑說：「洪哥，後來我也很擔心你，可是又沒有聯繫電話什麼的，也不知道你住哪兒，我可是一點辦法也沒有！」

魏海洪嘆息了一聲，伸手拍拍他肩膀，道：

「兄弟，我魏海洪真心交的朋友很少，當兄弟的朋友就更少了，你就是我的親兄弟，洪哥這命是你救回來的，也沒什麼好說的了，趕明兒就跟我回北京，一切由老哥給你安排！」

周宣搖搖頭道：

「洪哥，謝謝你的好意，我還是想回鄉下，幾年的打工生涯也累了，再說，我跟現在的一個朋友賭石賺了一筆錢，有一兩千萬，加上之前賺了一些，足夠我一大家子安逸地生活一輩子，用不著在大城市裏過得那麼累！」

「說什麼?你對老哥不信任？」魏海洪瞪了他一眼，哼了哼道：「老弟，我知道你是擔心家裏人是吧，這你放心，一回去，我馬上安排把他們的戶口全部遷往北京，啥事都不用你管！」

「這個……」周宣有些無可奈何，自己家裏人除了弟妹外，父母怕是不適應城市裏的生活，可洪哥又不容他辯駁，心想以後再慢慢跟他說吧，自己還是想在老家生活，有那麼大一筆錢，在老家過田園生活不是更愜意。

「老弟，唉，不是我說你，做人也不能太老實，雖然我最欣賞你這一點，但這樣的性格是容易吃虧的，見面這麼久，你就沒想到過你那寶石怎樣了？」魏海洪瞧著周宣嘆道，「那六方金剛石，我在北京辦了寶石證書，然後在香港拍賣了，折合人民幣一共是兩億一千七百萬元，這錢，我估計你也沒有什麼好的投資意見，放銀行吃利息太不划算，就幫你買了兩億的國家商業銀行的股份，有政府撐腰的國營企業，又優質又安全，還有一千七百萬給你留著零花。」

周宣怔了一下，道：「賣了這麼多錢？洪哥出事後，我就沒想過這事了，有些意外！」

魏海洪無語地搖搖頭，周宣又道：

「洪哥，你沒事才是最好，寶石賣了也好，之前我說過咱們一人一半……」

魏海洪擺擺手打斷了他的話：「這話提也別提，洪哥還能要你的錢？」

這時候，裏間房門打開了，魏曉晴換了一身寬鬆的紅色運動裝拄著拐杖出來，魏海洪當即住了嘴。

第三十二章

金融狙擊手

魏曉晴對魏海洪說道：

「這次顧主是紐約大富豪勞倫斯先生，是個收藏愛好者。」

「勞倫斯？」魏海洪聽到這個名字一怔，

隨即問道：「戴夫勞倫斯？就是那個被稱為

『華爾街金融狙擊手』的勞倫斯？」

魏曉晴穿著運動短褲，因為右腿有傷，打了石膏，不方便穿長褲子。周宣不得不承認，魏曉晴跟傅盈一樣，漂亮的女孩子穿什麼樣的衣服都好看。

在沙發上坐下後，魏曉晴才嘟嘟嘴道：「小叔，你看這個樣子，回去爺爺還不擔心啊，讓我過段時間腿好後再回去好不好？」

魏海洪臉色一下子就沉了下來，哼道：「哼，還這麼任性？這次不是我替你擋了一下，你爸就自己來了！」

魏曉晴咬著唇沒說話，低著頭只是弄著手指甲，不過臉上卻是很倔強的表情。

「你別跟我鬥氣，你知道嗎？」魏海洪沉著臉說道，「爺爺就是惦記著你，你又任性又不聽話，這一走就是一年，要不是這次聽說你摔斷了腿，連我都沒機會來見你，你說你任不任性？」

魏曉晴低著頭輕輕道：「小叔，你就再讓我過一個月回去好嗎？我的學業！」

「別提你那個什麼破學業，好好的學校不去，要來這個什麼名不見經傳的美術學院，學這些西洋畫有什麼用處？」

魏海洪說到這兒，見魏曉晴一副又要爭辯的樣子，趕緊又道：「好好好，我不和你爭論你那藝術問題，我來接你回去是因為你爺爺。」

魏曉晴怔了一下，抬起明亮的臉蛋望著魏海洪問道：「小叔，爺爺怎麼了？」

魏海洪臉色更加陰沉，沉默了一陣子才道：「是胃癌末期，也許你回去就是見爺爺最後一面！」

魏曉晴呆了呆，忽然就「哇」的一聲哭了出來，站起歪歪斜斜地說：「小叔，我要回去，我要回北京，今天就走！」

魏海洪站起身，有些愛憐的扶著魏曉晴又坐下，輕輕道：

「曉晴，我早查過了，紐約到北京的航班只有一早一晚兩班，早上的已經過了，晚上的是六點，時間還早，你先打個電話訂好票，晚上再走。」

周宣有些懊惱：「洪哥……既然要走，你怎麼又撕了我的機票啊！」

魏海洪拍拍他肩膀，然後說道：「遇到了你，別說一張機票，就是一百張一千張我也照撕不誤！」

魏曉晴這時候也安靜下來，啜泣著給訂票中心打了電話，訂了三張機票。

爺爺身患重病的消息讓她再也無法坐視不管，雖然是任性逃出來，但爺爺對她的疼愛她卻是明白的！

想了想，魏曉晴又拄著拐杖站起身道：「小叔，我先到房間裏收拾一下必要的東西。」

「好，能不要的就不要了。」魏海洪吩咐著，家裏也不缺什麼。

在魏曉晴到房間裏收拾的時間，周宣在魏海洪口中也弄清楚了來龍去脈。

魏曉晴是他大哥的女兒，家裏安排的學校她不去，在一年前，很任性的逃到了美國紐約來學西洋畫，一年來也沒回過北京，因爲她擔心回去了就可能不能再出來。

當然，魏海洪家族也不是等閒人，雖然沒到紐約來，但魏曉晴的一舉一動照樣在他們的監視中，這次魏曉晴騎單車居然摔斷了腿，家裏人就沉不住氣了，又加上家中老爺子病重，便不得不來抓她回去了，否則可能就連老爺子最後一面也見不到了。

本來老爺子身患絕症的事，只有家裏魏海洪跟他大哥二哥三兄弟知道，但到了紙包不住火的時候，不得不把老爺子的心頭肉曉晴這丫頭弄回去。魏海洪又怕他大哥親自來，搞得不好父女倆鬧僵，侄女打小就跟他親，便親自過來了，只是沒想到竟然會意外遇見周宣！

倆人正聊著時，客廳的門外傳來兩下敲門的聲音。

周宣站起身去開了門，門外站著一個比他高半個頭的金髮洋人，看起來年紀應該不超過二十五歲吧。

那洋人瞧了瞧客廳裏面，叫了聲：「密斯魏？」

聽到門外的聲音，魏曉晴拄著拐杖出來一看，有些意外地問道：「大衛？」

叫大衛的洋人一見到魏曉晴，眼睛一亮，笑呵呵地跟她說話，周宣和客廳裏的魏海洪自然都不懂他們說什麼。

魏曉晴請他進客廳坐下說話，周宣和洪哥各自喝著可樂，聽不懂他們的談話，也覺著沒意思。

魏曉晴又說又搖頭的，然後又有些猶豫，皺著眉頭想了一陣，才對魏海洪說：

「小叔，大衛接了一個工作，以前我在這兒經常接這類活兒，西洋畫的案子，不累，收入還不錯。」

魏海洪瞧了瞧時間，淡淡道：「現在是八點半，晚上六點多的飛機，你時間來得及？」

魏曉晴又問了問那個大衛，然後道：「小叔，大衛說只需要三四個小時，對方的報酬是兩千美金，反正時間來得及，我可以去一趟嗎？」

魏海洪哼了哼，道：「兩千美金你就高興成這樣？要多少，小叔給你開張支票，兩百萬美金夠不夠？我魏家的人幾時輪到為這區區小錢奔波拼命了？哼哼……你也不瞧瞧你的腿！」

魏曉晴咬了咬唇，然後對大衛搖了搖頭。

大衛有些急，嘰裏咕嚕地又說了一陣，不時還拿眼瞧了瞧魏海洪，他看得明白，這個中年男人才是魏曉晴答不答應的關鍵。

只有周宣不明白，魏曉晴家世顯赫，但逃到美國來後，她從來沒有向外人坦露自己的身分，而所有的生活開支都是她一邊上課，一邊打零工掙回來的，這個大衛是她最大的幫助者，當然，大衛肯定也是喜歡她並追求她的人之一。

魏曉晴長得非常漂亮，西洋畫的功底又很紮實，在同級的學生中也是頂尖的。收藏者一般都是社會上層的人物，錢自然不是問題，所以報酬一向都給得頗高，而魏曉晴靠著這些收入，勤工儉學過得也不算苦。

大衛是魏曉晴學校的同學，平時在紐約收藏界中來往關係不少，靠著接這些案子，日子過得挺不錯的，有車有房，長相也頗爲英俊，在女生中算是受歡迎的一類。不過魏曉晴對他不是特別感冒，但大衛並不知道魏曉晴的底細，見她很勤奮的打工賺錢念書，心想，他的條件對魏曉晴來說應該是有極大的誘惑力吧，但沒想到的是，魏曉晴對他的優越渾如不見，打工就打工，掙錢就掙錢，對大衛明顯的示愛也從沒有過反應。

大衛今天接的這份工作比起以往來說，報酬算高的，他便是用這種手法對魏曉晴示好，他認識她差不多一年了，對魏曉晴外柔內剛的個性很瞭解，來硬是不成的，只能慢慢磨，但剛才聽魏曉晴一說馬上要回國了，學業自然也就荒廢了，不由得大急，說了一大堆話。

大衛說了半天話，魏曉晴依然沒答應，於是他有些惱怒地瞪了瞪魏海洪，看來一切原因都在他身上，自己花了一年的心血，卻忽然就白費了，那種心情又如何能好？只是不知道魏海洪是魏曉晴什麼人，還有另一個男人，難道魏曉晴在中國還有男友？

魏海洪是什麼人？他雖然聽不懂大衛說些什麼，但看他的眼神和表情又有什麼不明白的？心裏想著怎麼給這傢伙一點教訓，瞎了他的狗眼來打曉晴的主意。

魏曉晴又問了大衛幾句，又對魏海洪說道：「小叔，大衛說，這次的主顧是紐約的大富豪勞倫斯先生，這個人是個收藏愛好者，小叔，你不是很喜歡收藏的嗎？要不我們就去瞧瞧，只要不誤了航班就行的。」

「勞倫斯？」魏海洪聽到這個名字就一怔，隨即又問道：「戴夫勞倫斯？就是那個被稱爲『華爾街金融狙擊手』的勞倫斯？」

魏曉晴也不是很明白，又問了問大衛，大衛表情很得意地直點頭，嘰裏咕嚕又說了幾句話。

魏曉晴對魏海洪點點頭：「小叔，就是那個勞倫斯。」

魏海洪呵呵一笑，說：「那好，我們就一起去瞧瞧吧，反正也誤不了航班。」

魏曉晴大喜，立即對大衛說了，大衛卻有些爲難，又說了幾句。

魏海洪淡淡道：「曉晴，這洋鬼子是不是不想讓我們去，說勞倫斯不是普通人，一般人見不著他？」

魏曉晴皺了皺眉，沒有回答，顯然大衛說的話是這個意思。

魏海洪淡淡笑了笑，說道：「你跟這老外說，不讓我們去，那你也別去。嗯，你再跟他說，就算我們去，勞倫斯見不見我們，那是我們自己的事，不用他負責。」

勞倫斯在華爾街是名頭僅次於索倫斯的金融狙擊手，他的風險投資基金名頭很響，是個超級億萬富豪，而且，他還特別喜歡收藏古玩文物，喜歡收藏的人，經濟實力通常都是很強的，否則很難入道，因爲玩收藏是要錢的。

魏海洪跟勞倫斯在香港見過幾次，有過來往。近來國際金融形勢並不好，但中國的經濟依然高速增長，這當然主要歸功於中國龐大的人口優勢。勞倫斯也曾到中國尋求一些風險投資的機會，當然，要進入國內的話，像魏海洪這種家族的人就是他最值得認識交往的對象。

大衛對魏海洪的這個條件當然答應，到了勞倫斯那兒，反正他們也聽不懂自己說什麼，隨便跟他的下人說幾句話就可以把魏海洪和周宣打發掉了，有這兩個燈泡跟在身邊，實在是礙手礙腳的。

本來大衛對魏曉晴倒是真有些喜歡，但花了一年多的時間也沒有任何進展，自然有些不是滋味，又聽說魏曉晴要回國，那之前花的那麼多心思和心血，豈不白廢了？心裏便惡心陡起，如果逼他對女人用強，那辦法他可有的是！

魏海洪是個看人識面的高人，這大衛的表情動作是絕對瞞不過他的，猜不到十成也有八成，心裏暗自冷笑，算這洋鬼子倒楣，偏偏就碰上了他！

大衛的車就停在樓下，得意地拿著車鑰匙晃了晃。

鑰匙上面是寶馬的標誌，魏海洪瞧也不瞧，站起身對大衛說道：「洋鬼子，我跟你到樓下等。曉晴，周宣扶你下去。」

瞧著大衛躍躍欲試的表情，魏海洪便知道這傢伙的念頭，他想扶曉晴，或是摟著抱著她下去，這要是在國內，魏海洪馬上可以把他拖去餵狗了。

魏曉晴明白小叔的意思，臉一紅，對大衛做了翻譯，當然，洋鬼子這稱呼她沒有翻譯。大衛臉色有些陰沉，但還是跟著魏海洪先下了樓，不過對周宣卻是注了些意，這個男人跟魏曉晴怕是有些關係。

周宣扶著魏曉晴往樓梯下走，見嬌弱的魏曉晴額頭邊滲出汗珠來，嘴唇使勁咬著，大概腿傷不輕，忍不住就把冰氣運起，探了過去。

魏曉晴的右腿小腿骨折，雖沒有殘廢的危險，但這種傷卻是觸到就疼痛難忍，最是傷腦筋。周宣嘆了口氣，要是別人，他也就不理了，但是她洪哥的侄女兒，就幫個忙吧，他運起冰氣在魏曉晴腿傷處運轉，受冰氣激發的細胞組織立即高速地分裂重生繁殖，以比尋常高出數百倍的時間自我癒合起來。

魏曉晴卻不滿意地瞥了他一眼，說道：「你嘆什麼嘆，本小姐如花似玉，讓你扶一下也不知道是你幾生才修得來的福氣，你有什麼不滿意的？」

周宣禁不住呵呵一笑，這個小妞，說話倒是挺衝，便說：「你就是喜歡自以爲是，你小叔是我大哥，我是他兄弟，那我也是你叔叔啊，扶你是應該的！」

「你少來占我便宜！」魏曉晴哼哼說著，忽然腰一彎，伸著石膏的小腿說：「哎呀，我的腿怎麼這麼癢啊？」

抓了抓，卻是隔石抓癢，一點感覺也沒有。

周宣當然知道，傷勢恢復，骨質重生，肌膚再長，發癢是正常的。

魏曉晴將半個身子都靠在周宣身上，叫道：「不行了不行了，這會兒連骨頭裏都癢了起來，受不了！」

周宣卻是將她半扶半拖地繼續往樓下去，以他現在的冰氣能量，魏曉晴這個傷算不了什麼，便趁曉晴嚷嚷的機會，又將冰氣能量運得更猛烈一些。

魏曉晴一路上「哎呀哎呀」叫個不停，樓外的巷道上，大衛和魏海洪兩人都坐在他車裏。車是一輛白色的寶馬，魏海洪坐在副駕駛位置上。

本來大衛給他指了後面，意思是讓他坐後排，等一下好讓魏曉晴坐前面，魏海洪理也不理他，逕自坐到前邊，倆人語言不通，大衛只得沉著臉生悶氣，不過後來又想到魏曉晴腿有傷，也坐不了前面的位置。

周宣扶著魏曉晴出來後，大衛就氣得不行，魏曉晴摟著周宣叫叫嚷嚷的，那樣子不是打情罵俏是什麼？他當然不知道周宣是在用冰氣給魏曉晴治療腿傷，別說他，就是魏曉晴自己也不知道。

周宣把魏曉晴扶到車邊，魏曉晴低了頭彎腰坐進去，把拐杖橫放，然後迫不及待地到腿上抓癢，只是隔著石膏如何抓得到？

周宣這時已經縮回了冰氣，坐到她旁邊再關了車門，大衛馬上發動了車開上馬路。

剛剛那一下，周宣全力施為，冰氣過猛，魏曉晴體內傷勢恢復速度過快，傷口處癢得太難受，忍不住呻吟起來。大衛在前邊哼了哼，把車開得快了起來。

周宣見大衛很是有幾分炫耀這輛車，心想：就這輛小寶馬有什麼好炫耀的？要是見到洪哥那輛半個億的布加迪威龍，那他還不得眼珠子都掉出來？

華爾街地處紐約曼哈頓區南部的百老匯東路，不過勞倫斯不住在這裏，他的住所是布魯克林區的富人區，那裡有一個專門的富人區，在那個區裏，住有許多超級富豪，還有一部分影星，一個區能聚集到這麼多的名人和富豪，主要是因爲這裏的保安設施超強。

任誰有錢了，最先想到的便是安全，你有命才有福氣花錢，否則錢再多又有什麼用？

這個富人區的保安設施可以說不亞於美國政府內的高級機要部門的防範措施，社區四周都是森嚴的保安監守，二十四小時監控，而且這些保安都是精挑細選出來的特種部隊退役的精英，經驗豐富。

當然，住這樣的地方，消費同樣也是高得離譜，當然，對於這些富人來說就算不上什麼了。

到了富人區門口處，保安用對講機聯繫了勞倫斯的助手，得到確認後，又再給他們四個人登了記，每個人都要從檢測門中走過去，以確保未持危險物品。

大衛再開了車，沿路過去全是一棟棟小城堡一樣的別墅，跟國內的建築風格有頗多不同，看起來很豪華莊嚴，但周宣並不喜歡這類風格。

勞倫斯的別墅有三層樓，車庫，泳池，花園，一應俱全，外觀面積估計就超過五千平方，真是個有錢人！

別墅週邊的大門處還有保鏢守著，別看大衛在周宣和魏海洪面前一副得意的樣子，但在這些保鏢面前，什麼氣焰都沒了，低頭陪笑說著，又指著魏海洪和周宣說著什麼。

魏海洪想也知道他在說什麼，便對魏曉晴招招手道：「曉晴，讓保鏢給勞倫斯彙報一下，就說我魏海洪的名字。」

魏曉晴點點頭，對小叔的能力，她從來都不懷疑，他們這個家族或許不比勞倫斯更有錢，但勢力卻可能更大，當然，所在地區域也不同，不能一概而論，但她相信，至少兩家應該是平起平坐的。

魏曉晴拄著拐杖，跟那幾個保鏢說了幾句話，其中一個仔細打量了一下魏海洪，但見他沉穩地站在那裏，氣勢不凡的樣子。

大凡像這些保鏢，眼力還是有幾分的，經常跟超級富豪和高官打交道，對於這類人的氣質捉摸得有數，魏海洪雖然沒跟他們說話，但那種高人一等的氣勢和不怒自威的感覺自然散發出來，他們馬上便知道，這個亞洲中年男子絕不是一個普通人！

魏曉晴一說，幾個保鏢中的一個，立即通過耳上戴著的通訊器說了幾句話，然後回應著。

魏曉晴這個時候覺得腿上實在是癢得受不了，忍不住用拐杖一敲，誰知道用力過大，那石膏外殼一下子給敲碎了！

魏曉晴愣了一下，隨即彎腰乾脆把石膏完全拔掉弄開，反正都碎了，也沒必要再包著。

石膏取掉後，魏曉晴隔著紗布抓了抓癢，但仍然抓不到癢處，因爲是癢在肌膚裏面，當下一不做二不休的把紗布繃帶也取下了，再瞧瞧小腿處，肌膚光潔，血液堵塞烏紫的顏色已經沒有了，腫脹處也消了，除了小腿肌肉裏面癢之外，連疼痛的感覺也沒有了！

第三十三章

以假亂真

周宣暗暗用冰氣測了一下，那柄短武士彎刀有五百年的年頭，
是件歷史悠久的古物，但那個木雕卻是件假貨。
跟他以前見過的瓷器作假一般，也是用高科技的手法，
以老胎新火，老經驗的高手製作的。

魏曉晴覺得奇怪，剛剛還觸到一點點便鑽心似的痛，現在怎麼一點兒也不覺得痛了？旋即又動了動，還是沒感覺到痛，只是癢的感覺卻也減弱了許多。

魏曉晴不明所以，又把身子的重量移到右腿上，慢慢試了一下，一點不適的感覺也沒有，她大著膽子，擅自兩腳邁開走了幾步，詫道：

「小叔，我的腿怎麼好啦？」

魏海洪也是一怔，瞧了瞧她，正想問問原因，這時別墅裏卻走了四五個人出來，最前面一個五十多歲，身材高瘦，一頭金髮又有些灰白，卻是很有精神的人，笑呵呵地衝他直揮手，正是勞倫斯，他身後四個人顯然是保鏢。

大衛見到勞倫斯竟然親自出來了，頓時又緊張又興奮，搓著雙手臉露喜色。

其實大衛之前從沒跟勞倫斯有過面對面的交道，這次也是有人介紹，勞倫斯要找西洋畫的好手做點活，大衛是這方面的掮客，一般不懂收藏的富豪就會找名氣比較大的畫師，當然，價錢上也會受宰，懂這一行的富豪，則會讓中間人找一些美術學院的高材生，這種人一是活兒做得好，認真，而且價錢相對也便宜得多。

越是有錢的人就越會計算，應該花的錢就花，可以省的錢，一分也不會掏出來！

大衛很激動，以為勞倫斯親自出來是迎接他和魏曉晴的，因為這外面只有他們四個人，無論如何他都想不到，勞倫斯是來迎接魏海洪的。

到了近前，勞倫斯瞧也沒瞧大衛，直接奔著魏海洪去了，還親熱地跟魏海洪擁抱了一下，然後笑呵呵地說道：「哈囉，魏，我們又見面了！」

話雖然有點蹩腳，但卻是用標準中文說的！

勞倫斯對魏海洪的熱情，讓大衛一下子大掉眼球，好久都沒反應過來。

勞倫斯根本就沒理會別人，拉著魏海洪就往別墅裏走，另一邊，魏曉晴跳跳蹦蹦的，一邊弄掉腿上殘餘的石膏，一邊又扔掉了拐杖。

因爲她的動作古怪，保鏢注視著她，不讓她跟進去。

勞倫斯轉身瞧了瞧魏曉晴和周宣，魏曉晴趕緊自己上去向他自我介紹了一下。

勞倫斯馬上笑呵呵地說：「哦，原來是魏先生的侄女和兄弟啊，請進請進！」

魏曉晴說了一聲：「謝謝！」然後又對周宣說：「進去吧。」

大衛一看大家都被放進去了，就漏了他一個人，趕緊對勞倫斯叫道：「勞倫斯先生，我是大衛。是您的管家請我來給您修繕畫的，我叫大衛！」

大衛一急，話說得有點語無倫次。

勞倫斯怔了一下，這才想起有這麼一回事，正要叫保鏢放他進來。

魏海洪淡淡道：「勞倫斯先生，我有一個小小的請求。」

魏曉晴給他翻譯了，勞倫斯笑呵呵道：「當然沒問題，魏先生請說，只要我辦得到的，

一切都沒問題。」

「小事情一樁。」魏海洪笑笑，然後指著大衛說道：「我很討厭這個人，咱們聊天的時候，看著這麼討厭的人心情會不愉快。」

魏曉晴一怔，但還是按原話給勞倫斯翻譯了一遍，勞倫斯臉上表情都沒改變一分，笑呵呵地道：「這算什麼事！」然後吩咐保鏢直接把大衛給趕出了別墅。

大衛瞬間搞糊塗了，料不到會是這種結果！隔得遠遠地還叫道：「勞倫斯先生，您弄錯了吧？我是您的管家請過來修繕畫的，您問問您的管家就知道啊！」

勞倫斯皺了皺眉，又對身邊的一個保鏢說：「去吩咐一下，以後永遠不准再與這個人接觸！」

魏海洪見勞倫斯如此夠朋友，當即微笑著與他走進別墅。

當然，他也明白勞倫斯這是想跟他交好，以期將他的版圖打進中國市場。生意場上，就連敵人都不是絕對的，何況他們根本就不是敵人呢。

在大廳中，還坐著兩個人，其中一個與周宣一對目，兩個人都是一怔！

這個人竟然是伊藤近二！

伊藤在見到周宣的那一刻，臉上有些變色，但卻是沒有出聲，而周宣的表情也沒有人注意到。

勞倫斯請魏海洪三人坐下，然後又向他們介紹了伊藤身邊那個人。

「這位是日本住友銀行紐約分行的副總經理藤本網先生。」

藤本網大概三十到三十五歲之間，相貌頗為英俊，但眼神很深沉，有種莫測高深的味道。

魏曉晴向她小叔介紹了藤本網後，魏海洪略點了點頭。而藤本網聽了勞倫斯介紹魏海洪後，雖然不清楚魏海洪的確切身分，但肯定魏海洪的背景不簡單。

勞倫斯的身分，藤本網可是清楚得很，若不是自己與他有些收藏上的來往，勞倫斯還不一定瞧得上他，一個人的分量那是基於自身的能力和財力的。藤本網所在的住友銀行，是日本三井財團和住友財團的核心企業，是日本第二大商業銀行、世界十大商業銀行之一。三井住友銀行是三井住友金融集團的核心銀行子公司，三井住友集團在十年前，絕對稱得上是日本第一的商業財團龐然大物，但後來集團領袖濱中泰男在期銅上的損失高達四十億美元，這才把住友集團推上了衰落的風口浪尖！

也許還曾經有人記得巴林銀行倒閉的事，而住友集團在期貨市場上的巨大損失毫不亞於巴林銀行事件。此後的住友集團便實力大損，而後，國內東京三菱銀行和日本聯合銀行合併組成了新的東京三菱聯合銀行，這一合併頓時宣告了住友集團在日本第一大財團地位的終結。

此後的住友集團是一年不如一年，在零三年，住友集團又通過拉攏美國高盛十二點五億美元的投資，讓高盛獲得住友集團百分之七的股份，住友集團再依靠海外投資來塡補國內虧損。然而，即使住友集團在國外還能撐得住，但在國內的資產卻因爲小企業貸款份額較大，日本破產企業數量增多，進而導致壞賬急劇增加，利潤大幅下滑。

在國內地位的下滑，直接導致了其國際地位的喪失，藤本網在勞倫斯這些金融大亨面前，當然也不可能有多高的地位了。

魏海洪對國內外的大商業財團瞭解甚深，住友集團他自然清楚，不過他跟日系企業的來往一向很少，所以藤本剛也並不知道他這號人。

即便如此，在勞倫斯介紹過後，藤本網還是向魏海洪有禮貌地打了個招呼。

伊藤坐在藤本網身邊稍後的位置，一般人都可以看得出，伊藤只是一個藤本網的跟班而已。只有周宣一個人注意到他，伊藤兩隻手前端都纏了紗布，這時將雙手置於腿下，儘量不讓人瞧到。

伊藤近二對周宣有些懼意，自然是害怕給傅家人知道。傅盈和她爺爺傅天來可是對他放了話的，再見到他便讓他吃不了兜著走，此次見到周宣，他一顆心顫抖抖的，生怕見到傅盈跳了出來！

伊藤偷偷瞄了瞄，周宣他們一共三個人，女孩子倒是有一個，跟傅盈一般的漂亮，但卻不是傅盈，一時心裏七上八下的，好不驚懼。

周宣緊緊閉著嘴，與傅盈分了手，自是不想再提起這件傷心事，只要伊藤這鬼子不提，他自然不會提起。想來伊藤也是不會主動提起的吧？這鬼子再討厭，終究不會笨死。

勞倫斯顯然沒注意到周宣和伊藤，他們都是無名之輩，還不夠資格讓他注意。

笑呵呵一攤手，勞倫斯又道：「魏先生來得正好，藤本先生有幾件古玩私下裏轉手給我，魏先生也中意這個行當。順便就瞧瞧我的藏品吧，呵呵！」

勞倫斯是個收藏狂熱者，向來喜歡讓好朋友參觀他的收藏品，有時並借機談商業上的生意，這便跟有些茶道愛好者一樣，請朋友喝茶，順便談生意。魏曉晴則是做起了翻譯，修畫的事自然也因大衛的被驅逐而煙消雲散。

勞倫斯的收藏室要經過三道嚴密的防盜措施，第一道是指紋識別，第二道是視網膜識別，第三道是密碼，在他的別墅外面還有七八個身手不凡的持槍保鏢，在他的社區，則有一支軍隊般的保安隊伍，在這樣的情況下，說實在的，如果還能有人盜走財物的話，那只能是在電影中的情節了。

在勞倫斯的收藏室中，周宣可是大開了眼界！

這間約有一百平方的收藏室，沒有窗戶，是完全密封的一個房間，四周沿著牆壁，都是鋁合金做的不銹鋼架子，有三層，每一層都放了古玩。

周宣忍不住放出了冰氣測探著，好傢伙，勞倫斯的古玩物幾乎遍及了世界各地，別的國家不談，就是中國的古玩器件便整整的兩架子，占全收藏室的五分之一。大到戰國銅鼎小到指頭般大的錢幣，甚至還有米粒般大的微雕，唐宋書畫至清代的字畫一應俱全。

周宣瞧了瞧，瓷器、銅鐵古器、玉石雕刻器件，無一不全，其中一些便是超千萬級的價值，這當然是在經過了這麼久的認識和瞭解之後得出的結論，畢竟他還有冰氣異能。

這勞倫斯不知道花了多少錢在這個上面！

勞倫斯一直陪在魏海洪身邊，笑說：「魏先生，上次你在香港賣掉的那顆六方金剛石，呵呵，我沒能競拍到，可惜啊！」

在魏曉晴清脆悅耳的翻譯聲中，魏海洪呵呵笑道：「勞倫斯先生，其實那顆寶石並不是我的，而是這位先生的。」說著指著身邊的周宣：「這個小兄弟才是金剛石的主人。」

「哦！」勞倫斯這才注意了一下周宣，沒料到這個不起眼的小夥子竟然就是那價值三千萬美金寶石的主人！

雖然三千萬對他來說並不算什麼，但若一個普通人擁有這樣一筆錢的話，那種暴發戶的氣勢是遮掩不住的！但他從周宣身上什麼也沒瞧出來，似乎是一個不露絲毫聲色的普通年輕人！

就從這一點，勞倫斯便對周宣的認識大爲改觀。

魏海洪一直在觀看著室內的古玩器件，他也是一個花了很多心思和金錢來收藏的人，但此刻他也不得不承認，這個洋老頭兒比他更狂熱。

周宣沒別的想法，只是想趁著這個難得的機會多多檢測一下這些中外各國的古董，瞭解這些東西的年份和分子結構，以後如果遇到的話，那也不會抓瞎給人騙了價。

參觀了半個鐘頭，勞倫斯這才又請眾人回到大廳，邊走邊說道：「魏先生，藤本先生帶了幾件珍品過來，一起瞧瞧。」

到大廳中坐下後，藤本網示意伊藤將擺在大廳一角的一隻皮箱子提了過來，伊藤雖然手上有傷，但手腕還是能用力，一隻箱子還難不倒他。

到廳中間把箱子放到茶几邊上，藤本網自己打開了箱子，取出了一柄尺許長的連鞘彎刀，刀柄刀鞘古色古香，像是古物。另一件卻是一個木雕佛像，木頭深紅色，陳舊的顏色很重。

周宣暗暗用冰氣測了一下，那柄短武士彎刀有五百年的年頭，是件古物，但那個木雕卻是件假貨。跟他以前見過的瓷器作假一般，也是用高科技的手法，以老胎新火，老經驗的高手製作的。

這木雕佛像外層是用高壓機器將極古老的木料打成碎泥，然後高壓鍍到模具上，再做些陳舊銹跡，確實能瞞過老手的眼光，即便是用儀器化驗，那得出的結果也是古物。

周宣測得那些碎木泥的年份是七百二十年的沉香樹，這在短暫的日本史上也算是有年份的古物了。

不曉得藤本網對這件假貨知不知情？或者他也是受了別人的騙才來轉手給另外的人呢？

藤本網將這兩件物品擺在台几上，拿起那把刀，抽出來。寒光凜凜，確實是把好刀。

「這把刀的名字叫『血地』是五百年前的名師丸造所鑄，以低溫玉鋼打造，鋒利無匹，吹毛斷髮，一般的刀劍相碰便即斷裂，曾經是日本名武士上田幸樹的佩刀，後來失傳，是我這位朋友在長崎的民間無意中得到的，是一把寶刀。」

藤本網用英語介紹著，不過周宣和魏海洪聽不懂，魏曉晴雖聽得懂，但她對古物又一竅不通。勞倫斯倒是個行家，但也做不到對各個國家的歷史風俗和古代名人都有很深的認識和瞭解。

其實藤本網已經撒了謊。這柄刀確實是古物，但卻不是上田幸樹親自佩帶用的，而是他的愛妾——一個女人用的。在古代的日本，武士是特權階級，所以只有武士才能佩長刀，一般平民是無權使用的。大多數非武士階級，比如農民、商人、女子等等，通常是懷揣短刀，以作防身之用。武士的一般形象是腰挎雙刀，走起路來趾高氣昂，不可一世。使用二刀流的武士就不必說了。

上田幸樹的愛妾在這柄刀刀身上刻了丈夫的名字，以示忠心和愛情，卻並不表示就是上田幸樹親自佩帶使用的。

藤本網雖然是撒了謊，但那柄刀確實也是件古物，這倒是事實，但他的主要目的其實不是賣這把刀，而是賣那尊假的木雕佛像！

以一件真品來遮掩一件質品，這是古玩界極爲常見的一種銷售手法。真真假假，虛虛實實，最容易混淆人的判斷能力。

勞倫斯也不是菜鳥，沒瞧那件木雕佛像，注意力卻落在了寶刀上面，笑笑問：「藤本先生開個價吧，這刀要多少？」

藤本網淡淡笑笑，把刀插回刀鞘中，放在台几上，然後側頭用英語問伊藤：「伊藤先生，你這把刀開價多少？」

「嗯？」伊藤怔了一下，藤本網問他的時候，他根本就沒有注意場中的情況，心裏只想著周宣與傅盈的事，藤本網一問他，他怔了一下，然後才反應過來，趕緊道：

「最低三十萬美金！」

周宣測到這柄刀是古物，不假，但值不值三十萬美金他就不知道了。不過，三十萬美金對於像勞倫斯這種人來說，倒不算什麼。別說是勞倫斯，便是如今的他，那也不算是一筆開支。

只是異能冰氣雖然能測到物件的真偽，但卻測不到人腦子裏的想法，周宣也沒辦法知道藤本網和伊藤的念頭，但有一點，他對伊藤極無好感，在周宣看來，這個伊藤，要人品沒人品，要德行沒德行，絕對不值得相信。

所謂狐朋狗友，蛇鼠一窩，想來以伊藤這樣的人品，他交的朋友又能好得到哪裡去？再瞧瞧藤本網陰森森的眼光，這傢伙定然也是一肚子的壞水，就憑他那尊木雕佛像，周宣就知道他沒安好心，這般做態，無非是想讓勞倫斯上更大的當，花更多的錢來買吧。

當然，這也是周宣的猜測而已。畢竟藤本網和伊藤也沒有說佛像的價錢。

但周宣覺得可疑的是，伊藤明明是剛剛才死裡逃生的人，在藤本網這兒露面就好像是給他硬拉來做搭檔一樣。

勞倫斯把短刀拿過去，拔出來，仔細瞧了瞧刀身上的名字刻痕、刀把的莖部以及刀柄刀鞘的配件，對於刀的鋒利度他倒不是特別注意。現在又不是武士年代，收藏這刀不是拿來跟人家搏鬥的，即使刀無鋒，是鈍的，但只要是古物，有收藏價值，那就沒關係。

經過目測和檢驗，勞倫斯確定這刀是真品，輕輕在刀身上用手指彈了彈，聲音頗爲清脆，說道：「二十萬。」藤本網側頭瞧了瞧伊藤，這一瞧，他的眼睛視線剛好側過勞倫斯，但周宣卻在側面看了個真著。

藤本網眼裏狠狠地瞪了一下伊藤，這顯然不是提醒伊藤討價還價，而是某種警告和兇悍的提示。

周宣從他這一瞪中感覺到，伊藤絕不是這兩件物品的主人！主事的肯定是藤本網，綜合起來的話，他們兩人是在演戲騙勞倫斯而已。

伊藤給藤本網一瞪，趕緊打起精神來，對勞倫斯說道：「勞倫斯先生，二十萬太低了些，最低二十五萬吧，咱們一人讓一步。」

勞倫斯呵呵笑了笑：「行，今天有魏先生在這兒，我也爽快一點，二十五萬就二十五萬，是電子轉賬還是支票？」

勞倫斯說著，指了指桌上的手提電腦，如果伊藤要求轉賬的話，在電腦上即刻便可以轉賬。

藤本網開口說道：「這個，還是等一下吧，這裡不還有一件佛像嗎，讓勞倫斯先生瞧瞧你那木佛像！」

勞倫斯原本倒是也想買下佛像，但聽藤本網這樣一說，心裏忽然動了一下，慢慢就縮回了手，反而是坐了下來。

藤本網頓時意識到自己犯了個致命的錯誤，他的動作語言惹起了勞倫斯的疑心，不禁暗暗罵道：「老狐狸！」

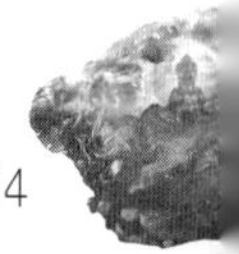

勞倫斯坐下後也不說話，只是看著他們。

伊藤望了望藤本網，卻見藤本網面無表情，也不知道藤本網是什麼意思，這已經完全不是來時倆人互相商量好的情節了。

原來，藤本網在住友紐約分行中利用職權，挪用了一筆錢來炒期貨，但卻天不遂願，虧損了三千多萬，臨到頭才有些慌了，適逢逃命回來找他求助的同鄉伊藤，倆人一拍即合，動起了來騙勞倫斯錢的主意。

藤本網即將調回國，在這個時候就算騙了勞倫斯一把，以他這麼大的家產自然也是無所謂，即使以後勞倫斯知道自己上當了，也不會找上門去討還，像這類事，吃虧上當的人天底下多了去。

但沒想到勞倫斯也是老成了精的人物，居然在要上當的時候忽然有些警覺。

其實勞倫斯也不是對佛像認定有假，但他就是能從極小極微弱中觀察自己想把握的物件，就比如國際金融市場吧，如果不是眼力和判斷力超強的話，那做風險投資就是極危險的事情。

周宣在他們一時僵持的時候，忽然起了一個念頭！

想了想，他悄悄在魏海洪耳邊低聲說：「洪哥，把這個佛像買下來，但要壓價，最多不超過一百萬！」

魏海洪一直在旁觀看著，在勞倫斯家中，他當然不會出面跟勞倫斯競爭搶購這兩件東西，那只會讓小日本高興賺錢，莫說勞倫斯對他還給了很大的面子，就算是普通的交情，他也不想藤本網獲得更大的利益。

但周宣跟他說了這句話後，他心裏也想開了，周宣身上便是有種很特殊的氣質，魏海洪一直很相信他的直覺，周宣剛才提這個建議，肯定有他的理由。

於是，對於佛像的好壞，魏海洪幾乎瞧也不瞧，直接便道：「這佛像木雕你們要多少錢？」

有人競爭了，這是好事！

伊藤興奮地故意用英語對藤本網說道：「藤本兄，這位先生說要買佛像，這可是我們日本戰國時代沉香木傳世名品，天神阿修羅王佛像，國寶級的珍品，你說值多少錢？」

伊藤及時提醒了一句，藤本網雖然不動聲色，但心裏卻是樂開了花，有人出價一刺激的話，勞倫斯說不定就大出血了。

藤本網想了想，伸了一根手指頭，正要開口讓伊藤報價一千萬美金，魏海洪卻搶先說道：「最多一百萬美金，賣就賣，不賣拉倒，我們趕緊回去，還要趕飛機回北京！」

藤本網聽不懂中文，伊藤卻是聽得明白，魏海洪出價是好事，但得勞倫斯也開口競價才能心想事成。現在魏海洪開了價，但價錢卻和他們自己的心理價位相差甚遠。本來勞倫斯就想與魏海洪拉上關係，如今見他開口要買這玩意兒，便是讓他掏錢買來送，勞倫斯也願意，所以魏海洪一開口，他更加不會再競價了。

勞倫斯也想得到，魏海洪久經商場，絕不是不明白事理的人。俗話說，君子不奪人所好，他既然在自己面前開口想要這東西，那就是真想要了，這個面子自然得給。

藤本網有些窩火，勞倫斯這老傢伙坐著一聲不吭，顯然是不會出價競爭了，那個中國人開口叫得這麼低，這要怎麼辦？可是不賣，一百萬都賺不到。這東西畢竟是他找高手做出來的假貨，自己心裏有數。

藤本網沉吟了一陣，然後對伊藤近二道：「好，一百萬就一百萬吧，賣給他！」看來勞倫斯不要這佛像已成定局了，賣給這不識貨的中國人，賺一百萬也是好事！

阿修羅王在佛國傳說中是一位好戰的惡神，住在須彌山之北，大海之底。海水浮懸在他宮殿之上，四面的風護持著宮門。由於阿修羅王版本眾多，其形不一，阿修羅王的形象，也有多種說法，有一說其九頭千眼，口中出火，九百九十手，八足，身形高越須彌山四倍；有說其千頭二千手，足踩大海，身越須彌山；有的三頭六臂，三面青黑色，口中吐火，忿怒相。

而阿修羅王在日本傳說中佔有相當大的地位，對日本現代影視動漫均有很大的影響，而日本民間傳說中的阿修羅王形象則是四手三目，面容醜陋。

阿修羅王的名稱來自梵文，意思是「無端正」，既然不端正，那便是醜了。由於阿修羅王在日本人心中耳熟能詳，所以藤本網做這個假佛像便以阿修羅王爲標本。

魏海洪從胸口裏面的衣袋裏拿了支票出來，填寫好了，遞給藤本網，說：「香港匯豐銀行的支票，在美國的各大銀行可以通兌，一百萬美金！」

藤本網自己就是做銀行業的，支票的真僞和流程他當然明白，彈了彈支票，稍稍瞄了一下便遞給伊藤近二。

周宣這時站上前，把木雕佛像抱起來，然後說道：

「藤本先生，你這個木雕的阿修羅王是傳世珍品，我們也有一件阿修羅王的佛像，跟你這是一模一樣，但是純金的，你說價值多少？」

周宣這樣一說，伊藤愣了一下，隨即給藤本網翻譯了一下，這次卻是用日語說的。

藤本網「哦」了一聲，半信半疑地道：「是嗎？純金的阿修羅王可是沒見過，在日本是只有銅佛像、鍍金佛像，而其他人物的佛像倒是有純金的流傳，但阿修羅王倒是沒聽說過。這位先生，請問您的這個佛像在哪兒？有機會倒是想見識見識！」

周宣淡淡道：「就在別墅外我們來的車裏，你們稍等一會兒，我去搬過來。」說完抱起木雕阿修羅佛像就往外走。

第三十四章

空手套白狼

魏海洪和魏曉晴叔侄倆人卻是極詫異，
他們可是一道來的，車裏哪有什麼佛像啊？
難不成用剛花了一百萬美金的這個佛像冒充？
這麼短的時間，總不能隨便做一個吧？
難不成撿塊金泥巴就貼上去？

藤本網和伊藤近二給周宣弄得有些糊塗了，按理說，如果真是純金佛像的話，就算不是古物，但是純金的，那也是一件極貴重物品，怎麼就這麼大意地隨便扔在外邊的車裏呢？難不成這傢伙也是準備拿來騙勞倫斯的？不過他們其實沒花很大代價，只是收尋了一些古沉香木，再花了一筆請高手匠人打鑄的手工費用，而這個中國人說是純金的，那這個代價花得可不小啊！

因爲像勞倫斯這種級別的收藏家來說，弄個銅的或者鍍金的假貨，那肯定是瞞不過去的，他這兒檢測的儀器多得是，隨便一驗，真相便出來了。

在場中的人，只有勞倫斯對周宣沒有過多的疑惑，因爲他是抱著瞧瞧的心態，而真要從他手上拿走一分錢，那可是要讓他滿意心動他才會掏出來的。

但是魏海洪和魏曉晴叔侄倆人卻是極詫異，他們可是一道來的，車裏哪有什麼佛像啊？再說，坐的車是大衛的，現在大衛人都被趕走了，他到哪部車上去拿啊？難不成用剛花了一百萬美金的這個佛像冒充？但就算冒充，那起碼也得做得像模像樣吧，在場的這些人，哪一個不是行家高手？這麼短的時間，總不能隨便做一個吧？難不成撿塊金泥巴就貼上去了？

疑惑多得很，但怎麼想都想不通，只能看周宣從外面搬個什麼樣的東西進來了。

魏海洪雖然疑惑，卻是神色如常，他跟這個兄弟雖然沒有很長時間的交往，但對他的性格卻極清楚。周宣做事有點鄉下氣息，但待人處事卻絕對沒得說，只要真心對他好的，換來的也一定是真心。

按魏海洪以往的習慣，絕不會沒有檢測就買下來，但這次，他花一百萬美金卻沒有皺一下眉頭，主要就是爲了報答周宣的救命之恩，這次，就算周宣要他拿一百萬燒掉化成灰，他也會做的。當然，以他對周宣的瞭解，周宣是絕對不會幹出這種事來的。

周宣抱著木雕佛像出了別墅，大門口的保鏢早得了吩咐，任由他出去。

周宣本想到外牆邊沒人的地方把木雕佛像用冰氣轉化了，但一出別墅院門就見到大衛在那裏探頭探腦的。

這傢伙還沒走！

周宣也不管他聽不聽得懂，衝他說了聲：「我上一下車！」便抱著木雕佛像往大衛那輛寶馬車走過去，打開車門，他把頭探進去，身子擋在外面，冰氣異能早已經運起來，霎時間佛像就變成金燦燦的顏色了。

不過周宣再抱起來時可就費了老大的勁了，木雕佛像可能也就兩三斤重吧，這還是因爲沉香木比其他木類重幾分的原因，要是普通的木料，最多一斤來重。但換成黃金的話，那就沒法比了，這個佛像大小的木雕換成金的至少重了一百斤！

周宣喘著氣從車裏把佛像搬出來。大衛也沒有瞧他，一直縮頭縮腦地瞄著大門裏的別墅，不過不敢進去。

他心裏一直沒弄明白，勞倫斯到底爲什麼忽然就翻臉了。難道是因爲那個中年男子？應該是吧，勞倫斯對他的態度可不像是普通人。可自己跟他在車裏坐了好一會兒，也就沒瞧出他有什麼不同尋常的地方。驀地裏，又瞧見周宣抱著個金光閃閃的佛像往裏走，心道他怎麼抱了個佛像來？剛才好像沒瞧著有這樣東西啊？

周宣搬著這個沉重至極的佛像，汗水淋漓地走進客廳，客廳中的幾個人見他真抱了個金光閃閃的佛像進來，都吃了一驚。

周宣很吃力地蹲下身子往玻璃茶几上放時，一失手，金佛像竟把茶几給砸碎了，幾個保鏢趕緊衝過來幫手。

藤本網離茶几近，更是第一時間挨近周宣，仔細查看了一下佛像，碎玻璃在佛像底部一帶劃了些痕跡。不深，但顯然瞧得出來。

周宣有些不好意思地對勞倫斯道：「勞倫斯先生，對不起，砸壞了你的茶几！」

勞倫斯自然是不以爲意，這點事不值一提，但見到周宣吃力地搬了這個金佛像進來，一下子就提起興趣來。

當下，勞倫斯、藤本網、魏海洪三個人都到茶几邊。

勞倫斯吩咐保鏢搬來一張結實的紅木矮几，再將金佛像放在上面。看顏色和質地，勞倫斯和藤本網幾乎都能肯定，佛像表層百分之九十是真金，但內裏是否也是純金，這就不可能用肉眼瞧得出來了。

如果只是純金，對勞倫斯的誘惑也不算大，他要看的是，這佛像是不是古物，年代久不久，這方面，他手底下倒有幾個鑑定能手。作為這一行的大玩家，自然有這一行的人手和工具儀器的設備。

勞倫斯吩咐手下去把驗證的幾個人叫出來，而藤本網卻在不住地用手摸著。

藤本網是銀行的高管，平常接觸到的黃金可不少，普通簡單的驗證他拿手得很，從幾條小痕中也可以得出，這佛像至少在刮破的層面都是金。

藤本網一邊查驗，一邊注意著勞倫斯的表情，顯然這老頭兒動心了。

藤本網有些急，甚至有些失態了。畢竟他虧損了上千萬的銀行公款，若不能在短期內籌集到錢來填這個窟窿，那他的前程可就斷了，他的末日就要來了！

但現在就有個絕好的機會！如果再驗證這金佛像的年份是古物的話，那這東西就絕對是價值過千萬以上的國寶，真正的國寶級文物！

而讓藤本網更心動的是，這金佛像跟他做的那個假的阿修羅王佛像，是完全一模一樣的，而他在決定以阿修羅王做模型的時候就考慮過了，這個形狀的阿修羅就是按照日本傳說和現代動漫影視中最常見的形象來做的，一看就有日本的傳統元素。

但他做的是假的，而周宣這個金佛像則完全擁有他們日本的風格元素，這個要是古物的話，他要是能買下來拿回日本，那他就是功臣，出手估計至少也在一億美金以上，因爲這是真正的國寶！

看來，如果是真的話，藤本網比勞倫斯更想買下這個阿修羅王金佛像，因爲這能讓他借此脫出那個虧損公款的泥潭。

勞倫斯的兩個檢驗高手來了。周宣、勞倫斯和藤本網都退開兩步，讓那兩個專家來檢測阿修羅王佛像的含金度。

通常，專業檢測黃金的方法有幾種，一是測品質，足赤金的品質與其他任何金屬都是不同的，測出佛像體積的密度，再與黃金作比較，得出的結果如果相近，那就能確實是黃金。

再就是金的結晶屬等軸晶系。晶體的形狀常呈立方體或八面體。晶體經溶化後再凝結時，呈不規則的多角形。冷卻得越慢，晶體就越大。當然，這種方法是需要一定的儀器和條件的，但這些對勞倫斯來說就不是條件了。

一般來說，假金都是鋅和銅的混合物，加入強酸就會生成氫氣，而黃金的耐腐蝕性極強，在鹽酸、硫酸、硝酸等溶液中不會溶解。還有就是眼測黃金的顏色，黃金的顏色爲金黃色。金屬光澤。當金被熔化時發出的蒸汽是綠色的；冶煉過程中，它的金粉通常是咖啡色；

若將它鑄成薄薄的一片，它更可以傳送綠色的光線。

黃金的延展性和可鍛性都異常的強，金是眾金屬中拉力最強的。它的延展性令它易於鑄造，因此金是製造首飾的首選。而金的可鍛性也在金屬中首屈一指，它可以造成極薄易於捲起的薄片。據說，十盎司金可以用來鋪滿一所屋子的頂蓋，從這就可以想像出黃金的可鍛性之強了。

如今，要驗出黃金的真假和純度是輕而易舉的事。所謂騙子行騙，那也只是對那些沒有見識過黃金的鄉下人，稍懂一些的人，都會拿到那些打金補修的工匠師傅那裏辨認。

周宣自然不會擔心他們的驗證，只是被他轉化爲黃金的佛像只能保持六個小時，好在，他們怎麼也不可能在這裏耽擱六個小時，再說，就算真到了六小時，自己還可以再轉化一次，又可以再延長它六個小時。怕倒是不怕，但得逼藤本儘快叫價才是。

勞倫斯的兩個專業人手用了幾種手法在不損壞阿修羅佛像完整性的情況下，測驗出這佛像裏裏外外全部都是純度高達百分之九十九點九九的純金！

接下來，藤本網用勞倫斯的儀器測了測那佛像一些四凸隱藏處的陳舊點和銹跡，得出的結果讓藤本網又興奮又吃驚：這件阿修羅王佛像最少有五百年以上的年份！

藤本網卻怎麼知道，這些陳舊銹點都是他自己弄上去的，周宣轉化時，特意把這些保留了下來。到這個時候，藤本網完全相信並且陶醉在阿修羅王佛像的遐思中，眼睛裏幾乎冒出了光來！

周宣偷偷瞧了瞧勞倫斯，這洋老頭兒也是有些喜形於色，對這個阿修羅王佛像充滿了極大興趣。

說實話，周宣絕沒有想要騙勞倫斯一筆錢的意思，他只是見到伊藤和藤本這兩個人而極度不爽。一大半怨氣來源於他對傅盈的想念，而這個伊藤更是多次將他和傅盈推到絕境上。離開傅盈是不得已，周宣依然對傅盈充滿思念和愛意。

周宣把一腔怨氣全發洩在這兩個鬼子身上，既然不是好東西，那就把他們往火堆裏猛推一把！

魏海洪覺得今天的周宣很奇怪，這阿修羅王的金佛像完全是莫名其妙冒出來的，像這個東西，絕對是價值巨萬的好東西，他是從哪裡弄來的？以周宣的性格，他不會瞞著自己啊！

魏海洪雖然感覺到奇怪，但卻沉住氣沒去打擾周宣，就是想瞧瞧他究竟要幹什麼。不管幹什麼，他都相信周宣絕不會做對不起自己的事。

當檢測人員拿走儀器工具後，勞倫斯和藤本網又都圍攏到阿修羅王佛像邊上。

周宣有些擔憂，要是勞倫斯一定要買下這假佛像就不好了，可是，不用想也知道，勞倫斯的實力遠超過藤本網。

勞倫斯微笑問道：「周先生，這個阿修羅王佛像，你可是有意出手？開個價吧！」

魏曉晴這一陣子在捏著傷腿。很奇怪，腿傷早上之前還痛得受不了，現在卻不痛又不癢，一點事都沒有了！腿傷大好，魏曉晴雖然百思不得其解，但心情卻好多了。勞倫斯問了周宣價錢後，她便上前幫周宣翻譯。

周宣這時瞧藤本網的表情便知道，這傢伙已經沉迷在阿修羅王金佛像的誘惑中了，但藤本網又如何是勞倫斯的對手？於是，到底出多少價錢，對周宣來說便是個頭痛的事了。

不過，經過這麼久的時間，周宣懂得沉默才是金的道理，想了想，周宣伸了三根手指頭晃了一下。

勞倫斯沉吟了一下，然後說道：「周先生要三千萬嗎？」

藤本網的估計也是跟勞倫斯一樣，心想，周宣伸了三根手指頭，三億的話，顯然過高，即使經過操作和宣傳，再加上回到日本後，動用一些關係，能賣出三億都算是天價，目前在勞倫斯這兒，三億的價錢是有些不合時宜。

其實周宣自己的念頭，只是三百萬！因爲這是美金。可不是人民幣，三百萬美金也值兩千多萬的人民幣。剛剛買回來這假佛像花了一百萬美金，再三百萬把原物返還回給他，淨賺兩百萬美金，讓小鬼子吃個悶虧，這就值了。

當然，勞倫斯一說出三千萬的價錢來，周宣心裏雖然震驚，臉上卻是不露聲色，這本來就是他設下的一個圈套。效果即使超出了他的想像，也總不至於太吃驚。

勞倫斯開出這個價錢後，見周宣沒什麼表情，心下又沉吟起來。

藤本網咬了咬牙，勞倫斯實力太強，但他依然想把這佛像買到自己手中來，因為這是他目前所能想到的解決困境的唯一路子。

藤本網艱難地伸了一個手指頭，澀澀地道：「我出三千一百萬！」

這下伊藤倒是趕緊幫他用中文說了出來，勞倫斯自然也不認為自己一出價便能拿下這件佛像。而在藤本網看來，這次叫價無疑就是廝殺交鋒。這跟戰場上的交戰沒什麼區別。同樣都是刺刀見紅的搏殺，只是一個搏命，一個搏錢。對像藤本這樣的人來說，二者有什麼區別？錢就是自己的命，命就是自己的錢！

勞倫斯張口想再次加價，周宣卻在這個時候搶先說話了：

「好，藤本先生，我決定就以三千一百萬的價錢賣給你！」

魏曉晴一怔，雖然她對這一行不太懂，但勞倫斯明顯在旁邊準備叫高價，這對他有利啊。為什麼他一下子就堵死了勞倫斯的路而直接定了音？

她想不明白，勞倫斯更想不明白。

伊藤近二聽得清楚，喜不自勝地趕緊用英語大聲向藤本網說道：

「藤本先生，周先生已經答應以三千一百萬的價錢賣給你了，恭喜你！」

伊藤這麼說是故意讓勞倫斯聽到，這樣說個明白，讓他自己停手是最好，因爲這不是在正規的拍賣場，不遵循行業規則也無話可說，何況周宣是佛像主人，由他說了更好。

藤本網大喜，笑呵呵趕緊過來與周宣握手，然後問道：「周先生，請問您要以什麼樣的方式交易？是現金、支票，還是網上電子交易？」

周宣當即道：「電子交易！」

因爲現金不是一個小數目，操作起來肯定是要花許多時間的。支票的兌換期限通常最短是一天，二十四小時以內沒有意外才能兌現。而周宣又哪裡能保證佛像能在二十四小時中還維持黃金的形態？電子交易最好，把金額匯進他的帳號，又方便又乾脆，而且一旦交易完成，藤本網再沒有辦法追回去。

藤本網隨即打開自己放在一旁的小筆記本，這種網上交易對他來說輕車熟路，很快便辦好了。

此刻，藤本網已經失去了以往的冷靜，而這三千一百萬美金的巨額現金，他本人當然沒有，仍是動用了住友銀行紐約分行的現金，這是在他的職務範圍以內可以動用的數字。

藤本網這時候已抱著孤注一擲的心理，他希望憑這一次交易，可以讓自己走出困境。縱然日後被集團高層查出來，他也可以利用阿修羅佛像帶來的利潤來彌補。

勞倫斯很是鬱悶地瞧著藤本網開了手提電腦給周宣轉賬，不過他看得出，周宣是有意要把這佛像賣給藤本網的。

這倒是勞倫斯第一次遇到這種事情！哪有人不想把自己的東西賣得更高價些呢？

藤本網擔心周宣改變心意，也擔心勞倫斯再出高價來引誘周宣，於是便有些迫不及待地給周宣轉賬。

電腦打開後，藤本網請周宣給他一個帳號，周宣對魏海洪笑笑說：

「洪哥，用你的帳號吧，國際通用，迅速。」

魏海洪點點頭，走到藤本網身前，在銀行轉賬頁面上輸入了自己的帳號。

藤本網完成手續，最後確認的時候，手指頭都興奮得有些發抖了，他努力鎮定了一下心情，然後才點下了確認的按鍵。

國際銀行之間的電子交易是即時到賬。魏海洪取出手機查看了一下，然後向周宣點點頭，說道：「小弟，錢已經到賬。」

周宣笑了笑，把阿修羅金佛像推了一下，這時他又用冰氣將它轉化了一次，這樣的話，金像還能再多維持一段時間。

先讓藤本網這小鬼子高興一會兒，到時候再讓他跟伊藤鬼子狗咬狗去吧。

周宣也不是沒想過這樣會有暴露異能的危險。不過，藤本網在親自驗證後，就以最快的速度打包裝好了。如此一來，即使回國後發現金像變成了原樣，他最多也就是懷疑中途被什麼人偷換了，畢竟，現場他跟伊藤可都是親眼盯著的。

像這樣私下裏交易的事，都是一個願打，一個願挨，吃虧上當或者撿漏賺錢，那都是正常，他也奈何不了什麼。這些交易不受法律保護，兩個日本人，兩個中國人，在美國的土地上交易，誰來保護這個交易？

而且，無論藤本網跟伊藤如何懷疑，他們都不會想到異能上面去，即使想到了，說出去誰信啊。

交易完成。藤本網笑呵呵地站起來跟周宣和勞倫斯倆人握握手告別，這時終於不用擔心周宣會反悔了。

藤本網臉上額頭上全是汗水，想必是太激動了。

周宣又瞧瞧伊藤，這傢伙同樣興奮，估計是倆人私下裏有交易，黑吃黑。就讓他們回去慢慢咬吧。木雕原物奉還給他們，順帶又賺了三千萬美金。對小鬼子那一肚子的怨氣，這時候也消失得差不多了！

藤本網跟伊藤倆人一起抬著阿修羅王金佛像出去，伊藤雖然兩手有傷，臉上的表情卻是又痛苦又興奮，更多的還是賺了大錢的興奮吧。

藤本網倆人一走，周宣便向魏海洪道：「洪哥，咱們也回去吧，該準備收拾行李回國了！」

勞倫斯鬱悶地跟魏海洪聊了幾句，魏海洪起身告別，並邀請他有時間到中國去遊玩。說到這個，勞倫斯頓時又高興起來，原本他也是想跟魏海洪拉些交情的，也算沒有白費工夫。

回去的路上倒是輕鬆了，魏曉晴蹦蹦跳跳的，左試右試，腿都是完好的，不禁懷疑自己到底有沒有真正受過傷，要是真受傷，哪能這麼就忽然好了？

魏海洪望著周宣笑了笑，沒說話，這時候他倒是有些明白了，侄女的腿傷也許就是這個小兄弟暗中醫治好的吧。只是他仍有些驚奇，就算是世界上最先進的醫術，恐怕也沒有這樣的治癒速度吧？

周宣的土方內勁真的有這麼神奇？不過，魏海洪想想又不覺得奇怪了。上次他受的傷可比侄女這點腿傷嚴重了不知道多少倍，他現在還不是一樣完好無損地活在這個世界上嗎！

從勞倫斯那兒告別出來，發現大衛已經離開了，三人便搭車回了魏曉晴的住處。

魏曉晴腿傷一好，好動的性格便顯現無疑，在家裏翻箱倒櫃的忙個不停。這次回北京，大概是不會再來紐約了，好多心愛的東西想帶回去，但又不可能全部帶走，很是捨不得。

魏海洪瞧著她將兩個大行李箱塞得滿滿的，直搖頭，直到看著她又拿起幾個石頭標本一樣的東西往包裏塞，乾脆就不再管她了，反正就兩箱子，由她塞吧，塞不下爲止。

魏海洪對周宣苦笑著道：「這丫頭。」

周宣自然是沒有多話，人家的家事輪不到他來指點，雖然洪哥當他有如親兄弟一般。

「老弟，說說你跟那小鬼子是怎麼回事？」現在魏海洪才又提起那個話題：「我怎麼都覺得你好像是故意引那兩個傢伙鑽套子，但又搞不明白，那金佛像可是個真東西。你哪兒來的？去的時候咱們可是空手啊。」

魏海洪忽然間怔了怔，似乎是想起了什麼，猛然道：「老弟，咱們花了一百萬買回來的那個木雕佛頭像呢？」

魏海洪這才記起來，當時在現場，因爲給藤本網那三千萬美金刺激了一下，所以忘了自己的事，那也是一百萬美金的東西啊！

周宣笑笑說：「洪哥，我也不瞞你，賣給藤本網和伊藤那兩個鬼子的金佛像，就是他賣給我們的東西，我只不過是做了點手腳，再轉手還給他！」

魏海洪怔了怔，還是不明白！

「那佛像分明是真的啊。要說是假的，你當勞倫斯和藤本網他們是三歲小孩啊，他們可沒有那麼好騙，就算是我這個不很精的人吧，我也瞧得出來，那金佛像是真東西！」

「怎麼說呢，洪哥，」周宣也不知道應該怎麼解釋，想了想道：「洪哥，我有一些秘密手段……」

魏海洪當即笑著說：「既然是秘密，那就不要說了，秘密嘛，每個人都有，就算親如父子兄弟夫妻，有些秘密也是不能分享的。呵呵，老弟，你好像很不喜歡藤本網那兩個日本人？勞倫斯的高價你都不想要，這很明顯啊，誰都瞧得出來，但東西是真東西，那也無話可說了！」

周宣最欣賞魏海洪的就是他的大氣，一般人的話，對秘密總有很深很強的探知欲望，就算是他自己，如果不是想搞清楚冰氣的秘密，又怎麼會跟傅盈從到天坑進到陰河出生入死呢？

「洪哥，和那個藤本網一起的那個日本人伊藤，就是這次跟我一起做事的其中一個人，在中途，這個伊藤曾經把我推向死境，好在我還是活著出來了。這小鬼子十分陰險，我見到他就忍不住想報這一箭之仇！」

魏海洪拍拍周宣的肩頭，冷森森地道：「老弟，這樣的話，就沒什麼好說的了，要是我早知道，就不會這麼輕易放過他了。在美國我也有些關係，既然是老弟的仇人，那就是我魏海洪的仇人！」

周宣趕緊搖搖手，道：「洪哥，這事就算了，那兩個日本人這次虧了三千萬美金，我瞧他們也不是勞倫斯那樣的巨富，這一下也夠他們受的，我們只要防患著他們以後不來報復就行了。洪哥，剛才我沒想到，用了你的帳號，怕是把你也拉進他們的報復名單了！」

魏海洪呵呵一笑，說道：「兄弟，這話就不用說了，老哥現在也告訴你吧，我們魏家，可是最高層的政治家族，我父親雖然退休了，可他老人家說一句話，那依然跟打雷一樣。呵呵，這話扯遠了，不過我告訴你，藤本網這些人永遠都不可能把這些事扯到檯面上來，而且他們也沒有這個能力。私底下，呵呵，他又能把我怎麼樣？別提這事了，老弟，你放心吧，沒人能欺負你，以你這平和樸實的性格，也不會去招惹別人！」

魏海洪說了一堆話，然後又盯著周宣問道：「老弟，」說著，又瞧了瞧裏間的魏曉晴，把聲音壓低了些：「曉晴的腿，是你弄的吧？」

「是！」周宣也沒有隱瞞，直接就承認了：「洪哥，曉晴是你的親人，那還不跟我的親人一樣，我辦得到的那還有什麼好說的，只是她不知道我暗中動了手腳，洪哥也就不用提起這事了！」

魏海洪笑笑，又拍拍周宣的肩膀，沒再說話。

對周宣，魏海洪確實知道他身上有很多不能解釋的秘密，但他又絕對相當欣賞，就算有不知道的事，他一樣會相信他。

魏海洪對周宣就是這樣。他現在對周宣越來越詫異，以前只覺得他運氣好，樸實，是個懂感恩的小夥子，現在卻發覺他並不普通。人依然是那個樸實的好人，但身上卻有很多奇怪又令他驚喜的東西，不知道他身上還有多少讓他還沒看到的事！

到下午五點多的時候，三個人便提了行李趕往紐約機場，而魏曉晴也徹底丟了很多心愛的東西，因爲帶不走，房子也退了，學業的事，自然就不了了之。像她這種家庭，也不在乎她這份學業，何況這所藝術學院也不是什麼有名氣的學校。

飛機起飛後，周宣更是恍然如夢。一個月前的他跟一個月後的他，似乎已經是完全不同的兩個人了，雖然名字還是那個名字，但心卻不是以前那顆心了！

第三十五章

孿生姐妹

周宣發現身後一個女孩子正咬著唇，
臉有微微笑意，烏髮齊肩，牛仔褲白T恤，白球鞋，
這不是那個活潑靈動的魏曉晴又是誰？
周宣又轉過頭瞧瞧，面容一模一樣的兩個女孩子，
裝束表情卻又各不一樣！

飛機到北京要二十個小時。降落前半小時，機長就通知了所有乘客。

周宣醒過來後，見魏海洪和魏曉晴都揉著眼，顯然都是在睡夢中給叫醒了。瞧瞧時間，一點四十五分。嗯，正午了。周宣想著，又瞧瞧飛機外面，卻發現是一片漆黑，猛然又省悟過來，得換時差了！這裏是中國，不是美國，在紐約是下午一點多鐘，回國了就是凌晨一點多鐘了，這裏是深夜。

臨離開紐約的時候，周宣聽魏海洪打過電話，通知過家裏飛機到達的時間，可能是讓家裏人來接機吧。

飛機稍稍有些震盪了一下，降落了。

從機場搭乘巴士到候機大廳，周宣發覺活潑靈動的魏曉晴沉默呆滯下來，可能是近鄉情怯吧，也可能是擔心她爺爺的病情吧。

周宣有些憐惜，伸手把她的箱子接過手，自己拉了兩個，魏曉晴像沒有知覺一般，鬆了手把行李給他，卻仍是呆呆地跟著走路。

魏海洪走在最前邊，出候機大廳檢驗處後，周宣落在了最後。魏曉晴的箱子裏不知道裝了什麼，沉得跟塊石頭一般，周宣費勁地拖著，累得直喘氣，好不容易才檢查完出來。

大廳中，好幾個男子圍著魏海洪，其中有兩個周宣認得，正是之前在沖口見過的，一個是阿昌，另一個不知道名字，但見過認識。

阿昌瞧見周宣，趕緊上前舉手行了一個軍禮，說道：「周先生，您好！」接著又接過周宣手中的行李箱。

周宣正累得很，脫手一陣輕鬆，笑了笑說：「你也好，阿昌先生，又見面了！」

阿昌一起的四五個人都是便衣服裝，但周宣這時候敢肯定，他們都是職業軍人，那種精悍強健的氣勢可不是街上的混混能擁有的。

阿昌對周宣雖然不是深交，但周宣拼命救魏海洪的舉動很讓他感動，話雖沒說過幾句，但一見面就表示出了熱情和真誠。

要得到這些職業精英軍人的真誠可不容易。像他們這種人，在出任務時，可以說是冷血無情，殺人不眨眼；而平時跟戰友親人在一起，卻又是頭可斷血可流的性格，一旦他們真正把你當朋友的話，那就是比親兄弟還要親，能把命都給你搭上！

當然，周宣跟他們還沒有這種關係，但阿昌起碼已認同了他這個朋友。在最危險的時候還能爲朋友的人，這世界可是不多。更何況周宣不像他們那些經過特殊訓練的軍人，他只是個普通人，在危險面前是遠不如他們能抵禦的。

周宣空著手，輕鬆地捏捏痠痛的手指，然後瞧了瞧魏海洪。魏海洪笑笑說：「兄弟，走吧，回去洗個澡睡一大覺，明天早起，老哥帶你逛逛北京！」

周宣呵呵一笑，說道：「洪哥，我被你劫持到北京來了，人是你的了，你要蒸要煮，我可是沒得反抗。」

魏海洪沒想到周宣也能開這樣的玩笑，哈哈大笑，擺擺手帶了眾人往大廳外走。

周宣又轉過頭瞧了瞧身側的魏曉晴，卻發現她不知道什麼時候也換了一身筆挺的軍裝。奇怪了，這大廳中如何換的衣服？不過魏曉晴穿了這身軍裝倒是顯得英挺俊俏，別有一種美麗。

周宣微笑道：「曉晴，你什麼時候換了軍裝的？嘿嘿，穿了軍裝好威風，蠻像那麼回事的！」

魏曉晴卻是冰冷著臉不理他。周宣抓抓頭，阿昌是含笑不語，而魏海洪更笑呵呵的。

周宣覺得自己有點像傻子，魏海洪指指他身後，說道：「老弟，瞧瞧你後面。」

周宣轉過身，發現身後一個女孩子正咬著唇，臉有微微笑意，烏髮齊肩，牛仔褲白T恤，白球鞋，這不是那個活潑靈動的魏曉晴又是誰？那穿軍裝的魏曉晴呢？

周宣又轉過頭瞧瞧，再回頭，有些暈了，像是在看著一面鏡子，面容一模一樣的兩個女孩子，裝束表情卻又各不一樣！

周宣頓時明白過來，魏曉晴是自己身後那個，穿軍裝的定然是她姐妹了，否則不可能長得如此相像。幾乎就是一樣，不看衣裝服飾的話，根本就分不出來。

有些訕訕的意思，周宣趕緊走前幾步，與她距離遠了些。

魏海洪略略笑了笑，說道：「老弟，這個也是我的侄女，曉晴的孿生姐姐，叫曉雨，職業是軍人！」說完面色又低沉下來，低聲問著身邊的一個人。

周宣隱隱聽到他是在問老爺子的病情，之後見魏海洪的表情更加低沉，眉頭也皺成了川字，知道老爺子的病情定然是不樂觀。

來接他們三個人的車有三輛。魏海洪把周宣送回到西城區的家中，叮囑了幾句後，就跟魏曉晴姐妹倆一起出去了。周宣知道，他們肯定是到醫院看他家老爺子了。

本來他也想跟著去探探，但自己跟他們也不是親戚關係，現在淩晨兩點多，醫院估計全是他家裏人，自己去了也不方便，索性聽魏海洪的安排就待在家裏。

魏海洪的家是一棟三層樓高、占地八百餘平方的別墅。進來的時候，周宣看見車庫裏一排四輛車，不說車，像這麼大的車庫，那也比一般人家的房子貴。

別墅裏外裝修都極爲豪華，但別墅外沒有泳池。想來是北京天氣冷的時間多，沙塵重，到健身房裏的時間會更多些，有錢人嘛，消遣的地方也不少。

魏海洪家裏有個保姆王嫂，三十多歲，看樣子手腳挺俐落，招呼周宣坐下後，泡茶端水，然後問：「周先生，您要吃點什麼？我現在就給您做！」

周宣搖搖頭，然後道：「王嫂，您比我大，叫我小周吧，我覺得自在些。我們在飛機上

都吃過了，一點也不餓，再說，太晚了，先睡了。王嫂你給我安排個房間，自己也早點休息。」

王嫂笑笑道：「也好，小周！」

王嫂見周宣說話很有禮貌，又不做作，也很喜歡。她也不是沒有眼力，魏海洪早叮囑過她了，一定要好好招呼他的朋友。她在這個家幹了好幾年了，幾時見魏海洪帶朋友回來住過？想必這個周宣不一般，否則魏海洪不會這麼重視。

給周宣安排的客房是三樓的房間，王嫂自己住一樓。三樓一共有十二個房間，都是空著的。

王嫂給周宣打開的是樓梯上來轉角的第一間房，周宣進房後打量著，房間約有六十個平方，落地窗，中間是大床，靠牆邊有一個紅木衣櫥，左面是繁花似錦的蜀繡大屏風，裏面是衛浴設備。

真的是美輪美奐，搞得像皇宮一樣，這還只是客房。當然，周宣是沒見過皇宮的，所以只好想像一下。

王嫂微笑著說：「小周，有什麼需要的跟我說就可以了，這棟別墅裏，我住一樓，二樓是魏先生魏太太，三樓空著，以前住的是魏先生的兒子魏傑，他正上大一，平時不回家；有時候，魏先生大哥的女兒也來住一陣，就是剛剛一起回來的曉雨和曉晴，唉，自從去年曉晴出走後，這裏就冷清了！」

王嫂給周宣整理著床單被子，然後又說：「魏太太早上九點要到公司上班，這時候太晚，魏先生叫我別吵醒她。呵呵，好了，小周，你休息吧。」

「王嫂也早點休息，謝謝你！」周宣將王嫂送出房間，關了門後，在大床上躺了一下。真舒服，又打開洗手間的花玻璃門，開了燈，頓時眼都花了！

傅盈在昆斯區的那棟別墅也不差，可也沒像魏海洪的家這麼細緻，精美到極處。

舒服地洗了個澡後，周宣打開自己的行李箱換了套內衣，坐在床上又仔細看了一會兒那塊黑石頭，不禁感慨起來，自己現在所擁有的一切都是因爲這塊石頭，當真是恍如做夢一般。

經過美國的這次探險後，自己的能力又極度增長，與開始的異能幾乎有了天壤之別，眼界也寬了，心也大了。或許以前剛剛有異能的時候，他想的是只要有三百萬就夠了，但後來跟著傅盈無意中賭來一塊祖母綠級別的玉石以後，財富直線上升到千萬級，那個時候，他想的仍是回老家娶老婆，讓父母弟妹都過得好。

但跟著傅盈到美國後，經過生死的天坑水洞歷險，周宣忽然覺得自己已經不可能再回到以前了。

換作以前，他能有膽量騙藤本網三千萬美金而眼睛都不眨一下嗎？而現在，他眼睛都不

眨一下。三千萬美金啊，折合人民幣又是兩億多，加上之前那顆六方金剛石，他已經擁有四億多的現金了！

能想像嗎？周宣坐在陌生的床上，猛然才發覺自己已經是億萬富翁了！

雖然自己平凡普通，但現在確實是一個億萬富豪了！憑著左手裏的那丹丸冰氣，錢財對於他來講，已經不再是難題。只是，人生的另一件大事該會是怎樣的結局呢？

一想起傅盈，周宣頓時心裏一痛。雖然他從沒跟傅盈表露什麼，但他確實喜歡上了這個女孩子，愛人的感覺真的很幸福，但離別的心也真的很痛苦！把石頭放回箱子裏，拉開窗簾，把燈關了，周宣躺在床上。窗外，天邊的星光點點，月光淡如紗。

唉，想家了！周宣想著，等洪哥回來後，自己就跟他說，先回老家看看，如果家人願意過來，那就來北京生活吧。

朦朦朧朧中他睡著了，這一覺睡得很好。

早上醒來後，天剛亮，周宣坐在床上運行了幾遍丹丸冰氣，神清氣爽的便穿衣起床，洗了把臉出門。見房間太多，門上也沒有標誌，不像酒店裏門上都有號碼，心想要是記錯了怎麼辦？

於是周宣躡手躡腳地把自己隔壁的一道門打開，窗簾還拉著，房間不太亮。

燈一打開，周宣見床上的被子凌亂，心道：王嫂不是說沒人住嗎？正想著時，猛然見到被子裏有個頭鑽出來，嚇了周宣一跳！

被子裏鑽出來的那個人氣呼呼地衝著周宣叫道：「你想幹什麼？」

周宣凝神一看，原來是魏曉晴！

她幾時回來的？不管怎麼樣，闖入女孩子的臥室都是很不禮貌的事，周宣當即趕緊捂著自己的眼往回轉，邊走邊道：

「對不起，我以爲沒人呢。」

「你給我站住！」魏曉晴叫著。

周宣站是站住了，但卻是沒回頭。魏曉晴坐著穿好了衣服，然後說道：

「你過來，我有話說！」

周宣苦笑著轉過身，魏曉晴穿得好好的坐在床邊，一頭烏髮散落在肩上，有些凌亂。

「好吧，算我不計較，不過不准你說出去。」魏曉晴吩咐著。

「這事，我當然不會說啊。」周宣又不傻，隨便說這種事幹嘛，笑笑又道，「再說，你叫我叔叔吧。」

「停！」魏曉晴當即打斷了他的話，哼哼道：「噁心，別在我面前再說這話！」

周宣巴不得趕緊離開這房間，笑笑擺擺手，轉身出了房間。

樓下大廳裏，沙發上坐著一個三十來歲很有福相的中年女子，正在看報紙。

周宣不認識，但想必就是王嫂所說的魏海洪的妻子吧，便點點頭，叫了聲：「你好。」

那女子立即放下報紙，微笑著說：「你就是周宣吧？聽洪海說起過，請坐吧！」

周宣坐到她對面右側的沙發上，問道：「你是嫂子吧？」

「是，我是洪海的妻子。我姓薛，叫薛華！」薛華微笑著說了自己的名字，然後又道：「小周，聽洪海說，你可是救過他命的恩人，那也是我的恩人，就叫我嫂子吧。把這兒就當是自己家，隨便一點，別客氣。」

「呵呵，嫂子。」周宣笑笑道，「嫂子還要上班嗎？」

薛華點點頭：「是啊，你洪哥性格懶散，又貪玩，這公司我不頂著誰管啊，沒辦法，最近老爺子的身體又不好，全家都亂亂的。」

這時候，魏曉晴也下樓來了，見到薛華就搶過來摟住她哭道：「嬸，我想你了。」

薛華摟著魏曉晴，輕拍著她後背，嗔道：「想我了還不回來？你這丫頭就是太任性了，想怎麼著就怎麼著！」說著又仔細瞧了瞧魏曉晴，將她臉上的淚水拭了拭，又道：「比以前瘦了，吃了很多苦吧？」

魏曉晴搖搖頭：「不苦，就是想你們，想爺爺。」一提起爺爺，魏曉晴忍不住又哭泣起來。

薛華嘆了一聲，半晌才說：「你爺爺……唉，你爸爸跟小叔二叔都在醫院吧？」

周宣瞧著魏曉晴梨花帶雨的樣子，又想起了傅盈，心裏又是隱隱生疼！

女孩子的眼淚就是那麼容易讓人又憐又痛！

魏曉晴拭了拭眼淚，又說：「爺爺都不能說話了，我寧願見到爺爺罵我，可是，可是，爺爺已經說不出話了！」

「你知道嗎，爺爺這一個月來都在念著你的名字！」樓梯上，魏曉雨一邊走一邊冷冷說著。

看到這個穿軍裝的女孩子，周宣忽然有種身在寒冷冬天的感覺！

「曉雨也過來了？」薛華詫道。

「我們昨晚看過爺爺後，凌晨四點才回來，她要回小嬸這裏，所以我們就過來了，太晚沒有吵你們。」魏曉雨說著，然後又對魏曉晴道：「看到了沒有，這就是你任性的結果！」

薛華趕緊打住：「曉雨，別說得那麼嚴重，曉晴是任性，但爺爺的病可與這個沒關係。來來來，別說了，王嫂做了早餐，吃早餐吧。」

周宣見這兩姐妹長得真是一模一樣，但性格實在是兩個極端。魏曉晴俏皮活潑，魏曉雨卻是冷若冰山，魏曉晴頭髮散亂，一身衣服皺了也不理會，而魏曉雨卻是軍裝筆挺，頭髮挽起捲在腦後，整潔又規矩。

天哪，周宣抓抓頭，同是一家人，一對孿生親姐妹，怎麼性格會相差這麼大？

王嫂把早餐擺好，然後過來請他們三個去餐廳吃早餐。

早餐是麵包、油條、豆漿。周宣有些意外，倒不是嫌棄，只是覺得魏海洪這種家庭居然也吃得這麼普通，但他倒是挺喜歡的，吃了兩片麵包，一根油條，一杯豆漿。

吃過早餐後，薛華要去上班，臨走前，拿了一張銀行卡出來遞給周宣：

「小周，我去上班了，你洪哥這兩天可能沒什麼空，老爺子的病情很重，你在家玩吧，要是悶了就出去轉轉，要買什麼就買，別客氣，就當是自己家。」

周宣當然不會要薛華的銀行卡，婉拒道：「嫂子，我有錢，您把卡收回去吧，我不能拿。」

「你有是你的，嫂子給的是嫂子給的。就這麼讓你出去，海洪回來還不得衝我發脾氣啊。拿著吧，嫂子得走了，快來不及了！」

薛華把銀行卡塞到周宣手裏，急急拿了車鑰匙就走，走了幾步又回頭道：

「哦，差點忘了，密碼六個八。」

周宣拿著銀行卡有些無奈。

魏曉晴瞧著周宣，伸了手道：「你要是不要，就給我吧，我可以笑納。」

魏曉雨冷冷道：「曉晴！」

周宣當然不能給她，如果是自己的還好說，這可是嫂子的卡，給了曉晴，讓自己怎麼解釋呢？趕緊縮回了手，把卡放進口袋裏。

魏曉晴對著魏曉雨說道：「知道了知道了，我只是跟他開個玩笑嘛！」又見周宣把手趕緊縮了回去，馬上又道：「你瞧，小氣鬼。」

王嫂過來收拾餐桌上的餐具，魏曉晴拉著她姐姐道：「姐，我們去爺爺那兒吧。」

周宣遲疑了一下，但還是說：「曉晴，我跟你們一起去吧，看看你爺爺！」

魏晴雨當即冷冰冰地道：「我爺爺豈是隨便什麼人都可以看的？」

周宣討了個沒趣，心想：我也只是看在洪哥的份上探探他的親人，你家身分雖了不起，可我也不想巴結！

魏曉晴趕緊道：「我爺爺住的是軍區醫院，一般人進不去，你就不必去了！」

魏曉晴委婉的表情，周宣心裏倒是舒服了些。可是魏曉雨的確太冷了，很瞧不起人的樣子，周宣大感沒趣。

魏曉雨也沒有再說話，到車庫裏取車去了。魏曉晴才低聲對周宣說：

「見到了吧？沒什麼不高興的，我姐姐對所有男人都這樣，因為她太優秀了，覺得所有的男人都配不上她，高傲得很。」

周宣淡淡道：「我也沒什麼不高興的。」

這時，別墅外響了一聲喇叭聲，魏曉晴趕緊道：「我得走了。拜拜！」

剩下周宣一個人在客廳裏坐了一陣，又看了一會兒電視，覺得沒什麼意思，等王嫂出來後就說道：「王嫂，我出去走走，如果中午沒回來，你不用等我吃飯了。」

王嫂點點頭說：「那也好，外面到處都有吃的，不過，不要太晚回來啦。」

「好，不會到天黑回來。」周宣一邊答應著，一邊拿遙控器關了電視。

第三十六章
巧遇死黨

張老大跟周宣是從兒時穿開襠褲就在一起的死黨，
倆人從小學到初中到高中都是同班，直到高中畢業，
周宣到廣東打工後，倆人才沒有了音訊來往，
卻不想今天竟然會在北京相遇，真是做夢也沒這麼巧！

北京西城區極是繁華，周宣大街小巷地轉了兩個小時，腿都瘆了，什麼也沒瞧中，忽然想到，北京是國際大都市，想必古玩市場也不少吧，心裏很是想轉一轉瞧一瞧。

周宣現在對古玩這一行是上了心，畢竟自己的財富就是從這上面來的，反正也沒事，說不定又能遇到什麼好東西。

到街上攔了一輛計程車，先問了司機知道不知道北京古玩市場在哪兒，司機點了點頭說：「知道啊，朝陽區東三環有古玩城，還有東山整條街的古玩店，典當行。」

周宣當即坐上了車，笑呵呵地道：「對對對，就是到那兒。」

「你也喜歡這個啊？」司機是個三十多歲的中年男人，一邊開著車，一邊滔滔不絕地說了起來。

「咱們北京的古玩那在全國都沒得說的，藏在民間的寶物多了，說不定你就從哪個老頭兒老太太手中淘到一件價值連城的東西來。搞這行啊，主要是講的一個眼力，這裏頭的道那就深了去了。」

周宣微笑地聽司機說著，心裏卻在想著別的事，司機十分熱情，但話實在太多。

車到了東三環路停了，周宣一邊付車錢一邊說了聲：「謝謝！」

司機接了錢，伸手指了指前方，道：「前邊，那兒，一條街都是，這棟大樓，一到六層，全是古玩店。呵呵，就是眼尖著點，別吃虧了。」

「謝謝，謝謝！」周宣又說了幾聲，那司機才開車調過車頭走了。

周宣瞧著這長長的一條街，自己右側這棟六層樓的大廈頂端有五個紅色的大字：

北京古玩城！

就是這地方。周宣欣欣然走進古玩城。一眼瞧過去，好像一條馬路一般長，全是店鋪，裏面店很多，人也不少，時不時還見到幾個外國人。

周宣慢慢沿著這些店鋪邊走邊瞧，古典傢俱、古舊鐘錶、古舊地毯、古舊陶瓷、名人字畫、白玉牙雕、水晶飾品、壽山石雕、鼻煙壺、銅器佛像、藏傳文物、民族織繡服飾等等應有盡有。古色古香的有，新瓷新陶也有，真假難辨。周宣運出冰氣慢慢感覺著這些物件的價值和年代，不過有些失望，貨物雖多，但真正值大錢的物件卻太少了，雖然有些東西的色相外觀都不錯，但一被冰氣測過後，周宣就嘆了氣。

難怪說賭錢是十賭九騙，賭石是十賭九輸，古玩買賣也儘是套中套，局中局，計中計，讓人防不勝防。這年頭，為了錢，幹什麼假造不出來。

上上下下六層，周宣花了兩個小時才走完，腿走得疲了，但冰氣倒沒損耗多少。現在的冰氣能量可不同往時，進化變異雄厚得多。即使有所損耗，只要回去練一陣子內勁功法，很快就能恢復。練得越久，冰氣越更純正和操控自如。

在幾間店裏，周宣也試問了一下幾件物品的價錢，要價都頗高，至少比他估計的實際價格高出不少。這樣基本上就沒有可淘性了。

不過話說回來，像這樣經營古玩店的老闆商家，各個都是精主兒。從他們手中出來的貨又如何能讓人占得了便宜？這本來就是他們賺愛好古玩卻又不太懂的那些金主的錢。周宣當初那幾筆收入都是通過異能冰氣才得到的，如果不是異能，不要說他，就是那些高人專家，浸淫在此中數十年的老手也一樣有被坑的危險啊！

周宣轉了最後一層後，轉身往樓下走。

到四樓的時候，樓梯口有個稍胖的男子正在送一個五十來歲的老者，嘴裏說道：「您慢走！」

周宣走到他身邊時，那個男子轉身往裏走，嘴裏咕噥道：「媽個巴子，仙人板板的！」

周宣隨即停了步子。這聲音有些耳熟，但更熟的卻是「媽個巴子，仙人板板」這句話！卻是用土話鄉音說出來的。

周宣怔了一怔後，嘴裏自然地叫了聲：

「張老大！」

周宣叫的這聲也是用家鄉土話叫出來的。

那個男子正咕噥著，聽到周宣這一聲叫後也是一呆，轉了身來瞧著周宣，倆人面對面瞪了一會兒，忽然一聲大叫，就摟在了一起！

旁邊一些過路的男女都讓開了些，兩個大男人抱在一起，不讓人覺得噁心才怪呢！

兩個人跳了幾跳，然後才鬆開手來，互相打鬧著。

周宣道：「張老大，你更胖了。」

張老大道：「周宣，周弟娃，你倒是瘦了！」

張老大跟周宣是同鄉人，而且是從兒時穿開襠褲就在一起的死黨，倆人一樣的年紀，從小學到初中到高中都是同級同班，一同在山溪裏摸過魚，一同打過架，一同偷看過隔壁陳家二妞洗澡，直到高中畢業，周宣到廣東打工後，倆人才沒有了音訊來往，卻不想今天竟然會在北京相遇，真是做夢也沒這麼巧！

張老大在家排行老大，小時候人家都叫他張老大，而周宣的父母打小叫兒子弟娃，叫習慣了，村裏的人也都叫他周弟娃，而且一叫就叫到了大。

張老大拉著周宣往樓下走，周宣笑問：「老大，你剛才不是要到四樓去嗎，怎麼又下來了？」

「管他娘的，老子的兄弟來了，還幹什麼事？回家喝酒去吧。天塌下來今兒個也不出門了！」張老大笑呵呵說著。

周宣跟張老大的交情的確不是一般的深，雖然多年沒見面，但忽然重逢，兄弟的情誼自

然又湧上胸口，這不是湖北鄉下老家，這是北京，首都北京啊，中國十三億人口，茫茫人海，竟然能在這兒無意碰到，那又是何等的緣分啊！

出了古玩城，在樓外的路邊，周宣正要攔車，張老大擺擺手，說道：「我有車！」說著笑呵呵走到停靠在路邊的一輛黑色索納塔邊上，打開了車門，轉身對周宣道：「上車！」

周宣笑笑道：「喲，老大，混得不錯嘛！」說著坐上了車。這車看來還挺新。

張老大發動車子，別看他身子稍胖，開車的動作卻很純熟，上了路後對周宣說道：「弟娃，這車十五萬五，包牌。」

周宣笑著道：「看來老大是真發了。」

「那是！」張老大笑呵呵地說，「這錢要來啊，門板都擋不住，這不，我剛又整了一件大的。這一票啊，可是上百萬的大生意。」

上百萬的大生意！周宣吃了一驚：「什麼生意啊？」

「等一下到家你就知道了！」張老大笑嘻嘻地道，表情頗有些神秘的味道。

對這個張老大，周宣原先可是連他穿什麼底褲都知道的，可現在瞧起來，還真有些猜測不透了，到底是有七八年沒見過面了，人也是會變的。

小的時候，張老大的鬼主意可是最多的，他爺爺那一輩在當地是小地主，之後家道中落，不過他爺爺是做生意的料，他爸爸也遺傳了做生意的本領，張老大家因此家境慢慢好轉。

這小子鬼點子多得很，跟周宣是死黨，有好吃的好玩的都在一起。當然，偷看二妞洗澡的事倆人也是一起的。

想起兒時的荒唐事，周宣笑了笑，問道：「老大，還記得陳家二妞不？」

「怎不記得？」張老大愣了一下，沒想到周宣問到這個事，隨即笑道：「你小子，思春了吧。呵呵，當初老子第一次做春夢就是跟二妞。」

周宣聽得噁心，癡癡笑起來，自己何嘗又不是呢？

「我走之前，二妞嫁給村裏頭的劉二娃，生了個兒子。我走的時候，她兒子才半歲，動不動就掏個奶子出來餵孩子！」張老大一邊開車一邊搖著頭說著，「小時候偷看她覺得她好漂亮，心裏想著，長大了就要娶她這樣的，真得長大了再看她，反倒覺得有些噁心了，那奶子掏出來像口布袋。」

周宣呵呵直笑，不再跟他繼續這個話題。

張老大又道：「弟娃，我來北京六年了，走的時候是準備到廣東去找你的，但是沒有聯繫方法，後來就跟縣裏一個親戚到北京來打工。一開始是搞建築，後來靠著古玩發了一點財，然後就搞上這一行了。」

「古玩？」周宣呆了一下，沒料到張老大也是搞古玩，從小他念書就比自己差，古玩是啥樣子他都不知道，這一行又豈是那麼好玩的？難道他也有什麼異能？

「說起來真的是運氣。」張老大又說道，「弟娃，你知道不，小時候咱們村裏學校那些丫頭片子不是喜歡踢毽子嗎？當初我想討好二妞，用大白兔糖跟學校裏的女生換了很多銅錢，只是二妞不理我。好在她不理，要是理我的話，銅錢就送她了，也就沒有今天的我了。」

這事周宣是知道的，老家鄉下，女孩子們沒別的玩，也就是跳繩踢毽子。跳繩就是用一條繩子倆人牽著，一個人跳，也可以幾個人跳；毽子則是用布將銅錢包上幾層，然後用針線縫起來，再留一寸長的雞毛管在銅錢的中心孔位置，最後再挑選一些很長很漂亮的雄雞毛插在管裏，就成了毽子。那時候，踢毽子幾乎是老家那一帶女孩子最喜歡的課外休閒活動。

張老大為了討好二妞，拿大白兔奶糖換了幾百上千個古銅錢回來，這事周宣記得很清楚，那時候自己是吃了不少他的奶糖的，那大白兔奶糖是小孩子當年最喜歡吃的糖。張老大發了財，想必是那些銅錢裏有值錢的古錢吧。

周宣猜測得沒有錯。

張老大側頭對他笑了笑又道：「在北京打工的第二個年頭，有一次休息沒開工，我自己一個人出來逛街，無意中逛到潘家園的舊貨市場。你知道嗎，就是那一次，我親眼見到一個老頭兒賣了一枚清朝乾隆年間的古錢。弟娃，猜猜，多少錢？」

周宣笑道：「我哪裡猜得到啊！」

「我想也是。」張老大得意地說道，「六萬塊啊！六萬塊！」

這倒是在周宣的意料之中。清朝乾隆年間的錢幣有價值的也差不多就這樣。

張老大又得意地說：「看到老頭兒賣了六萬塊，我還靜得下來嗎，呵呵。老子工也不上了，直接買了車票回家，我那親戚就罵我，不好好在工地上幹活多掙點錢，將來老屋都沒得錢翻修，老婆也沒錢娶。不過我心已經鐵定了，他說也沒用，我立馬回家把那千多枚銅錢帶了又殺回北京來。呵呵，一千四百枚銅錢，三四十多斤重。」

周宣笑笑說：「老大，你也不認識銅錢的價值啊，拿到舊貨市場人家也會殺你的。」

張老大點點頭，隨即「咦」了一聲道：

「你怎知道？是啊，那些傢伙各個都是人精，值一萬的他硬是能把你砍到只值一塊或者一文不值，甚至白送他都不要。我可沒那麼傻，我到書店花了兩百多塊買了幾套古錢幣的鑑定書，媽個巴子，仙人板板的，老子硬是找了兩枚隋朝年間的母錢出來，這兩枚錢賣了二十一萬。」

周宣估計得不錯，點點頭讚道：「不錯。」

張老大倒是有些奇怪，周宣爲什麼沒有太多的激動和羨慕，臉上的得意和興奮也散了不少，便問道：「你在廣東幹什麼工作？怎麼又到了北京？不是專門來找我的吧，呵呵！」

「我在廣東沖口做救生員，一個月也就兩千塊，以前在工廠，賺得更少。」周宣搖搖頭回答：「我是跟一個朋友來北京的，沒什麼事幹，昨天晚上才到的。今天沒事出來逛逛，沒想到就碰到了老大，天大地大，不如咱們的緣分大啊。」

張老大哈哈一笑，隨即道：「碰到了也好。呵呵，弟娃，你沒來也就算了，既然來了，就搬到我那兒住吧，在你朋友那兒也不是個長久之計。北京地價比黃金都貴，租個屁股大的房子都要幾千塊，反正你也沒工作，住我那兒正好跟我一起幹，一月也能掙個三五八千的，比進工廠或者做建築要好得多。」

張老大這話說得實在，瞧他的樣子也不是說謊，周宣很感激。這個老大雖然得有些油滑，但對兒時兄弟的感情卻依舊沒變。

周宣也不想騙他，慢慢再跟他說吧，現在他正開著車，免得他太興奮出車禍。想到這兒，周宣就閉了嘴，讓張老大安心開車。

張老大的住處離繁華的市區很遠，是在宣武老區最偏郊的位置。房子外觀還不算太差，但周圍很冷清。

六層樓的房子，張老大住五樓。兩房一廳。車就停在樓下，張老大笑笑說：「這是獨棟的房子，不像社區，停車位還要收錢。我這是免費的，房租一千九一個月。」

倆人呼哧呼哧爬到了五樓。這樣的私人房是沒有電梯的，張老大抹了一把汗水，笑說：「老哥我這房算不錯的，如果在東西城區，那得四千以上，還不一定租得到，加上樓下的停車位，這一套房說啥也得租到五千五以上。北京的地價，可是跟金子一樣貴。都說東城闊，西城富，破崇文，窮宣武。房子貴得買不下手，只能先租房子住，遠是遠了點，但便宜實惠。再說，現在不是有車了麼，呵呵，這次這筆生意做成以後就能買間房子了。弟娃，趁現在多賺點錢，以後在北京買房娶老婆，做北京人。」

張老大說得興奮，然後到門口一邊拿鑰匙，一邊推了一下，門沒鎖，一下子推開了。

張老大轉身對周宣說：「快進來。」周宣跟著他進了屋，房間的地板擦得很亮，不過客廳裏有些亂，沙發上有個女人正裸著胸口給懷裏的小孩子餵奶。

周宣趕緊側開頭，張老大卻是沒注意這個，笑著道：「玉芳，瞧瞧是誰來啦？還認得不？」

周宣聽到張老大說「玉芳」這兩個字，怔了一下，隨即再望過去，那個餵奶的女子也抬頭瞧著他。

倆人這一對眼，三秒鐘之後，那女子詫道：「周宣周弟娃？是你吧？」

周宣也認出來了，這個玉芳叫劉玉芳，跟他和張老大也是同村同班同學，不過劉玉芳自小長得水靈靈的，像花朵兒一般，不大理人。

在鄉下的學校，周宣他們那時還沒有什麼校花校草的說法。但誰都知道，劉玉芳是全校長得最漂亮的女孩子。

張老大那時就經常跟周宣說：「娶老婆要娶二妞，當然，能娶到劉玉芳，那就是好上加好。」

劉玉芳一認出周宣，趕緊站起身，把孩子遞給張老大，然後泡茶倒水。

張老大抱著孩子招呼著周宣坐下來，笑呵呵地道：「怎樣，弟娃？」

周宣對張老大能把饞涎已久的劉玉芳弄到手，倒是很佩服，比他會搞古玩能買車還驚奇一些。

張老大呵呵笑著，神情得意地道：「弟娃，跟老大學著點吧，只要混好了，老婆是小事一樁，你瞧老大我，小時候覺得玉芳漂亮，能睡一晚少活一年也幹，這不，不用減壽少活也一樣睡一起了。我第二個目標就是在北京買房，做真正的北京人。」

劉玉芳給周宣端來茶杯，啐了一口道：「你這個老流氓，老娘是給你騙了！」

劉玉芳罵著張老大，但臉上卻是笑意。

張老大得意地在孩子臉上猛親了一口，大聲說：「那是我張老大有魅力，你沒瞧見，當初我風風光光回村裏的時候，來我家說媒的能從我家堂屋排到村口外去。」

劉玉芳罵道：「恬不知恥！」隨後又道：「也不知道當初我為什麼鬼迷心竅一般，頭一昏就跟了他。周宣，你先坐坐，我把孩子哄睡了就做飯！」

「做啥飯呢，你帶孩子吧。等一下出去擺一桌，這麼多年的兄弟見了面，到外面吃點好的！」張老大說著把孩子遞給她。

劉玉芳接過孩子，對周宣笑笑說：「也好，那你們聊吧，我先幫你們煮點參奶茶，我特意買來給老大補身的。」

周宣見張老大跟劉玉芳兩個人倒是合得來，也替他們高興。遇到張老大是驚訝，見到張老大居然跟劉玉芳成了一對，那更是驚訝。現在的劉玉芳臉色白潤，面容俏麗，比起往年的模樣，更多了幾分成熟美。

劉玉芳抱著孩子邊哄邊到廚房裏煮奶茶。張老大把周宣拉起來，做了個動作，帶著他到臥室裏，把一隻紙箱從牆角邊拖出來，然後開了燈，打開紙箱。

紙箱裏全是紙團和泡棉。張老大扒開紙團泡棉，把裏面的東西抱了出來，又小心地慢慢放在地板上，接著興奮地對周宣說：

「你看看是什麼東西，認得不?呵呵，一百一十八萬啊，我查過了，找到路子，這東西可是值兩百五十萬以上啊，就這一票我就能賺一百三十萬！」

張老大說得興奮，周宣早在觀察起這東西來。

這是一隻三十多公分高的銅鼎，有三隻腳，腳底部有點像獸蹄的樣子。頂上還有一個蓋子，鼎身一圈雕刻有三條龍，龍形紋線細密精緻，三條龍的龍頭伸出鼎口上。

從鼎身上的古銹跡來看，這是個很古老的東西，不過周宣憑眼力是瞧不出來的，當即運起冰氣。

冰氣一接觸銅鼎，周宣頓時心裏一跳！

這銅鼎根本不是古物，除了全身上下紋露裏那些銹跡外，銅鼎本身只是一個現代鑄造品，不過形狀倒是按古跡模仿來的。這顯然是專業造假者所爲，手法很高。那些銅銹倒是真的，足足有兩千三百年的歷史！

要說以前周宣對這行是一竅不通，但經過這段時間的訓練，也明白不少用高科技手段作假的手法，那是連無數老手行家都會栽筋斗的，就更別說張老大這個半調子了！

張老大卻很興奮，雙目炯炯地盯著周宣，眼光裏閃爍的彷彿全是白花花的鈔票。

周宣也不知道應該怎麼說，想了想問道：

「老大，我問你，這東西你付了錢沒有？如果是假的，你能承受嗎？」

「我呸呸呸！」張老大連呸了幾聲，說道：「弟娃，別瞎說，咱們這一行講的就是兆頭，這東西我早請人鑑定過了，戰國的東西，知道不，幾千年的古董，再說，人家跟我下了五萬塊的定金啊，知道嗎，五萬塊！有幾個人會拿五萬塊扔水裏兒戲啊？」

周宣對自己的異能冰氣自然沒半分懷疑。張老大被騙是事實，只是沒搞清他這事的來龍去脈，便皺著眉又問道：「老大，你告訴我，這銅鼎是怎麼得來的，誰給你下了定金？」

張老大覺得周宣樣子很奇怪，裝得好像很懂的樣子，但這個兄弟自己還不清楚啊？從小時候就在一起，連屁股上長沒長痣都知道，他哪裡懂古玩哪，當下便呵呵笑道：

「弟娃，你別裝那個樣子嘛，這一行你可是沒我懂了，我倒是要告訴你，這銅鼎我可是付了一百一十八萬。一定發，一定要發，這數字多吉祥啊！前天下午，我到潘家園去逛的時候，賀老三的舖裏有兩個鄉下模樣的中年人悄悄把我拉出去，到外邊沒人的巷子裏問我要不要好東西。我在古玩市場也混了四五年了，做托設局的也見得不少，自然對他們不信任。」

張老大邊想著，邊又說起買這銅鼎的事情來：

「本打算不理他們兩個，這兩個人又拉著我看他們裝在包裏的東西，就是這個銅鼎。當時憑我的眼光來看，確實色澤外觀都不錯，那兩個人又對我說，他們是從河南鄉下來的，這東西也是他們從地下偷出來的，聽說北京文物市場火爆，就想著能賣個好價錢。」

張老大慢慢地說起了前天發生的事，那天兩個鄉下人開始根本就沒說要賣給張老大，只說對這兒不熟，怕吃虧，如果能找個可靠的人幫忙寄放在店裏賣出去的話，他們可以給兩成的價錢。

張老大一聽就心動了。反正他也是靠做這個吃飯的，有錢賺又不用擔心受騙上當，那又

有什麼不好的？再說，這東西看起來的確像是好東西！

幾個人就在巷子裏談起條件來，最後談妥，先由張老大拿到熟人的店裏擺放，看有沒有人買，如果賣出去，張老大可以拿兩成的仲介費。最後由張老大寫了一張條子，兩邊各一份。不過張老大加了條件，那就是，如果他願意收購的話，應該由他優先收購。

其實像這樣的條子，張老大也知道沒有效用，本來就是屬於私下裏的交易，而且這倆人的東西又是盜墓來的，自然不能曝光，拿到檯面上，寫這個條子不過是讓那兩個鄉下人安心而已，到這個時候，張老大已經完全把自己當成了主導者。

然後，張老大就提了包到潘家園裏面的舊貨市場，在那裏，他最熟的就是賀老三了。所以直接就奔到他那兒，到店裏把這東西擺出來。

賀老三是個行家，做這行生意，店裏面隨時要鑑定買進的新舊貨，儀器工具自然是齊備的，當即就給張老大鑑定了一下，得出的結果是，這是件有兩千三百年歷史的戰國銅鼎，價值最少應該在兩百五十萬人民幣以上。

張老大當時就給興奮沖得暈頭轉向的，除了當初賣古銅錢掙的二十來萬外，他還真沒賺過什麼大錢呢，二百五十萬，就是兩折，那也是五十萬啊！對於張老大來說，這種收入無疑是夢幻一般了。

於是，張老大趕緊把銅鼎寄在賀老三那兒，說是如果有人看中了，願意出價買下的話，就打電話通知他。

張老大一出來，趕緊把那兩鄉下人帶到離這兒很遠的一間小賓館，開了一間房讓他們住下等消息，並先預付了兩千塊錢零花，這點錢對他來說根本無所謂。

第二天，張老大就開始守在賀老三那兒。守了大半天，到賀老三店裏的人不少，但是沒有人對那銅鼎感興趣。直到下午三點左右，來了一個外國人，高高大大的，居然會說普通話，而且說得不錯，一進店裏就注意到那銅鼎了，觀察了十幾分鐘，然後才問價，張老大大著膽子開了三百萬的價格。

那外國人沉吟了一會兒，然後還了兩百八十萬的價格，張老大是驚喜莫名，連價都沒再講，那人便一口答應下來。這筆生意如果做成，他沒有任何成本便可以賺五十六萬，這可是跟那兩個鄉下人說好的條件，賣價他拿兩成。

那個外國人很爽快地答應了，隨即從皮包裏拿了五萬塊人民幣現金出來，說當定金，因爲帶來的錢不夠，明天早上七點再帶剩下的錢過來。張老大給他開了個條子，注明了如果第二天天黑之前沒來拿貨的話，約定就取消，五萬塊定金不退還；如果張老大毀約的話，就需要賠償那外國人三倍的定金。

外國人一走，張老大拿了五萬塊錢就直接去賓館找那兩鄉下人。一路上，張老大就起了心思，到賓館裏裝模裝樣扯了一會兒，然後就說要買下來慢慢再賣，問他們要多少錢。

張老大沒想到的是，那兩鄉下人要價一點也不含糊，開價就要一百五十萬。張老大心底裏也在盤算，就算一百五十萬，他也能賺一百三十萬。這個便宜可以說是再大也沒有了，但生意就是生意，還得再往最低處講，磨來磨去，最後雙方把價錢定在了一百一十八萬上，價錢好，數字吉祥，兩方都滿意。

張老大談好價錢當即回家籌錢，自己銀行帳戶裏有八十萬，家裏還放了二十一萬。做他們這一行有時候是要現金的，所以在家裏放了二十來萬應付，加上外國佬的五萬定金，一共有一百零六萬，還缺十二萬。

張老大回家拿了錢又趕緊到銀行裏取錢，本來大額提現是要預先通知的，但銀行的人跟他們早熟了，現金往來得多，只要銀行有足夠的現金，都會提給他們的。張老大這八十萬倒是沒費勁便提了出來，然後又到賀老三那兒借了十二萬。

賀老三也很爽快，乾脆就從店裏支了十二萬給他，還說既然要交易了，這銅鼎還是帶回家去。畢竟這東西來路不正，交易是違法的事。賺了錢再還他錢就好，要感激的話，以後請他吃飯。張老大想了想也是，就提了裝銅鼎的包，然後又提著一百一十八萬現金，馬不停蹄急急趕到賓館，跟兩個鄉下人當面交割了銀錢，拿回了條子。

這一晚，張老大都在做著發財夢，腦中晃來晃去的都是錢。

聽到這兒，周宣已經明白了。張老大中了人家的套！

第三十七章
詐騙集團

如果銅鼎是真貨，那兩個鄉下人絕對不會馬上就走人。
張老大本身就是做這一行的，騙局也見得不少，
心底已經有些絕望了！這顯然是針對他設的一個局！
張老大被周宣無情點破後，頭腦漸漸清楚起來。

張老大說了半天，口乾舌燥的，到廳裏喝了一大杯茶，然後又進房來，問沉吟著的周宣：「弟娃，你怎麼回事啊？」

「你聽我說，老大，」周宣努力思索著該如何告訴張老大，張老大本以爲這回也會有個三五百萬的進賬，買了車又預備買房的，現在這一百來萬的損失，肯定會把老大打垮。若到了那個地步，不知道劉玉芳會如何，他也見過很多富在一起窮分手的事情，搞不好就是妻離子散的下場！

「老大，我說你是中了他們的圈套，雖然你不信，但事實上就是。依我看，那個外國人和兩個鄉下人是一個集團，根據對你的瞭解和熟悉，如果是專門針對你的話，我覺得甚至連那個古玩店老闆賀老三都會是他們一夥的。」

「不可能。」張老大當即拿出那張條子，揚了揚說道：「這外國佬的條子還在呢，一人一份，上面還有他的電話，也有我的電話，再說，這可是五萬塊啊，你打工幾年可以存五萬塊錢？」

周宣搖了搖頭，指指條子說：「老大，你打這個電話試試，他說交易是今天吧，你問問！」

張老大嘀嘀咕咕著拿起手機撥了號碼，撥過去後，手機裏傳來的卻是：「對不起，您撥的號碼已停用！」然後又是一串英語。

張老大以為打錯了電話，對著紙條又再撥了一次，結果依然是如此！

張老大待了一陣，這才有些慌了。

周宣心裏已經有了計較，說道：「老大，我陪你去旅館瞧瞧，那兩個鄉下人八成早不在那兒了。」

張老大話也不說，趕緊拿了車鑰匙出門。

倆人趕到那間賓館後，張老大在櫃臺詢問了服務員，那房間是用他的名字開的，一查就查到了，退房的時間，竟然是他跟那兩個鄉下人交易完後的十分鐘後，張老大當時臉色就陰沉下來。

如果銅鼎是真貨的話，那兩個鄉下人絕對不會馬上就走人。這是在搶時間，張老大本身就是做這一行的，騙局也見得不少，到現在雖然還是不願意相信，但心底已經有些絕望了！

這顯然是針對他設的一個局！張老大這時被周宣無情點破後，頭腦漸漸清楚起來。

每個人都有逃避心理，越是以為離成功近的時候，反而越不喜歡去觸碰失敗的那根弦，這樣就蒙蔽了他的分析和判斷力。

現在清醒了，想想這件事的前前後後，一根一根的線全部連在了一起，幾乎便可以肯定自己確實上了當。只是還有一線希望，就是那件銅鼎是真的。但如果賀老三也是他們一夥的話，那這個也就不能成立了。如此看來，那個賀老三的嫌疑越來越大。

但沒有任何證據能證明賀老三就是對方一夥的。

張老大臉色陰沉得可怕，瞧了瞧廳外，孩子已經睡了，劉玉芳把孩子放在客廳的嬰兒車裏後，一直在廚房忙著。

張老大喘了幾口氣，然後低聲說：「弟娃，你說怎麼辦？報警嗎？」

「報警是最蠢的法子！」周宣淡淡道，「你幹的本身就是違法的事情，你這些錢估計有一多半也是來路不正的，如果查起來，就算抓到對方，那你自己同樣也得不償失。再說又沒有證據，現在要找那兩個鄉下人和外國人，基本上就不可能，剩下的只有賀老三，但沒有證據，即便你報案，也不一定就查得出來。我倒是有個法子。」

張老大一顆心直往水底裏沉，沒想到辛苦了五六年功夫的錢就這樣一瓢倒了出去，要想再翻身，那是難上加難了，六神無主時，卻忽然聽到周宣說有法子，立即神經一緥，緊張地問道：

「弟娃，你有什麼法子？」

「這件事我也不能百分之百保證，但有個七八成把握吧！」周宣沉吟著。

張老大急得不得了，瞪著眼低聲道：「你要急死人啊，快說，什麼法子？」

「我的法子就是，」周宣淡淡笑了笑，說：「他們是做假的，我們也做假，將原物奉還！」

張老大頓時泄了氣，唉聲嘆氣地說：「弟娃，你怎還那麼天真呢，那兩個鄉下人和外國佬都找不到人影了，你還要做假，做假了賣給誰去？」

周宣笑笑說：「老大，你別急，這做假的事就交給我，我倒是有一手，不過我有幾個條件，你得百分百服從，這件事才能成功，否則你那一百十一八萬就回不來了！」

張老大見周宣一點也不像是開玩笑，心裏有些忐忑，不過一百多萬的現金讓他已經沒有辦法鬆開神經，便是抓到一根稻草也會抓得緊緊的。

「你說，是什麼條件？」張老大緊張地問道。

「第一，」周宣盯著張老大說道，「我等一下把這銅鼎弄好後裝在包裹，你把它直接送到賀老三那兒，在中途或者到賀老三的店裏時，你無論如何都不能打開來看，你辦得到嗎？」

張老大抓著頭皮，嘀咕著：「辦當然辦得到，只是爲什麼我不能看？知道是假的我也不會說的！」

「第二條，」周宣看了看表，剛好是中午十一點半：「現在，你開車把貨送到賀老三那兒，然後在下午四點半的時候，你準時到賀老三那兒去取貨，好好記住我說的話，一定要在四點半前，不能超過四點半，記住沒有？」

張老大點點頭道：「記住了，四點半，去賀老三那兒取貨。」

周宣又道：「第三條，你到賀老三那兒，就照我的話說，就說把貨放在他那兒，等外國佬來拿。記住，話要這樣說，貨誰也不給，就給外國佬，因為收了他的定金。價錢一定要兩百八十萬，少一分也不行。然後再跟他說清楚，下午四點半去取貨。如果外國佬沒有來拿，明天再送貨過去。當然，等我明天過來你這兒再送過去。」

張老大聽得都有些糊塗了：「你繞來繞去的我都搞糊塗了，到底是送過去還是拿回來？一會兒送一會兒取的，還要定準時間！」

「老大，你要記不住的話，那就算了，這法子就沒辦法試了！」周宣淡淡說著。

張老大趕緊道：「好好好，我記我記，媽個巴子，仙人板板的，弟娃，你再說一遍。」

周宣這才仔仔細細的又說了一遍，然後問：「清楚了沒有？」

張老大扳著指頭道：「第一，不能看，送到賀老三那兒；第二，下午四點半去取回來；第三，別人不賣，只賣給外國佬，價錢要兩百八十萬，一分不能少，是這樣吧？」說完瞧著周宣。

周宣笑嘻嘻地點頭：「對了，就是這樣，不過我估計，你下午四點半去賀老三那兒的時候，他可能會跟你說出比兩百八十萬甚至還高一點的價格來。我問你，老大，賀老三有勢力麼？」

張老大點點頭道：「當然，在潘家園他也算是有名號的人物了。我想我這事如果真是他參與其中的，我怕就是貨也會給白吃了，這人，是鬥不過的！」

周宣低頭沉思了一會兒，然後抬頭又說：「老大，這樣吧，你下午四點半去的時候一定不要答應他任何事，堅決把貨取回來，然後肯定地對他說，明早一定再送過他那兒去，這事我來安排，明早我再到你家來，一定要等我過來後再說，知道嗎？」

張老大不解地問道：「為什麼要等到明早？賀老三可是個精明的角兒。不會要買我們製的假貨吧，再說，製假這東西我也做過，可不是一天半天的事，那可是個細活兒，像我這個銅鼎要做假，沒有個十天半個月都做不來的。我更想不通的是，賀老三要掏兩百八十萬買的話，我為什麼不賣？會有這樣的好事？」

張老大當然有理由這樣想，這天底下，他做夢也想不到周宣會有那種奇異的異能，而且周宣說的方法有些匪夷所思，傻子才會上當吧？但此時，無計可施的他也不由得不對周宣的話服服貼貼。

走到客廳時還狠狠啐了一聲，這麼明顯的局，自己怎麼就拼命往裏鑽呢？媽個巴子，仙人板板的，想起來第一下動心就是因為賀老三鑑定說九成九是真的那句話吧，接著讓自己動心的，就是那外國佬答應以兩百八十萬買下來，之後再扔出五萬塊定金，這一下便徹底把自己打蒙了！

現在想起來，一條一條，一環接一環，絲絲入扣，就是一個局啊！這賀老三也真狠，自己這幾年跟他也打了不少交道，怎麼也得有幾份交情吧？

張老大嘆了口氣，這年頭，哪有什麼交情不交情啊，何況這賀老三跟他既不沾親也不帶故，給他設這個局也沒什麼說不過去的。

正嘆息著，就聽得周宣在房裏叫道：「老大，你進來。」

張老大走進房，見周宣已經把他那個裝銅鼎的箱子裝好封了起來，詫道：「要帶到別的地方做嗎？」

「已經弄好了，你跟我抬到車上去！」周宣笑吟吟地說著。

「這就弄好了？」這才幾分鐘啊？張老大幾乎都不能相信周宣的話了，伸手動了動那箱子，卻完全拿不動，吃了一驚，再伸雙手搬了一下，很沉，奇道：「弟娃，你是不是放了塊石頭進去？怎麼這樣重?!」

周宣伸手跟他一起把箱子抬了起來，走到客廳時，又對廚房裏的劉玉芳叫了一聲：「玉芳，我們出去了。」

劉玉芳走到客廳裏，見他們抬著箱子，不禁皺眉道：「我煮了湯，喝點等一下再出去吃飯，你們抬什麼啊？」

張老大頭也沒回地道：「你就在家，我們辦點事。」

這箱子至少有百斤上下，倆人抬得不是很吃力，但樓梯上下卻不像在平地上，抬到樓下時，汗水涔涔地可不輕鬆，直到放進車尾箱裏，張老大才疑惑地問：「弟娃，你到底弄的什麼?那銅鼎可沒這麼重啊！」

周宣嘿嘿道：「老大，想要弄回你那一百多萬的話，就什麼也別說了，要是你不聽我的，要不回來錢我可不管了啊！」

張老大霎時間就把嘴閉得緊緊的，就算拿刀子撬怕是也撬不開了。

到了潘家園的舊貨市場，張老大把車停在路邊，周宣坐在車上沒動，說道：「老大，你辛苦一下，我不能露面，否則賀老三會疑心的。」

張老大只得一個人搬了箱子往裏面走，好在他個子大，身材壯實，饒是如此，也是累得背一弓一弓地，只能一小步一小步地挪動。

周宣在車上等了不到五分鐘，張老大倒是很聽話，在規定時間內趕了回來，一上車就氣哼哼地說道：「媽個巴子，仙人板板的，弟娃，我現在真是懷疑這傢伙了，我把東西放在他那兒時，他不冷不熱的。我按照你說的那樣，裝什麼都不知道，一點也不懷疑的樣子，然後就直接走了！」

周宣指指前邊的路說：「老大，你送我到西城區。嘿嘿，賀老三嘛，我估計不到二十分鐘就會給你打電話來了，記著我說的，什麼也別答應他，什麼也別說，就說你有事忙著，沒空，下午四點半過他那裏去。不過這時候，就別說只賣給外國佬的話了，那樣他會提早把外國佬弄出來，我們就見不到那兩鄉下人了。」

張老大一邊開車一邊說道：「弟娃，我真是越想越想不通，算了，不想了。你剛才說什麼？西城區？你到西城區那兒幹什麼？」

「我朋友住那邊，你送我到那邊城區中心就行了，我辦點事，明天早上我會過來。」周宣隨口說著，然後又問他：「老大，你手機號碼多少，我晚上打電話給你。」張老大嘀咕著，伸開車內的小儲物箱，從裏面拿了一張名片遞給周宣。

名片上寫著「華夏國際古玩有限公司總經理張老大」的字樣，周宣呵呵笑道：「招牌挺響亮的啊，華夏，還國際！」

張老大臉都沒紅一下，苦笑道：「現在哪個名頭打得不響？儘管口袋裏沒有半分錢，但牌子卻是一個比一個響。現在不怕你吹得大，就怕你不吹，不怕你吹得響，就怕你衰樣。你看看人家，不是一個比一個能吹！」

想了想，張老大又忽然問道：「弟娃，你剛才說是到西城區嗎，那邊可是寸地寸金的地方啊，我說得可能還不對，那是比黃金都還貴的地方，知道嗎，四年前，北京西城區的國民總收入就是全國城區的第一了，你的朋友住那兒？租還是買的？那可不是窮人能住得起的地方啊！」

周宣不置可否地笑了笑，心想：老大雖然來北京長了見識，可畢竟還沒見過洪哥這樣的超級富人吧。

到了市中心，周宣就道：「老大，停在這兒，我下車了。」

張老大在路邊靠了邊，周宣一下車，他又趕緊把車開動，這兒不准停車，一個不好就會被開罰單，一下兩百塊就沒了。

張老大一邊開著車，一邊從車窗裏叫道：「弟娃，記著給我打電話！」

周宣擺擺手，等張老大的車在馬路上的車流中消失不見後，這才又攔了輛計程車趕回洪哥的別墅。

洪哥居然在家裏。阿昌和其他幾個人也都在，不過都穿著便衣，那魏曉晴兩姐妹卻是不在。

洪哥看到周宣回來，笑笑叫他坐到他身旁的位置：「小弟，你去哪兒逛啦，也沒個電話，找不到你！」

周宣見魏海洪雖然微笑著，但笑容中卻是愁容多些，想必老爺子的病情不太樂觀，便點點頭回答道：「到古玩城轉了一圈，遇到了一個家鄉兒時的朋友。」

魏海洪「哦」了一聲，「這麼巧？怎麼沒叫過來一起坐坐？你的朋友也是我的朋友啊！」

周宣有些爲難，沉吟地道：「洪哥，我有件事想請你幫幫忙！」

魏海洪笑了笑說道：「兄弟，你怎麼又跟我來這樣的語氣了？有什麼事你就說，還提什麼幫不幫的，只要老哥我辦得到，那就沒話說。」

於是，周宣向魏海洪說了張老大被騙的經過，當然，自做假貨一事卻略過沒提。

魏海洪沉吟了一陣，然後才說：「兄弟，你朋友這事，我看是不能擺到檯面上來辦的，最難的一點是找不到賣家和那個外國人，這幾個人定然是一個集團，我估計跟潘家園那個賀老三脫不了干係，我看得從他身上找線索。」

洪哥就是洪哥，雖然沒親眼見到這事，但一聽就猜想到賀老三才是這事情的關鍵。

周宣還沒說話，魏海洪又說道：「這樣吧，兄弟，等一下，我讓阿昌帶幾個人直接把賀老三帶走，在阿昌他們手中，沒有問不出來的事。」

周宣聽魏海洪這幾句話說得不是很重，但話意中卻透出一絲殺氣，不禁嚇了一跳，趕緊道：

「洪哥，是這樣的，我已經做了一點手腳，我估計那個賀老三肯定會高價來買那銅鼎。但我讓我朋友今天暫時別賣，因爲賀老三很有些勢力，假貨買回去後，肯定會來找我朋友的麻煩，所以我就讓他等著，我想先跟你商量一下，找個對策後再賣給他。」

魏海洪呵呵一笑，說：「兄弟，堂堂皇城，天子腳下，講什麼黑道勢力？你只管賣，賣得越高越好。那賀老三是小事一樁。如果你能讓他把那兩個鄉下人一夥扯出來，那更好，一窩端。你朋友的事你不用擔心，這點小事阿昌出面就能解決！」

周宣這才放了心，拿了茶几上的電話給張老大撥了個電話。

電話一播通，張老大就十萬火急地叫了起來：「弟娃，你怎麼現在才打電話過來啊？」

周宣聽張老大說話都有些結巴了，便說：「老大，別急，慢慢說。」

「弟娃啊，真像你說的那樣啊，你下車走了不到十分鐘，賀老三的電話就打來了，直接問我要不要轉手給他，我記著你的話，沒敢答應，也沒說只能賣給外國人，急死人了，又找不到你，沒你的電話！」張老大火急火燎地說著。

周宣笑道：「老大，嗯，你再過半小時給他打電話，說可以轉手了，但價錢要四百萬，他要的話就賣，不要的話，你四點半去提貨。」

「四百萬？」張老大嚇了一跳：「弟娃，你當他是豬還是傻子？」

「你別管那麼多，反正他絕對會要，你只管開這個價！」周宣心想：既然洪哥答應幫忙，那這個賀老三八成就是完了，這種人渣，不狠狠敲他一筆又更待何時？再說，賀老三不是好貨，黑心事幹得不少，就衝他對張老大這事，也怨不得人！

周宣跟張老大說了，然後又補道：「老大，記得要現金交易，我會在四點鐘前趕過來，

啥事你都別管，只管做你的生意收你的錢，我保證沒事。還有，記住我告訴你的話，三個條件！」

張老大這個時候已經又被興奮沖昏了頭腦，一百多萬的身家原以為要丟失了，現在不但能找回來，而且還要翻上幾番，這種感覺難以言喻，除了心跳還是心跳！

第三十八章

起死回生

周宣暗裏咬了咬牙，再全力運起冰氣，
四面八方地向胃部的癌細胞進行圍剿，再次碰撞的那一剎那，
老人「啊」的一聲悶哼，睜開眼來！
病房中的人頓時都是一驚，圍了上來。

周宣掛了電話，瞧著魏海洪。

魏海洪淡淡笑了笑，道：「兄弟，你還是心軟，想必那賀老三賺的黑心錢也有過千萬的數吧，能坑他就應該更大力的坑，怎麼不要他個七八百萬呢？我看他也算完了，多要一些算一些吧。」

周宣訕訕地道：「洪哥，我也是瞧著賀老三不是好人，所以才想狠狠坑他一次，關鍵是他坑我兄弟在先，報復他也不算他冤！」

魏海洪淡淡笑著，心裏想起了在紐約勞倫斯那兒的情景，周宣將那假木雕佛像賣了三千一百萬美金給藤本網的事，估計這次又是做的同樣的手腳吧。如果是那樣的話，四百萬確實不高，想來騙那賀老三上千萬也不奇怪，事後自己再找人把賀老三連根拔了，讓他永生翻不起身，這也算給周宣的兄弟徹底解了後顧之憂。

不過，魏海洪對周宣身上的奇異之處倒是越來越感興趣了。

魏海洪沉思了一會兒，抬頭見周宣正盯著他，笑笑說：

「兄弟，就這樣說定了，四點鐘，我讓阿昌他們幾個人跟你一起去，由他們來處理，你跟你朋友就放心好了，賀老三完蛋了，但最好是能把那個鄉下人集團都引出來，一網打盡最好！」

「這個我有法子！」周宣點點頭，到四點鐘時，自己再去讓張老大取回銅鼎，讓他一口咬定除了外國人和鄉下人的原主，別人都不賣，這樣有可能就會讓賀老三把那個集團都找出來了。

這個局的關鍵是，賀老三得相信銅鼎是真品，他一定會要。當然，最有把握的還是周宣了，銅鼎變成純金的古董，按實際價格的話，沒有幾千萬過億的錢，還真買不下來這玩意兒。周宣讓張老大只要了賀老三四百萬，算是白送給他了，賀老三還能不要？就算再漲十倍的價錢，他都討了便宜！

魏海洪點點頭道：「那好，就這麼定了！」

正說著時，口袋裏的手機響了，掏出來一接，魏海洪沒有說話。

周宣卻看得出他臉色一下子就沉了下去，然後又霍然站起身來，說道：「我去醫院一下！」

不用說，肯定是老爺子的病出事了。

周宣猛然怔了一下，自己的丹丸冰氣不是可以療傷治病嗎？那老爺子的病能不能醫呢？

一想到這裏，周宣馬上對魏海洪叫道：「洪哥等等，洪哥，等一下！」

魏海洪走到門口，聽到他叫轉過身來，問道：「兄弟，還有什麼事嗎？」

周宣趕緊幾步走過去，到了他身邊才低聲道：「洪哥，你知道我懂點土方醫術，我想給老爺子瞧瞧，也許能幫得上忙。」

魏海洪一怔，忽然間想起自己在公海遇險的事，後來又是紐約曉晴的腿傷……頓時大力拍了一下自己的頭，又一把抓起周宣的手就往外拖，一邊面露喜色地道：

「老哥我真是蠢糊塗了，怎麼就想不到你呢，趕緊走，趕緊走！」

魏海洪讓阿昌開車，剩下四個人留在別墅裏等候他們回來。

阿昌知道洪哥心急，車速也開得很快。

周宣在紐約的時候聽洪哥說起過，老爺子的病好像是胃癌末期，這種病如果在早期做手術的話，還有得治，但到了末期，基本上就是無藥可醫的絕症了，不知道自己的冰氣能不能醫治得了？自己並沒有見過癌症的細胞分子，不知道能不能抑制得住，之前治的可都是槍傷腿傷之類的，這二者區別大了。

對於洪哥，周宣是真心感激的。洪哥並沒有想圖他什麼，在一開始的時候就是純粹喜歡他這個人，真心實意地幫他，而周宣在能幫助他的情況下，又怎麼會不幫忙呢！

老爺子住的醫院是軍醫院的特殊區，醫療技術和設備都是國內最高級的。

魏海洪的車經過門口要接受嚴格的檢查，但守衛處的士兵顯然是認識他的，檢查過後又給周宣作了登記，然後敬禮放行。

越往裏去，周宣越是吃驚，本來以爲洪哥家裏可能是部會首長之類的身分，但現在看來，卻可能是更高層級的人物。

醫院的大樓約有十多層，不過魏海洪並未領著周宣進主樓，而是繞到大樓後面的一棟六層建築，這裏門口有士兵把守，看起來防衛森嚴。

再次登記檢查過後，一行人才乘電梯上樓。

到了五樓後，魏海洪走在前邊，周宣和阿昌跟在後面，走道上，時不時有年輕的女護士經過。

一路走過去，到五〇九號的病房前，魏海洪停了下來，深深吸了口氣，然後才輕輕敲了敲門。周宣見他很緊張，有心安慰一下，卻又不知道說什麼。

門開了，開門的是一個五十多歲的軍人，肩上掛滿星星，很威嚴，樣子跟洪哥有幾分相像，應該是魏海洪的哥哥，只是不知道是大哥還是二哥。周宣對軍銜不瞭解，不知道他是什麼級別的官員。

阿昌留在門外，周宣跟著洪哥進了病房裏。病床上，戴著呼吸罩的老人看不到面容，但臉型很瘦，頭髮全白，閉著眼。

病床兩邊站了幾個人，左邊是一個護士模樣的女孩子和一個四十來歲富態的女子，樣子很漂亮，周宣只見了一眼，馬上就肯定這個女子是魏曉晴和魏曉雨的媽媽，因爲長得太像了。

右側有三個人，除了魏海洪和剛才開門的那個軍裝男子，還有一個便裝男子，雖然跟軍裝男子差不多大，不過面容也有幾分相像，那定然就是洪哥三兄弟了。

魏海洪走到床前握著病床上老人的手，眼裏濕潤了，叫了聲：「爸！」

老人卻沒有應聲，眼皮動了幾動，沒睜開來。

周宣想要站到前邊瞧瞧，那個穿軍裝的男子瞪了他一眼，低沉喝道：「你是幹什麼的？」

周宣指著魏海洪，壓低了聲音說：「我是洪哥帶來給老爺子看病的！」

那軍裝男子臉上頓時有些慍色，道：「瞎扯淡，都什麼時候了海洪還瞎胡鬧，你出去！」

周宣這個時候已經把冰氣束成一束，直接試探到病床上的老人身上，冰氣過處，老人身體內的情形歷歷在目。

老人身體確實有點油盡燈枯了，如果不是名貴藥物和高規格的精心治療，恐怕早已離世了。各方面的功能都已經失去正常工作的能力，而最重要的胃部一帶，冰氣一碰，立即無法過去，癌細胞像一堵牆一樣攔住了去路。

周宣再運了運勁，但隔空總是不如實際接觸的效果，於是動了動位置。

那軍裝男子又低聲道：「幹什麼你，出去！」

魏海洪這時回過頭來，小聲說道：「大哥，他是我的朋友，懂醫術，我帶他來給爸瞧瞧。小周，你過來。」

軍裝男子沉聲道：「胡鬧，都什麼時候了，最先進的醫療設備，最高技術的醫生都已經沒辦法了，你還搗什麼亂？讓爸安心走不行嗎？」

瞧著魏海洪眼眶紅紅的模樣，那便裝男子出聲說道：「大哥，老三也是一份孝心，就算盡人事吧，瞧瞧也行。」

軍裝男子沉著臉，周宣沒再多想便走上前，魏海洪給他讓開路。周宣到床邊蹲下身子，用左手握住了老人的左手，冰氣再次運了出去。

那軍裝男子和護士都有些不屑，醫院的高超設備和頂尖的醫生都對到末期的癌症束手無策，這個人小小年紀，摸摸手把把脈就能治病了？說是密醫吧，身上還什麼都沒帶，估計是江湖騙子，騙魏家三公子的錢吧！

周宣把冰氣四面環圍住老人的胃部，其實癌症已經有四處擴散的勢頭，範圍已經遠不止胃那裏了，老人的胃已經喪失了功能，身體所需要的營養全靠點滴輸到血管裏直接供給。

好像聽洪哥與曉晴提起過，老爺子已經九十高齡，天元將盡，加上病情嚴重，實屬無可奈何。

冰氣與癌細胞一碰撞，癌細胞便被冰氣吞噬溶化掉一部分，但周宣立即發現被吞噬掉的

地方立即就有新的細胞增加出來，並且速度更快，一個變兩個，兩個變四個，數以億計的癌細胞以成倍的數量增長。

周宣從來沒見過這麼迅速和兇狠的細胞，冰氣繼續猛烈地進攻，卻一碰觸立即散開來，好在也形成了圍攻的勢態，而癌細胞也似乎沒有力量繼續反攻，雙方保持膠著狀態。

周宣暗裏咬了咬牙，再全力運起冰氣，四面八方地向胃部的癌細胞進行圍剿，再次碰撞的那一剎那，老人「啊」的一聲悶哼，睜開眼來！

病房中的人頓時都是一驚，圍了上來。

那軍裝男子先喚了一聲：「爸，你醒了？」

剛剛主治醫師也悄悄對他們說了，老爺子的病已經無力回天，叫家裏人來見見最後一面，而老爺子剛才顯然已經連清醒過來告別的力氣都沒有了。

但與周宣這一握手，老爺子竟然真的醒了過來，還睜開了眼睛！

老爺子睜開眼後，眼光在病房中轉了一圈，最後落在了握著自己左手的陌生年輕人身上。

周宣跟老爺子的視線一碰，不禁打了個冷戰！老爺子的神態雖然微弱，但眼光中有一種讓人膽寒的殺氣，那是指揮千軍萬馬的將軍元帥才有的威嚴殺氣！

周宣定了定神，然後把嘴附上前一點，在老爺子耳邊輕輕說道：「老爺子，也許我能治您的病，但我不敢保證能治好！」

老爺子合上眼停了幾秒鐘，然後再睜開眼，動了動，示意了一下。

周宣瞧了瞧眾人，然後輕輕揭開老爺子的呼吸罩。老爺子咧了咧嘴說了一句話，但大家都沒聽到。

魏海洪三兄弟都附身到床前，把頭湊攏了些，老爺子再張嘴努力說了出來。

這次他們三個都聽清楚了，聲音雖弱卻很明白：「留下這年輕人，你們都出去。」

魏海洪的大哥二哥都怔了怔，瞧了瞧老爺子威嚴的眼神，沒再猶豫，然後招手把護士和魏曉晴的媽媽一起叫出了病房，最後一個人帶上了房門。

房間裏，周宣半邊身子斜坐在床沿上，瞧著老爺子說：

「老爺子，我跟洪哥是好朋友，所以來給您治病，可能剛才您也感覺到了，我也不瞞您，我練過內家勁氣，後來有些奇遇，內勁有些進化，也許可以治好您的病。洪哥對我很好，給您治病我沒得說，但只求您一件事。」

老爺子剛才被他冰氣觸動時，那種舒服的感覺讓他立即知道，這個年輕人的確有些不同，而且絕不是什麼江湖騙子。

聽了周宣的話，老爺子點了點頭，聲音微弱地道：「好，你說！」

「您不能向任何人透露我的秘密，我不靠這個爲生。您知道，如果我治好了您老的病，也許有人會盯上我，把我拉出去解剖什麼的！」周宣說著這些可能想得到的後果。

老爺子居然微微笑了笑，輕輕道：「好吧，我答應你。」

周宣見老爺子雖然在笑，但著實吃力，便點點頭道：「老爺子，您別再說話，我要開始給您治療了，不知道成不成！」

老爺子點點頭，沒再說話。

周宣這次沒有再像前兩次那樣直接跟癌細胞交鋒，而是將冰氣先運起，激發老爺子的血液循環，超常發揮新陳代謝的功能，將除胃部以外其他地方的生理機能啓動到最強盛的地步。

但總的來說，老爺子已經屬於精力枯竭油盡燈乾的地步，再怎麼激發，也是及不上年輕人的。但經過周宣的激發後，老爺子的感覺還是大不相同了，他的四肢開始有了知覺，似乎再加點勁兒便可以起身走動。

周宣這個時候才忽然加勁再次圍剿癌細胞。這一下有備而攻，頓時吞噬掉三分之二的癌細胞，但癌細胞生長的速度太快，周宣已經覺得有些後繼無力了，額頭上的汗水顆顆滾落。

這感覺比他轉化巨物變黃金的時候都還累！

直到沒有了力氣，周宣才縮回手，坐在床邊打顫，他大口大口喘著粗氣，身體有些搖晃，冰氣消耗太大，他有些支撐不住了。

老爺子也喘了幾口氣，忽然揭開被子坐起身來，想了想，乾脆又自個兒拔掉了手上的針頭，然後坐在床邊找了拖鞋，穿上鞋，顫巍巍地走了幾步。

周宣想起身扶他，但身體軟得沒半分力氣。

老爺子慢慢挪著步子，花了好大的勁才走到窗邊，扶著窗瞧著外面，過了好久才嘆了一聲，半晌回頭對門外叫了一聲：「海峰，你們都進來。」

老爺子剛才給周宣這一陣的冰氣治療，雖然沒能徹底治療成功，但癌細胞消除了三分之二，剩下只不到三分之一的癌細胞，便如回到了半年前的境地，身體四肢的功能也恢復了一大半，好雖沒好，但基本上跟常人一般了。

周宣卻是更加擔憂，老爺子的病雖然給他消滅掉三分之二的癌細胞，但剩下的癌細胞卻不是他能用冰氣繼續消除的。這東西像是有智力一般，就這一會兒，居然就能對他的冰氣產生抗體，進行變異。這剩下的癌細胞雖然弱，卻是像草根一樣，用火都燒不盡，再生長起來，那也只是時間問題，如果再生長的話，那周宣恐怕也無能為力了。

不過，周宣這一治也不是沒有功效，至少老爺子能像個正常人一樣生活一段時間，身體不會有那麼痛苦，癌症末期的治療對病人來說，是極其痛苦的一件事情，周宣的治療至少讓老爺子減輕了很多痛苦。

推開門進來的幾個人一見到老爺子竟然起身站在窗邊時，不禁都呆了！再就是見到周宣坐在老爺子的病床上直喘氣。

老爺子的眼光威嚴地一掃，然後慢慢往床邊走過來，魏海洪和魏曉晴的媽媽，趕緊上前扶著老爺子回到床邊坐下。

這時候，老爺子臉上居然還有了一絲紅潤。

眾人都是又驚又喜，難道這個魏海洪帶來的年輕人真有那般神奇？一個病入膏肓行將就木的老人，一刻之前還躺在床上動彈不得幾欲咽氣，就在短短幾分鐘後，卻能如正常人一般走動和說話……這也似乎太不可理解了吧？

老爺子坐在床頭後，又瞧了瞧圍著他的五個人，咳了一聲，鎮了鎮聲，然後道：

「老大、老二、老三，我馬上出院。」

這一下，不僅僅魏氏三兄弟不贊成，連那個護士也在說著：「老首長，您不能出院！」

老爺子瞪了一眼，嚇得幾個人都不敢再說話，但大家卻明顯都不想鬆口答應。

只有魏海洪一個人想到了周宣，轉頭瞧了瞧他，眼神裏露出詢問的意思。

周宣歇了這一陣，體力雖然沒恢復，但說話卻已是無礙，點點頭道：「我也贊成老爺子出院，在家裏調理比較好。」

周宣這樣說當然是有原因的，老爺子這個病，他雖然阻礙了癌症的病發時間，但誰也說不準下次什麼時候就會復發，而且他醫治的事最好不要有外人知道，但若是繼續留在醫院就是個問題。

老爺子當然明白他的意思，在醫院躺了這麼久，飽受病苦煎熬，與其忍受這種痛苦，其實不如早點去了的好，到他這樣年紀的人，誰還在乎什麼生死？

當然，畢竟活著還是好的，也沒有哪個人願意死掉。如果活著不怎麼痛苦，能再活下去，老爺子自然也是欣喜。

老爺子要出院的消息驚動了院方高層。

周宣悄悄對魏海洪說道：「洪哥，我們先回去吧，老爺子出院的事也沒這麼簡單，估計得交涉，我也不方便留在這裏了。」

魏海洪明白周宣的意思，也知道自己這個小兄弟有些不願爲人知的秘密，見老爺子好轉了，心頭自是喜不自勝，哪裡還拒絕他，便笑呵呵地道：「那好，我們先走。大哥二哥，你們安排吧，讓爸住到我那兒去。」

那穿軍裝的大哥眼一瞪，哼道：「別多話，要住也不去你那混賬地方！」

似乎是習慣了被大哥二哥罵，魏海洪笑笑，拉著周宣就走。周宣偷偷看了看老爺子，卻見老爺子微微笑著衝他點頭。

門外候著的阿昌見魏海洪和周宣出來，便跟在後面。

下了樓，阿昌開了車出來。魏海洪跟周宣坐在後排。

出了醫院後，魏海洪才問道：「兄弟，老爺子的病情有希望吧？我看好多了。你實在是讓老哥太驚訝了，不是驚訝，是驚喜。」

周宣卻擔憂地道：「洪哥，我也沒把握，這跟以前你和曉晴的情況不同，老爺子的病，我只是暫時壓制住了癌症的擴散，但要根治，我暫時還無能爲力！」

雖聽周宣這麼說，魏海洪心情還是好多了。本來，老爺子的病痛讓他很揪心，他甚至覺得，與其這樣痛苦，倒不如讓老爺子早些解脫了的好。但如今，周宣能將老爺子的身體治癒得跟常人一般，那他當然無比的喜悅了。至於如周宣所說的暫時，那又有什麼關係呢，老爺子已經是高齡，再說，以後的醫療水準越來越高，說不定現在被稱爲癌症的病症，以後就是普通疾病了呢。無論如何，只要給老爺子減輕了身體的痛苦，魏海洪就很高興了。

別墅裏的幾個人都有些奇怪，去的時候，魏海洪是陰沉著臉，回來卻是笑呵呵的。

「阿昌、阿德、紅軍，你們三個跟我出去。」魏海洪點著名，「李軍，你在別墅候著，等一陣老爺子他們有可能會來這兒，不過也不一定，反正你在這兒待著吧，以備需要，我們先辦事。」

加上魏海洪和周宣，一共是五個人，兩輛車，魏海洪跟周宣坐一輛車，阿昌開車。

上車後，魏海洪問周宣：「是潘家園舊貨市場那兒嗎？」

周宣點點頭，又瞧了瞧手表，時間才兩點半，想了想，問魏海洪要了手機，笑笑說：「洪哥，你送我的那個手機掉海裏的時候浸壞了！」

魏海洪笑笑搖頭：「有什麼關係，回頭再給你一個。」

周宣又撥通了張老大的電話，然後叫他把東西帶到潘家園來。

到了潘家園，阿昌和阿德兩個人把車停在路邊，周宣和魏海洪依舊沒下車，坐在車上等著。不過這一帶不允許停車，巡邏的交警時不時就會經過。

不到五分鐘，果然就有一個交警騎車路過，看了這兩輛大奔停在路邊，摩托車停在前邊，然後拿了罰單和筆出來，走到車邊，敲了敲車窗。

阿昌緩緩放下車窗玻璃，那交警敬了一個禮，然後道：「您好，請出示您的駕照！」

阿昌沒說話，掏出兩本證件遞給他。

交警打開證件瞧了瞧，當時就愣了一下，再仔細看了看，臉色一變，立即把證件還給阿昌，再敬了一個禮，然後頭也不回地轉身騎了摩托車，一溜煙跑了。

周宣咋了咋舌，笑道：「阿昌，你給他瞧了什麼東西啊?居然罰單也不開，連話也沒說就走了！」

阿昌笑了笑，什麼也沒說。

這時候，周宣老遠就看見張老大的那輛索納塔開了過來，在路口停下四處張望，但卻就是沒看向周宣坐著的大奔。

兩輛車離張老大最多也只有十米，張老大一臉焦急的樣子。

周宣把車窗玻璃放下來，探出頭叫了聲：「老大，這兒！」

張老大跟著聲音瞧過來，見大奔後車窗露出的腦袋，不是周弟娃又是哪個？愣了愣才道：「你搞啥子鬼啊？到哪兒借了這大奔來充場子？」邊說邊走近了過來，到跟前才彎腰又低聲道：「弟娃，你是不是花錢請了人來充場子？」

周宣瞧了瞧表，笑笑道：「老大，別講那麼多，你現在去賀老三那兒把貨提出來，賀老三肯定會給你加價說些別的，你什麼都不要理，就說一定要留給那外國佬，或者是那兩個鄉下人，就這樣一口咬定，然後提貨出來。不過跟賀老三說明白，明天早上再送過來！」

張老大疑惑地答應了。這時候已是箭在弦上，也不由得他不按照周宣說的做；再說，多年不見的兄弟如今顯得分外神秘，送他過去西城的時候還以爲他裝樣，卻不料真弄了兩輛大奔回來，裏面好像還坐了人，也搞不明白周宣到底玩什麼花樣。

第三十九章
一網打盡

雖然等得很焦急，但張老大還是努力鎮定下來，
大約十多分鐘，張老大見到樹林外有兩個人提著包包進來，
縮頭縮腦的，果然是那兩個自稱是河南來的鄉下人！

「老大，別磨蹭了，按我說的去辦！」周宣自然是沒必要，也不可能把所有的事跟他一件件地說清楚。

到底還是心疼那一百多萬的錢啊，張老大咬了咬牙，也不再猶豫，轉身往舊貨市場裏走去，是死是活也由不得他多考慮了。

按著周宣的吩咐，張老大這次硬是沒超過五分鐘就吭哧吭哧地搬著那箱子出來了，後面還跟著胖子追過來，周宣聽到便叫著：「小張，價錢可以再商量嘛，小張！」

張老大記著周宣的話，沒理他，把箱子放進自己後車箱，然後上車發動了，才從車窗探出頭對那胖子道：「賀老闆，我先走了，有事電話我，明兒早上再送過來！」

張老大說完，也沒再理會賀老三，一踩油門便將車開上了路。

從倒後鏡裏，張老大瞧見賀老三臉上的神色懊悔不已，心裏十分納悶，周宣到底是怎麼做的假，搞得賀老三這樣的精明人非得來買；要買不說，還出了高幾倍的價錢，瘋了麼？這樣想著，心裏更緊張，這樣的價錢還不賣，如果明天賀老三不要了怎麼辦？那不是雞飛蛋打一場空？

張老大被搞得心裏七上八下地很不安寧，瞧瞧後面，那兩輛大奔也跟了來，心裏毛躁，正想找個地方停下來跟周宣談談，手機卻響了起來。張老大騰出一隻手來摸出手機，瞧了瞧，是個陌生號碼，猶豫了一下，按了接聽鍵。

是兩個帶著濃濃河南鄉音口味的聲音：「是張哥吧，是俺，俺們兩個，記得不？賣銅鼎給你的那兩個人！」

張老大一怔，心裏一顫，趕緊將車靠邊停了，這才努力平息了一下心跳，輕輕道：「哦，是你們啊，什麼事？」

「是這樣的，我們想跟張哥商量個事，那個銅鼎，我們不想賣了，你能還給我們不？」

張老大還沒想到怎麼回答時，那人又急急地說道：

「當然，我們也不是要你就這樣還給我們，既然是生意，那就當生意談，我們願意用四百一十萬的價錢再買回來，行不行？」

好傢伙！就憑這句話，張老大就肯定這兩個人跟賀老三是一夥的。他才從賀老三那兒走，這邊就馬上來電話了，不說時間太巧，就是那兩鄉下人明知是假貨坑了他，哪還敢回來找他？明顯是給賀老三推出來的。也不知道周宣是怎麼弄的，把這些人都搞得像瘋了一般的來追逐這個假銅鼎！

更巧的是，這兩個鄉下人收回的價錢偏偏就比賀老三開出的價錢多出了十萬塊！這明顯是以價格來誘惑他，不過賀老三恐怕也不擔心張老大明白，因爲張老大賣回給他們，錢也賺了，又哪會管他們是不是曾經騙過他呢？

張老大猶豫著不知道怎麼回答，又怕搞壞事，趕緊道：「你等一下，我在開車，你過十分鐘再打過來，好不好？」也沒管對方說什麼，喀嚓一下就按斷了。這倆人既然這麼想要的話，那自然是還會再打過來的。

周宣他們那兩輛車也在後邊停了下來。周宣下車過來，張老大早跳下車，激動地揚著手機喘著氣說：「弟娃，來了來了。」

周宣不知道他說的是哪個來了。

「是，是那兩個鄉下人！」

張老大終於喘著氣說了出來，然後又補了句：「我讓他們十分鐘後打過來！」

周宣笑笑說：「那就等他們來電話吧，找個人少的地方，這邊你應該熟吧，老大？」

「熟，熟得很！」張老大趕緊回答著，「這附近要人少偏僻的話，只有銅樹口的公園，公園裏有一片樹林，這個時候那裏人很少，更安靜。」

「好，就那個地方！」周宣點點頭，笑笑道：「讓他們把錢帶夠，一手交錢一手交貨。」

張老大緊張得不得了，這十分鐘簡直是度時如年，一分一秒數著瞧著，當握在手中的手機忽然響起來時，張老大卻嚇了一跳，當真是神經緊張得沒辦法。

「啊……是我！」

張老大接通了電話，聽對方的聲音，果然是剛才那鄉下人。

「你們到銅樹口公園的樹林裏，帶夠錢，一手交錢一手交貨！」張老大說完就掛了電話，手心額頭全是汗水。媽個巴子，仙人板板的，像間諜一樣。

周宣見張老大太過緊張，笑著拍拍他肩膀道：「老大，別那麼緊張，放心吧，保管萬無一失，一會兒四百萬就到手了！」

在銅樹口公園邊，阿昌和阿德把車停好，張老大把自己的車停得離他老遠，然後把那箱子往樹林裏抱。

這時候是下午三點，來公園的人很少。幾個人進到樹林裏，除了他們，還真沒有一個人在。

張老大瞧著阿昌和紅軍以及魏海洪四個人，低了聲悄悄問周宣：「弟娃，他們是什麼人？」

「放心，是我的朋友，可靠的朋友！」周宣跟張老大一邊說，一邊幫他把箱子放到一棵樹下面。然後又叮囑了張老大幾句，周宣就跟魏海洪到更裏面一點的樹後面藏起來。阿昌三個人早各自藏好了，瞧不到一個人影。

張老大一個人忐忑不安地站在箱子邊，樹林裏靜得可怕，抹了抹汗水，忽然又想起：那兩個鄉下人又怎麼會知道銅樹口這個公園？但隨即又明白，自己是真糊塗了，這兩個傢伙是騙子的話，那什麼都是裝的！

雖然等得很焦急，但張老大還是努力鎮定下來，再等了大約十多分鐘，張老大便見到樹林外有兩個人提著包包進來，縮頭縮腦的，走近了些便認出，果然是那兩個自稱是河南來的鄉下人！

他們現在的樣子倒是沒裝得那麼土了，張老大恨不得在他倆臉上先賞幾個耳光再說。不過，兩個騙子出來了，張老大心裏也安寧了些，就算賣不成，那也逮到了人，更何況，還有周宣他們幾個人在周圍埋伏著呢！

張老大定了定神，努力從臉上擠出笑容來，道：「兩位，哈哈，又見面了。」

那兩個鄉下人四處打量了一下，見四處沒人，呵呵笑道：「是啊，大哥，又見面了！」

張老大這時候才瞧出來，兩個人又哪有半點鄉下人的樣子？賊眉賊眼的，眼神裏儘是機關暗箭，當真是身在陷阱裏時，自己早被錢塞滿了豬腦子，又哪裡還辨得出凶禍？這會兒怎麼瞧他們怎麼不順眼！

瞧了瞧四下裏再沒別的人，其中一個鄉下人嘿嘿笑道：「張哥，貨呢？」

張老大拍了拍身邊的箱子，也問道：「錢呢？」

那鄉下人把背上的包包取下來放到腳邊，用腳踢了踢，笑呵呵地道：「張哥，按規矩來吧，開箱子驗貨！」

張老大指指箱子說：「驗吧，要怎麼驗就怎麼驗。」

那鄉下人向另一個人使了個眼色，然後走過去把箱子打開，扒掉泡沫，露出金燦燦的鼎來，二人眼神頓時一亮，趕緊又從背著的小包裏取出幾件小工具又刮又瞧。

張老大覺得這銅鼎顏色好像有些不大一樣了，怪怪的，以前好像是舊銅，深紫紅帶泥土的樣子，現在卻是金黃色稍帶泥色，難道是周弟娃鍍了金？可是如果只是鍍了金的話，賀老三又怎麼會驗不出來？

那驗貨的弄了三四分鐘，然後又抱著試了試重量，最後向另一個人點了點頭，道：

「對，是真傢伙！」

張老大心想：你兩個驗貨了，老子也得驗驗鈔，彎腰把那包打開，包裏面最上一層是報紙，扒拉開來，裏面全是報紙，張老大怒極，將報紙全扒出來扔開，連一毛錢都沒有，轉身怒道：

「媽個巴子，仙人板板的，你兩個騙老子！」

那兩個鄉下人頓時哈哈大笑，一個笑得直不起腰來，另一個說道：「你又不是今天才在道上混的，這麼重要的交易，就不留個心眼兒？呵呵，不好意思，張哥，東西我們笑納了，你自認倒楣吧！」

張老大「嗖」的一下從腰間摸出一把匕首來，冷哼道：「就你兩個，也不一定就能拿走我這東西吧。」

那箱子裏的金鼎重百來斤，這倆人身高個子均不及張老大高大，張老大又有匕首，撒起狠來，倆人倒還真不一定能幹得過他。

那個驗貨的鄉下人嘿嘿笑道：「張哥，兩個人幹不過你，如果五個人呢？」說著，向樹林外的方向吹了一聲口哨。

這明顯是還有幾個幫手早埋伏好了。張老大心頭一下緊張起來，他們五六個人的話，自己這邊也是六個人，人數差不多，就看手裏的傢伙和狠勁了。這些騙子想必是久經沙場，周弟娃和他朋友們不知道有沒有打架經驗！

等了幾秒鐘沒有動靜，那人又打了一聲口哨，樹林外邊這時才有了響聲，不過響聲近了的時候，那兩個鄉下人都呆了！

他們另外三個同夥這時候嘴上給貼了膠布，似乎手腳都給扭脫臼了，痛得齜牙咧嘴的，嘴上貼了膠布叫不出聲來，已經給阿昌、阿德和紅軍三個人拖了過來扔在地上！

周宣和魏海洪也走了出來，阿昌這才冷冷道：

「你是不是在叫他們三個？」

以爲占了上風的兩個鄉下人這才知道出狀況了！

他們中了計，踩了陷阱，不過倒不是顯得特別慌。驗貨的那個先退了一步，然後說道：「既然你們有準備了，那好，咱們就正經合作吧！」

魏海洪淡淡笑了笑，向阿昌示意了一下，道：「有這麼好的事麼？」

就在魏海洪示意的那一剎那，阿昌猛地躥上去，兩個鄉下人吃了一驚，趕緊閃躲回避，周宣幾乎沒看清楚情形，便聽得「咯吧咯吧」兩響，然後就有人「哎喲哎喲」地叫了起來。

張老大幾乎呆了！

那兩個鄉下人滾倒在地，一個撫著手，一個抱著腳，看樣子手腳都斷了！

阿昌伸腳踩在那個人的斷手上，痛得他更是大聲叫喚，阿昌毫不理會，彎腰伸手在他身上掏出一個手機來，瞧了瞧後遞給魏海洪。

魏海洪笑笑遞給張老大，說道：「兄弟，瞧瞧有沒有賀老三的電話。」

張老大傻乎乎地接過手機，然後在電話簿裏找了起來，沒翻幾下就跳了起來：「有，就這號碼！」

魏海洪跟周宣相視一笑，這事倒是做對了！

瞧了瞧地下癱著的五個人，魏海洪上前一步，淡淡問道：「說吧，誰讓你們來的？」

五個人都是哼哼嘰嘰地沒說話，裝聾扮啞。

阿昌也不言語，上前一人踢了一腳，兩個人頓時呼天喊地地叫了起來，其中一個忍不住叫著：「我說我說……哎呀，我的媽呀，好痛啊！」

另外三個人也都忍不住在地上滾來滾去，但嘴上貼了膠布，雙手又被反手用膠布綁起來，叫不出聲。

看到那人出聲求饒後，阿昌又上去一人踢了一腳，不過這一腳踢過後，五個人都沒再滾動了，兩個鄉下人只是抱著痛處直喘氣。

阿昌此刻已經退去站在一邊，張老大瞧得直咋舌！

弟娃哪裡去找了些這麼厲害的人來？瞧瞧另外兩個背著雙手閒在一邊，瞧那神情，跟這個動手的阿昌估計是差不多厲害的人。張老大毫不懷疑，就算他拿著匕首跟這幾個人鬥，那也是給大王送菜，有死無回！

魏海洪冷森森望了那五個人一眼，那幾個人冷顫顫地抖一下，驗貨的那個傢伙估計是個頭兒，機靈一些，趕緊道：

「是賀老三讓我們來的，賀老三！」

「賀老三？媽個巴子，仙人板板的，真是這個混蛋！」雖然早有預料，但聽到確切消息時，張老大依然忍不住罵了起來。

不過那人說了賀老三後，又有些威脅地道：「張老大，你跟賀老三很熟，想必也知道他在上面有人吧，分局這邊有什麼事他擺不平的？如果你識趣的話，倒是可以正正經經談生意，咱們這事就算完了。」

魏海洪呵呵笑道：「嗯，好啊。呵呵，他上頭有人就好，就怕他沒人，倒是省得我再多花些手腳！」

事實上，魏海洪要把事情弄到什麼樣，周宣也不知道，他也不清楚洪哥到底有多大能力，但看到老爺子和他兩個哥哥的情形，他的身分就不容置疑。俗話說，官當得再大，皇城腳下也是惹不得的，對於今天這事，周宣明白，理在張老大這邊，所以，這場子扯得再寬再大，都沒事！

當然，周宣最擔心的也還是張老大。潘家園的那些店主，賀老三不是最大的，但關係倒是最活絡的，多數人都知道，在黑白兩道，賀老三都吃得開。

說實在的，玩古玩這一行，又有幾個沒有黑道關係？要全部利潤清白見光，那還不得全都掛掉！

魏海洪沒再考慮，對張老大道：

「兄弟，給賀老三打電話，直接談交易的事情，跟他說這些膿包不管用，想拿到貨的話，就帶錢來交易，其他事免談！」

逮到了正主，張老大早有了些底氣，這時見魏海洪這幾個人如此勇猛，底氣更足，當即

用那個人的手機給賀老三撥了電話。

電話一通，張老大故意先沒出聲，把手機的免持聽筒打開，讓大家都能聽到那邊賀老三的聲音傳過來。

「喂，朱雲岩，事情搞定沒有？」

張老大呼呼喘了口氣，幾乎是從嘴裏迸出來的字：「賀老三，我張老大這幾年基本上沒得罪你吧，爲什麼要把我往死裏整？」

賀老三立即沉默下來，好一陣子才說：

「張老大，既然你已經知道了，那我也不說暗話，你那貨要麼跟我交易，錢我給你，你馬上在北京消失，原因不說你也知道，開了口，你在這邊基本上就是沒得混了！」

張老大把牙齒咬得格格直響，又瞧了瞧魏海洪，見他微笑著示意繼續，心裏倒是安定了些，弟娃的朋友怎麼也不會害他。

「那好，你帶四百一十萬現金過來，少一分也不行，只要你是真心買這東西，我可以賣給你，不過，你要再起什麼心眼兒，那我可告訴你，咱們就雞飛蛋打！」

張老大這麼說，是讓賀老三明白，既然他派來的五個人都栽了，那就表示對方也是有準備的，要想真正交易，得拿誠心。就看他到底想不想要這東西了！

賀老三當即道：「好，我帶錢過來，以往的事就當過去了，大家都不提，有錢一起賺嘛！」

「要是有一點點不對勁，你就永遠別想看到這東西了！」張老大最後又補了句話，這才按掉手機。

魏海洪把阿昌叫到身邊，低聲說：

「阿昌，到外邊給廳裏羅廳長打個電話，就說是我讓他們把人準備好，到這邊後聽我們暗號行動。」

阿昌應了一聲往樹林外走去。

在等待的時候，周宣悄悄問了一下魏海洪：「洪哥，阿昌他們幾個好像很專業，是專門保護你的啊？」

魏海洪笑笑，搖搖頭回答：「他們是退役的特種軍人，要是在職的話，哪有可能天天守著我？呵呵，大家又熟，我就請他們替我做事，給他們一份好待遇，也算是盡朋友的心意吧。」

周宣笑了笑，又問：「那我們現在怎麼辦？就這樣等著？要不要隱藏起來準備啊？」

「該準備的都準備了。兄弟，別擔心，老哥保管你啥事都沒有。」

場地中，阿昌又用膠布把兩個鄉下人的嘴手都封了起來，扔在另外三個人一堆。

賀老三這次倒是沒像兩個鄉下人般來得那麼快，足足等了一個小時才過來，隨行的只有

一個人，周宣也認得，這個人是在潘家園一帶混得稍有點名氣的地痞。

倆人一人提了一隻大旅行袋，脹得鼓鼓的。

來到樹林裏，賀老三瞧了瞧地上躺著的五個人，又瞧了瞧魏海洪、周宣等五個人，冷冷道：

「張老大，今天這事我也懶得跟你計較，算我有過在先吧，你那東西我就老實買下來，大家都有錢賺，都有財發，前事就算了，誰也不想跟錢過不去吧！」

張老大咬咬牙，哼道：「只要你不搞鬼，我又怎麼會跟你鬥？錢呢？」

賀老三點點頭，把兩個包用腳踢了踢，說：「你驗錢，我驗貨。」

周宣看看表，差不多五點了，算算時間，估計這時候那銅鼎也快要變回來了。

賀老三本身就是個行家，走到箱子邊蹲下，然後對銅鼎驗起來。

周宣把旅行袋拉鏈刷的一下拉開，袋子裏面全是一紮一紮的人民幣，連銀行裏的封帶都沒撕開，又拉開另外一個袋子，也是滿滿的一袋子錢，這麼大的兩袋，想想四百紮也是有的，又抽了幾捆出來，散開摸了摸紙張。

對於人民幣的真僞，張老大倒是熟得很，假錢是瞞不過他的，畢竟他天天都在接觸這東西，已經達到幾乎不用眼看，只用手摸便知道真假。

試著摸看了幾張，錢是真的，雖然沒數，但從大致數量上來看，四百一十萬的數字也不會少，難怪賀老三來的時間花了一個小時，想必是到處湊這四百多萬的錢了，因爲要一下子拿出這麼多的現金，就算你銀行裏有錢，那也沒這麼容易，因爲太多的話，必需預約。

張老大止不住心跳，心想：賺了這筆錢趕緊帶了老婆兒子返鄉去吧，再待下去怕是不穩當了。

另一邊，賀老三驗了貨也站起身來，貨是真的，嘿嘿笑了笑，說道：

「張老大，算你識相，沒搞什麼花招，咱們的事就了了吧，以後你還做你的事，我開我的店，大家繼續往來！」

賀老三倒是沒太在意地下躺著的那五個人，因爲他心裏也很興奮，興奮得讓他不在乎吃一點點小虧什麼的，因爲這金鼎到手的話，再通過關係轉手，獲得的利潤將會是超過他付出的二十倍以上，這東西絕對價值過億！

當然，賀老三是這樣想的，但有人就不這樣想了。

魏海洪淡淡說道：「賀老三，你還走得了麼？」

賀老三一怔，莫不是張老大吃了熊心豹子膽了，平時只有自己找人家麻煩的，今天自己沒去找麻煩，他倒敢生事，反而來觸自己的虎鬚？

瞧了瞧魏海洪的表情，賀老三嘿嘿冷笑道：

「兄弟，有點面生哦，受了張老大的唆使我也不怪你，趕緊帶了你的人給我滾，老二！」

賀老三叫了一聲「老二」時，那隨行來的痞子徒地從腰裏摸了一支槍出來。但說時遲那時快，阿昌早一伸手，一柄短刀迅即插入痞子老二持槍的右手腕，寒光一閃，手槍跌落。

第四十章

黃金療法

周宣忽然想到，
自己能不能把癌細胞轉化為黃金分子呢，
抑制癌細胞的生長，再刺激血液把這些細胞排出體外，
這個辦法不知道可不可行。

阿昌飛出刀時，人也跟著同時躍出，一個連環腿便把痞子老二踹翻在地，跟著手從半空中接住了跌落的手槍！

電光火石的一刹那，四周安靜得無聲無息，待一切塵埃落定時，那痞子老二才痛得叫喚起來。

賀老三臉色陡地一變，阿昌這幾下動作讓他一下子就明白，這些人來路不簡單！

簡直跟動作電影裏的人一般的身手，賀老三不是傻子，有這種身手的人可不是普通人，再瞧瞧魏海洪，這才發現另外倆人一前一後擋住了他，這些人的動作他之前根本就沒注意到，也許是太快了的原因！

不過賀老三還是仗著自己以前的名聲底子，想他們既然是張老大請來的，那從張老大那裏他們也應該知道，在這一帶把他賀老三得罪了，可不是好事，用錢嘛，那就好說，張老大的身家又如何能跟他相比。

定了定神，賀老三對魏海洪道：

「這位老兄，有事好商量，大家都是求財嘛，這錢你們拿去，那貨我也不要了，這可以不？再說，我上面也有人，留條後路，給自己大家都好過！」

賀老三還是有眼色的，瞧得出來，魏海洪才是這幫人的頭頭，只要他開口答應了，那就好說，只是不知道他到底是什麼來路！

魏海洪如何不知道賀老三的僥倖心理？淡淡笑道：

「賀老三，告訴你吧，我就是專門整上面有人的人！俗話說，兔子不吃窩邊草，你也是略有些身分和身家的人了吧，如何還對跟你熟識的朋友下此狠手？賺一點也無所謂，偏偏你還要將張老哥整到翻不了身的地步，就衝你這一點，受報應那也只是遲早的事！」

賀老三臉上驚疑不定。身側阿昌腳踩著痞子老二狠狠盯著他，魏海洪身邊的另外倆人也是眼神如電，如若動手，賀老三毫不懷疑這三個人會撲上來把他整到殘廢，看他們幾個下手的動作就知道，出手不是傷筋就是動骨的，地上躺著的六個人沒有一個手腳是完好的！

賀老三退了一步。阿昌彎腰從痞子老二手腕上抽出短刀，痞子老二痛得鬼哭狼嚎的，阿昌理也不理，將短刀上的血在老二身上擦了擦，然後放入腰間的小皮鞘中。

周宣對張老大下巴一揚，示意他提包包，自己也彎腰提了一袋子錢。張老大哪還客氣，提了袋子就跟在周宣身後。

魏海洪對阿昌手指一屈，做了一個折斷的手勢，然後對周宣道：

「兄弟，我們走吧。」

張老大提著一袋沉沉的錢跟著走了幾步，又回頭瞧了瞧那箱子裏的銅鼎，低聲對周宣說：

「弟娃，那東西是金的，好東西，值錢得很，比這兩袋子錢都還值錢，就這麼扔了？」

周宣笑道：「老大，到這個時候還貪心，趕緊走吧，那東西不能要了！」

張老大見魏海洪幾個人在前邊頭也不回，絲毫不對那東西有所好奇，心道：他們可能是不懂這玩意兒，要是知道值多少錢還會這樣嗎？

正思慮著時，忽然聽到林子裏傳來一聲淒厲的慘呼！

正是賀老三的聲音，慘叫成這個樣子，也不知道那個阿昌對他做了什麼！

張老大心裏一緊，頓時再也不敢想那金鼎的事了，趕緊默不作聲跟著走。

到了公園外邊的停車處，張老大猛然又瞧見有七八輛警車停靠在自己和周宣他們那兩輛大奔前邊，這林子前後都有人影閃動，至少有三四十個警察圍著樹林。張老大不禁倒抽了一口涼氣，提著錢袋子的手不禁有些顫抖！

他幹的這些事自然也是見不得光的。說小了沒事，說大了，治你個三五年也不是難事，眼見這麼多警察守在這兒，心裏自然害怕。

好在那些警察似乎並沒有過來逮他們幾個。魏海洪朝著其中一輛警車裏坐著的一個人擺了擺手，也沒說話，張老大卻是瞧見那人制服肩上星星的階級，顯然是個大官，魏海洪似乎也只是略略打了打招呼，看來身分地位更加大，他到底是幹什麼的？

張老大雖然疑惑，但腳底下可不敢怠慢，趕緊提了錢袋子上車，周宣提了另一袋錢也上了他的車，魏海洪居然也上了車坐在他身邊。

魏海洪沒有說話，張老大就不敢發動車子，警察還多呢，要是車一發動，招來警察就是麻煩事，只能是耐住性子等魏海洪發話。

這時，阿昌從樹林裏走了出來，徑直到那輛坐著警察高官的警車邊，將塑膠袋裝著的那把手槍從車窗遞了進去，然後轉身過來上了大奔。

魏海洪伸手向車窗外揚了揚，對張老大說道：「走吧。」

張老大早就等著他這句話了，一扭車鑰匙，發動了車子，迅速往公路上駛去，幾乎是有些迫不及待了。

一口氣開出了起碼五公里後，張老大瞧瞧倒後鏡裏沒有警車追來後，才長長舒了一口氣，將車速慢了下來，然後轉頭對後邊的周宣和魏海洪說道：

「弟娃，這回把賀老三得罪狠了，也斷了和好的路子，這地方我怕是待不下去了，好在你跟這位大哥幫忙，錢找了回來，我得趕緊回去收拾了回老家去，你也趕緊收拾了一起走，賀老三可是見過你了，這地方你也不能留了。」

周宣望著魏海洪笑了笑，還沒說話，張老大又道：

「弟娃，你那袋子錢就跟這個大哥幾個人分了吧。辛苦一趟，我有這兩百萬也知足了，本來是被騙光了的，你們幫我找了回來，還倒賺了這麼多，實在萬幸，在這兒是不夠用，但回老家還是夠了！」

周宣沒料到老大還是這麼大方，一出手就是兩百萬，還要他跟著走，兄弟的情分依然很重，便笑道：

「老大，放心吧，一點事都沒有，不過，你想在哪兒生活就在哪兒生活，我就不阻止你了，你這錢我當然是不能要的！」

張老大搖了搖頭，開著車，頭也沒回地說著：

「弟娃，賺錢辛苦啊，你一個月打工兩千塊，多少年才能賺這麼多錢？好好拿了跟我回鄉下吧，再說，這錢也是你找回來的，就跟做生意是一樣的，你參與了，那你就有一份，拿一份是應該的，算起來，我一個人拿了三分之一的利潤，你們五個人拿了三分之二，我這不是賺了嗎！」

但凡他們做生意都是這樣想，上上下下那都要有油水，生意才做得下去，要是都給一個人賺了，那誰給你幹？只是分多分少的問題。個高的拿多些，出力大的拿多些，個低的，出力小的自然就拿少些。

魏海洪這時才呵呵笑著道：

「兄弟，你這個老大不錯，是個值得交的朋友。呵呵，你就放一百二十個心吧，不會再有人來找你麻煩了！賀老三這次是出不來了，他那集團大體上也都給破獲了，剩些小嘍囉你怕什麼？你以爲他們還真會替賀老大拼命去啊？都是相互利用而已。現在你想在哪兒生活都可以，如果想留在北京，完全不用擔心！」

說著，魏海洪指著前邊的路口說：「老弟，你在前邊路口停車，我們還有事要辦。」

張老大將車靠邊停了後，又囁囁著道：「真沒事？」

魏海洪笑笑，從身上拿了一張名片遞給他，說道：

「老弟，你是周宣兄弟的朋友，那就是我魏海洪的朋友，有什麼事，你打這電話找我，放心，今天這事我都給你辦妥了，保管沒有人來問你查你。有事你直接找我就是，或者找周宣兄弟也行，他跟我在一起。」

後邊阿昌他們把車也停了下來，魏海洪打開車門下車，又對周宣道：「兄弟，你得先跟我一起去辦點事，趕明兒再請你老大一起吃頓飯，行不？」

周宣知道魏海洪這樣說就是有事了，反正現在事情也解決了，沒什麼好擔心的，就說道：「老大，你的事就放心，沒事了，要是你擔心的話，就出去玩幾天，我把手裏的事理一理後，跟你回老家一趟。」

張老大大喜：「好好，弟娃，那我就回去收拾一下，找個賓館住幾天。有事電話聯繫啊！」

周宣跟魏海洪下了車後，張老大又叮囑了周宣幾句，然後歡天喜地開著車一溜煙跑了，

這幾百萬在手上，心裏哪能不興奮啊？

倆人上了阿昌的那輛車。周宣才問道：「洪哥，你有事？」

「呵呵，沒什麼大事，我們先回去。」魏海洪笑呵呵地道，「一點小事，我讓銀行的人過來，幫你把兩億一千萬現金轉到你戶頭，把之前賣掉的六方金剛石的銀行股票和剩餘現金也轉到你名下。辦完了，老哥陪你到處轉轉，買棟別墅，然後再回家接你父母弟妹吧。」

從在公海被周宣救起後，魏海洪就一直記掛著周宣。現在，他越來越覺得跟周宣合得來，加上老爺子如今也離不開這個兄弟，雖然他本意不是要利用周宣來做這事的，但看現在的效果，當然得讓周宣給老爺子治病了。這樣的話，把周宣永久留在北京無疑是個最好的辦法。

於是，魏海洪就想陪周宣去看看北京的豪宅，然後買一棟送給他，再陪他回去把家裏人接過來，斷了他的後顧之憂。那時，他不在這兒又能到哪裡去？

現在周宣在他家裏住著，雖然大家都很高興，但人總歸得有個自己的家才踏實，魏海洪又何嘗想不到？

回到魏海洪別墅時，卻見到留下的李軍和兩名不認識的人守在別墅門外。魏海洪一怔，趕緊下車悄悄問李軍：「老爺子來這兒了？」

李軍跟另兩個人點了點頭。那兩個人周宣不認得，但魏海洪自己可是認識，這是老爺子的警衛。

在軍醫院的時候，魏海洪那樣說，但是估計大哥二哥是不可能讓老爺子住他這兒來的，卻沒想到，老爺子真到這兒來了，一時間又驚又喜，驚的是老爺子對他向來很嚴厲，沒有好臉色，卻還是在最關鍵的時候聽了自己的話；喜的是老爺子身體肯定是好多了，能發號施令了，來自己這兒，有周宣在，肯定能讓他身體越來越好起來。

阿昌幾個人留在外邊，魏海洪拉著周宣走到客廳中。

大廳裏，老爺子坐在沙發上，左邊坐著魏海洪的大哥二哥大嫂，右邊挨著老爺子的是魏曉晴，魏曉雨端端正正地坐在魏曉晴身邊。

王嫂在忙著，魏海洪的老婆不在家。

一看到魏海洪和周宣回來。老爺子眼睛一亮，招了招手。魏海洪趕緊拉了周宣坐到老爺子對面。

老爺子端了茶杯，輕輕吮了一口，然後說道：「海峰，海天，你們兄弟都回去，我想清靜一下。」

「這個……」穿軍裝的是魏海洪的大哥魏海峰，他猶豫了一下。

老爺子臉色略略一沉，道：「我老了，說話不管用了是不是？」

老爺子話雖然這麼說，卻是很威嚴，儘管病體瘦弱，但話語中自然帶有一種霸氣。

魏海峰有些尷尬地道：「爸……」

二哥魏海天倒是插科打諢的高手，趕緊道：

「大哥，算了，爸剛出院，身體也不容再煩擾，我們就走吧，有事不是可以打電話嗎，也不會耽誤什麼的。」

魏海峰仍不放心，但見老爺子意思很堅決，也不敢過分阻攔，好在老爺子的情況確實好轉了很多。只是大家心裏都很奇怪，老爺子的病可是癌症末期，醫師已經檢查得很清楚了，也私下裏說得很清楚，叫魏海洪去，也就是爲了見最後一面，但老三帶去的這個年輕人怎麼就能手到病除，讓老爺子起死回生呢？

這不合科學不合常理的事，魏海峰就是不信。然而，在醫師給老爺子檢查了身體之後，結果卻讓所有人都大吃一驚：胃部的癌細胞竟然縮小到只有三分之一的範圍，而且老爺子的身體機能也恢復到正常的狀態！

更不可思議的是，這樣的身體狀態竟然出現在九十歲的老人身上！

之前，老爺子的身體每天僅靠藥物支撐，已經到了枯竭的境地，但現在卻是煥發新春一般！

不管怎麼樣，魏海峰幾兄弟都知道，這原因肯定是在周宣身上，雖然他們不能理解，但卻是事實。

老爺子倒是還記得周宣跟他說過的條件，自然是一心出院，老將軍發起威來，也沒有哪一個人敢阻攔。

魏海峰兩兄弟最終還是走了。魏曉晴兩姐妹倒是留了下來，魏曉晴嘴甜。她要陪爺爺，老爺子也沒反對，魏曉雨卻是不說話。

周宣對魏曉晴印象不算差。這小妞不嬌氣，也不做作。有時候略爲發一點小姐脾氣也正常，哪個女孩子不撒撒嬌？何況她這種身分呢？對魏曉雨，周宣可就沒有半點好感了。這妞一臉正經，對誰都是冷冰冰的，像誰欠她一屁股債似的，反正自己不用求她辦事，也就不用跟她打什麼交道了。

魏海洪知道老爺子要清靜，便連阿昌他們四個人都遣走，只留了老爺子的兩個警衛，住在一樓的房間裏。

魏海洪把二樓的房整理了一下，讓老爺子住他隔壁的房間。

折騰了這麼久，老爺子是累了，畢竟身體還很虛弱。魏曉晴兩姐妹扶他上二樓的房間裏休息。

周宣也跟著上去，他想再看看老爺子的身體。進房後，老爺子把魏曉晴姐妹和魏海洪都趕了出來。

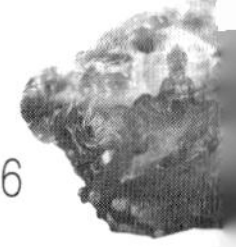

周宣把門關上，坐到床邊上，握著老爺子的手再次把冰氣探過去。老爺子胃部的癌細胞都龜縮起來，像在過冬一樣。但無論周宣如何把冰氣運過去，想要吞噬它們，卻都沒有效用，冰氣和癌細胞之間就像隔著一道門一般。

不過，在冰氣的控制下，老爺子身上的癌細胞開始進入冬眠狀態，一時半晌不會醒轉過來，不會造成危害。

周宣嘆了口氣，最後還是用冰氣將老爺子的生理功能又激發恢復了一次，這幾乎是將老爺子的肌膚和血液功能提高到四五十歲人的境地，這樣的話，老爺子暫時恢復的速度就會加快一些，少一些痛苦。

老爺子在被周宣調理時，不知不覺中就睡著了。

運完冰氣，見老爺子體力又在迅速恢復，精神也放鬆下來，周宣便輕輕打開門退出去。

「我爺爺怎麼樣了？」魏曉晴一見周宣出來就問道。

周宣搖搖頭：「暫時能控制住，不過，以後癌細胞若再復發的話，那我也無能為力了。」

「你很奇怪！」魏曉晴盯著周宣說道，「在紐約的時候，我的腿傷應該是你做手腳治好的吧？」

周宣盯著她，魏曉晴的眼睛很漂亮，睫毛忽閃忽閃，眼珠黑黝黝的，晶瑩得能照出他的人影。

「我學過醫，練過內家勁氣。」周宣能解釋的也只有這種說法。

不過魏曉晴也願意相信，因爲氣功是看不見的東西，但效果的確驚人。在紐約，周宣就是不知不覺間給她治好了腿，現在回想起來，這氣功真是神奇啊。

魏曉晴瞧著周宣，臉上禁不住微露笑意。

這個怪人，要是別的人能幫得上這樣的忙，還不得在她面前說得口沫橫飛了。偏生這個人好像就不想讓她知道一樣，難道是她不夠漂亮？根本就沒有引起他的注意？

或許他是剛剛失戀吧，否則在紐約機場，他那樣子怎麼那麼失魂落魄啊。

周宣見魏曉晴神情有些古怪，便問道：「怎麼了？有哪裡不舒服？」

「不是，下樓吧，小叔還在等我們呢。有客人來了！」魏曉晴不想跟周宣談心事，給他瞧出自己的心思可不是光榮事情。

客廳裏又多了兩個穿西服的中年男子，茶几上擺了很多文件之類的東西。

「老弟，過來坐下，銀行的人過來了。」魏海洪讓周宣坐到他旁邊，然後又問：「老爺子怎麼樣了？」

周宣點點頭，輕輕道：「有些累，睡著了！」

銀行的人是魏海洪叫過來的，對於像他這樣的超級大客戶，銀行都有專門的財務專員二十四小時專理。

魏海洪要轉到周宣戶頭裏的錢，除了在紐約的三百萬美金外，還有之前六方金剛石所賣的三千萬美金，不過那三千萬魏海洪給周宣買了商業銀行一億七千萬的股份，剩下四千萬一併轉入周宣的戶口。

銀行的職員給周宣開了一個戶頭，裏面存入的總資金是兩億五千萬。並幫他辦了一張白金卡，額度爲五百萬。

當銀行的職員給周宣登記身分證時，見他只有二十六歲，不禁咋舌！

大都市裡有錢人很多，但像他這個年紀就擁有這麼巨額的財富，那還是極少見的。除非是富二代。但即使是富二代，那些當家做主的老傢伙們也不會一下子給他們的子女這麼多現金。

周宣的銀行戶手續花了將近一個小時才辦理完，而銀行的股份要到明天才能辦理。這些事都是魏海洪催著辦的。

銀行的人走後，魏海洪覺得很倦了，便叫周宣也早點睡，明天再出去逛。

周宣回到三樓的第一間房。洗澡後在床上躺了半晌，卻睡不著，老爺子的病一直在他腦子中環繞，讓他十分頭痛。

窗戶外月光灑落，不過是直落，照不到房間裏，周宣忽然想起傅盈來。在美國的時候，他曾經跟傅盈一起看星星，那時的月亮真美。

一想起傅盈，周宣便再也睡不著覺了，爬起身來，順著樓梯悄悄爬到頂層，打開門，走到天臺上。

月光如詩，周宣坐在地上仰望天空。星星沒動，月亮在動。記得以前在老家的時候，自己從來都沒這樣仔細看過月亮，也不知道家鄉的月亮是不是跟北京的一樣冰涼呢？

在這個時刻，周宣很想傅盈，很想家，很想父母，很想弟妹！

癡想了一會兒，月亮偏西了一些，周宣乾脆躺在天臺上，面朝天空。

月亮上有些黑影，小時候聽父母說是吳剛砍的那棵桂花樹，桂花樹下有玉兔，玉兔旁邊有嫦娥。長大了知道，那只是月球上的環形坑，沒有玉兔，沒有嫦娥，也沒有桂花樹。

周宣迷迷濛濛正在浮想聯翩的時候，忽見面前站了個白衣白裙赤腳的女孩子，長髮垂肩，膚色素淨，美得像不食人間煙火的仙女一樣。難道真是嫦娥從月亮中下來了？

「在想什麼呢？一個人偷偷跑到天臺上來！」仙女開口說話了。

周宣一凝神，這才發現仙女竟然是魏曉晴，坐起身來，魏曉晴似乎是剛剛沐浴過，垂肩的黑髮髮梢還有些水珠滴落，月光照在頭髮水珠上，反射出晶瑩的光。

「睡不著，就上天臺來坐一會兒，看看天空！」

魏曉晴嘻嘻笑道：「有什麼好瞧的，難道瞧著瞧著就能瞧出金子來啊！」

「金子？」周宣一怔，忽然想起了一件事情來，大喜道：「金子，我怎麼就沒想到呢，我怎麼就沒想到這個呢！」

周宣為一時想到的事激動起來，一骨碌爬起身就往樓下走，魏曉晴不知道他什麼事忽然這麼急，難道這傢伙忽然起了發財夢，被金子這話刺激了？

不可能吧，晚上小叔不是給他轉了賬嗎，這傢伙看起來雖然土土傻傻的，但身上卻是有幾億的身家啊。錢應該不是問題吧？好像也沒見過這傢伙為錢著急過！

魏曉晴雖然迷糊，但還是跟了下去。

周宣急急跑到樓下客廳中，老爺子的兩個警衛中的一個正在廳裏坐著看電視，看到周宣下樓來後，站起身恭敬叫了一聲：「周先生，您好！」

「你好你好！」周宣一邊回答著，一邊在廳裏四下瞧著。這時候魏曉晴也走下樓來。

周宣瞧了一陣，看到廳右前方的一個超大魚缸，五米長，兩米高，裏面有小型假山水藻，數十種魚類在裏面游來游去。最大的魚有尺多長，最小的卻只有寸許。除了幾尾金黃色的金魚，其他的周宣都不認識。

這時，警衛走過來問：「周先生，需要我幫忙嗎？」

周宣點點頭，喜道：「好好，你幫我抓幾條魚出來吧！我到廚房看看有沒有裝魚的水盆。」

魏曉晴和那警衛都很奇怪，半夜三更沒事抓魚幹嘛？這魚也不能吃。

不過，那警衛還是找了椅子過來，站在上面把手伸進魚缸裏。但魚缸那麼大，魚又機靈得很，哪裡抓得到！

魏曉晴不知道周宣要幹什麼，但想到周宣似乎也從沒幹過太離譜的事，便到旁邊的儲藏室裏翻了一支長把的漁網出來。這是以前魏海洪出去釣魚時用的，這時倒是剛好派上了用場。

有了這東西，那警衛倒是輕而易舉就抓到魚了。

此時，周宣已經在廚房裏找了一隻透明的玻璃缸，能裝十斤水的模樣，又裝了大半缸水端出來。

那警衛問他：「周先生，要抓什麼魚？大的還是小的？」

雖然不知道做什麼，但那警衛卻知道老爺子和這兒的主人魏海洪對周宣都當最尊貴的客人，所以，他要什麼只管照做就是，不用問爲什麼。

周宣想了想，指著那幾尾金魚道：

「就抓這幾條金魚吧，太大的這魚缸裝不了。」

那警衛拿了網子伸到魚缸裏撈了半天，撈了三條金魚出來，這三條金魚很好看，每條差不多都有三十釐米長，金黃色，大尾散開來極爲漂亮。

周宣端了小魚缸對警衛笑笑說：「謝謝你了！」

魏曉晴跟在他後面上樓，一直到三樓周宣的房間裏，魏曉晴才問道：

「周宣，你幹什麼呀？不是要吃魚吧？這魚可貴了，是前年小叔花了幾萬塊買回來的名貴品種！」

周宣一怔，問道：「這麼貴？那我還是叫那警衛大哥重新撈幾條便宜的吧。」

魏曉晴嘻嘻一笑，說：

「什麼便宜不便宜，其他的更貴，最大的那條龍魚，小叔花了五十萬！算了，就這幾條吧，牠們算是最便宜的了！」

周宣嚇了一跳，花幾十萬買一條魚，值得嗎？要是死了，那不就幾十萬沒了？這錢拿去買間房子多好。當然，有錢人玩什麼，一般普通人是不能想像的。

周宣這會兒卻忘了，他自己現在也是個有錢人了！

錢來得太突然，他還沒有享受過有錢的好處，所以沒辦法把自己和真正的有錢人畫上等號。不過這樣也好，起碼心態沒有什麼變化。

周宣現在要幹自己心裏想著的事了。魏曉晴蜷著腿坐在他的床上，兩手撐著下巴，一雙亮晶晶的眼睛正瞧著他。

「深更半夜的，你一個女孩子還不回去睡覺，跑我這兒幹什麼？」周宣沒好氣地說著。

魏曉晴眨眨眼，道：「你說呢？你這麼奇奇怪怪地，人家看看都不行啊？你要幹什麼就幹啊，我不打擾你。」

你在這兒我還幹個屁啊！周宣心裏想著，哼了哼道：

「沒事幹，什麼也不幹，我就是睡不著，抓幾條魚放在房間裏玩，快回你的房間吧，給人看到不好，你是女孩子，要注意形象。」

「切！」魏曉晴不屑地啐了一口，道：「假正經！人家女孩在睡覺，你一個大男人闖進人家房間又是怎麼回事？」

周宣臉一紅，辯道：「我以爲隔壁這些房間沒住人，要是知道我就不進去了。」

「哼哼，誰信呀？」魏曉晴哼了哼，最後還是下床穿了拖鞋走了。

周宣把房門關好反鎖上，這才回到桌子邊上。

剛才在天臺上魏曉晴提到金子的時候，周宣忽然想到，自己能不能把癌細胞轉化爲黃金分子呢，這樣就可以抑制癌細胞的生長，然後再刺激血液把這些細胞排出體外，這個辦法不知道可不可行。

但有一個關鍵，轉化爲黃金分子的物體以前都不是活物，除了那些天坑水怪以外。當時沒辦法知道那些怪獸在六小時後的情況，所以周宣得試驗一下，看看活物被點金再轉化回原來的物質時，到底是活的還是死的。如果沒試好，他可是不敢給老爺子使用這個方法的。

於是，周宣把左手貼在玻璃缸上。

事實上，像金魚這麼小的物體，他是可以隔空使用冰氣異能的，但爲了達到最佳效果，他還是用了左手貼著玻璃缸。

冰氣運出後，三條金魚的體內狀態和分子結構都清清楚楚地映在周宣的腦子裏。然後，周宣先選了一條，準備把牠整個轉化爲黃金。

只聽得「叮」的一聲，那條金魚的顏色霎時間凝住，沉到玻璃缸底部，嘴眼都一動不動的樣子。

請續看《淘寶黃金手》卷三 豪門秘辛

淘寶黃金手 卷二 天坑探秘

作者：羅曉
出版者：風雲時代出版股份有限公司
出版所：風雲時代出版股份有限公司
地址：105台北市民生東路五段178號7樓之3
風雲書網：http://www.eastbooks.com.tw
官方部落格：http://eastbooks.pixnet.net/blog
Facebook：http://www.facebook.com/h7560949
信箱：h7560949@ms15.hinet.net
郵撥帳號：12043291
服務專線：(02)27560949
傳真專線：(02)27653799
執行主編：朱墨菲
美術編輯：許惠芳

法律顧問：永然法律事務所 李永然律師
北辰著作權事務所 蕭雄淋律師

版權授權：蔡雷平
初版日期：2013年2月
初版二刷：2013年2月20日
ISBN：978-986-146-950-8

總 經 銷：成信文化事業股份有限公司
地　　址：新北市新店區中正路四維巷二弄2號4樓
電　　話：(02)2219-2080

行政院新聞局局版台業字第3595號 營利事業統一編號22759935

定價：280元　特價：199 元

國家圖書館出版品預行編目資料

淘寶黃金手／羅曉著. -- 初版-- 臺北市：風雲時代，
2012.12 -- 冊；公分

ISBN 978-986-146-950-8（第2冊；平裝）

857.7　　101024088